似鳥 鶏

名探偵誕生

実業之日本社

実業之日本社文庫

子供の頃、うちの隣に名探偵が住んでいた。

彼女は名探偵であるだけでなく、僕にとっては優しい庇護者《ひご》であり、尊敬すべき教師であり、綺麗で眩《まぶ》しい「隣のお姉ちゃん」だった。僕が彼女に対して抱いていたあの気持ちは、とても一言では表現しきれない。尊敬、信頼、友愛、恋慕。美しい感情を表すあらゆる言葉をかき集めて詰め込んでも、隙間だらけでぜんぜん足りないのだ。

日本中を騒がせたあの事件を経て、僕はある程度大人になった。今ではたいていのトラブルは「自分だけではない」と思えるようになったし、良くも悪くも激しく悩まなくなったし、世界は美しくも醜くもなく、かといって無意味でもないしくだらなくもないと理解した。だがそうなった今でも、彼女に対するこの気持ちだけは変わっていない。そのことを嬉しく思う。

この先、僕がもっと歳をとった未来でも、この気持ちは変わらないだろう。そして十代の頃の、あの事件の日々は、きっと宝物になっているだろう。たぶん、人生とはそういうものだ。

名探偵誕生　目次

第一話

となり町は別の国

1

小学四年生のあの頃、僕たちの世界は「高速道路の手前まで」だった。

僕たちの町の東の端には南北方向にまっすぐ高速道路が走っていた。クリーム色で真ん中よりやや下に青のラインが入った蒲鉾型《かまぼこがた》の遮音壁を見ると、今でも「ああ地元だ」と感じる。高速道路は場所によって地上を走ったり高架を走ったりという差はあったが、蒲鉾型の壁は大きく高く、左右にどこまでも続き、むこう側をまったく見えなくしていた。それは「世界はここまで」と子供に教える壁だった。巨大で不愛想で、近づくと車の音がごうごう聞こえてきて、まるで仕事中の大人のように、近づく子供を無関心なまま乱暴に追い返す雰囲気があった。たぶん、僕たち第二小学校の児童は皆、なんとなくそれを感じていたのだろう。自転車で遊びまわるうちに意図せず高速道路の前まで来てしまった時などは「やべえ行きすぎた」「戻ろうぜ」と言って急いで自転車を反転させたし、親からは「遠くへ行かないように」という意味で「高速道路のむこうは子供だけで行っちゃ駄目」という言い方をされていた。もっとも学校や家からは二キロ近く離れていて学区も違い、むこう側の公園はすべて「朝日《あさひ》ヶ丘《おか》小学校の人」という得体の知れない子供たちの縄張りだったから、行く理由もなかった。

　だから当時、二小の子供たちにとって「高速道路のむこう」は異国だった。同じくこちら側にある一小の子供とは塾で会うという人もいたし、それどころか友達だという人までいたが、一でも二でもない「朝日ヶ丘小学校」の人たちとは接点が全くなかったし（むこうも高速道路を越えてこちら側に来ることは稀《まれ》だった）、大人に連れられて行くのは壁のむこう側ではなく海沿いの駅前とかもっと遠くだった。それゆえに「むこう側」についてはほとんど情報がなく、「むこう側ってやばいらしいよ」という具体性や根拠のない噂《うわさ》だけが、僕たちの間でのぼんやりとした真実だった。要するに当時の僕たちにとって、高速道路のむこう側は未知の暗黒大陸だったのである。

　それでも二学期になると、男子の間ではむこう側に「行ってみた」という猛者《もさ》の噂がちらほらと聞こえだした。「幽霊団地」と、そこに巣くう「シンカイ」の噂もその頃出てきた。

　当時、僕のいる一組には、まだ「むこう側」に行ってきた、という男子はおらず（いま思えば、女子は特に身構えることもなく普通に行っていたのかもしれないが）、「むこう側」の情報は常に、「二組の人が一昨日むこう側に行ったらしい」といった形の伝聞だった。ただ情報源は二組に友達がいるというタマケンやゼンゾー（善財聖也《ぜんざいまさや》）だったのでかなり信憑性《しんぴょうせい》はあり、それによると「むこう側」には古く巨大な団地があり、そこは人が全くいなくて幽霊の出る「幽霊団地」なのだという話で、団地の存在そのものは知っている僕たちも全面的に同意していた。その団地は屋上から飛び降り自殺をする人が続出していて、あまり上の階に上ると呪われて自殺したくなるという噂も、なんとなく真実のように思われた。

だが、こんな噂が広がりだしてから、二組と三組では、かえって幽霊団地へ探検にいく人が増えたようだった。その結果、ほどなくして「幽霊団地」に棲《す》む「シンカイ」の噂が一組に伝わってきた。

シンカイが一体何者であるのか、二小の子供は誰も知らなかった。最初の「シ」にアクセントのある「シンカイ」という呼び名も一体何を意味するのか不明瞭で、僕たちが知る限りそれは人の名前ではありえず、何か得体の知れないものの呼称、それも本当の名前を呼ぶのを避けて皆が「シンカイ」と呼ぶことにしているというだけで、実はもっと恐ろしい別の名前があるのではないかと思わせる、呪文《じゅもん》のような響きを持っていた。一組では「シンカイ」は漢字で書くと「深海」だというのが通説で、他に「森貝」であるとか「真回」であるという説もあったが、僕は「神怪」ではないかと主張した。字の意味を考えると明らかにこれが正しいはずだったのだが、この説を採用してくれたのはせいぜい仲のいい松ちゃんや峰《みね》くんくらいのもので、一組におけるシンカイはあくまで「深海」だった。そしてシンカイは恐ろしい存在だった。子供を見ると叫び声をあげて追いかけてきたというし、二組のある人などは包丁を振り回して追いかけてくるシンカイに殺されそうになったという話だった。一組の子供はまだ誰もシンカイを見ていなかったが、とにかくはっきりしているのは、シンカイは子供を見ると襲ってくる理解不能で恐ろしい存在だったということである。どうやらシンカイは幽霊団地に棲み、そのすぐ近くの「定《サダ》公園」にも出没するらしかった。定公園についてはほとんど情報がなかったが、なぜか遊具が一つもない不自然な公園で、そこで遊んでいるとシンカイに襲われる上、周りは木がびっしりと植えられているから外から中が全く見えず、誰も気づいてくれないのだという。あるいはそこは、シンカイが子供を殺すために作った罠《わな》なのかもしれなかった。

そういった噂は僕たちを震え上がらせたが、一方ではそういう噂が広まるということは、それに「挑戦」する勇気ある者が出た場合、友達間で得られる評価の相場も上がるということである。運動会も終わって長い二学期の退屈さが最高潮になる十月の終わり、ついに一組にも、高速道路を越えてむこう側に入り、幽霊団地と定公園を見てきた、という勇者が現れた。クラスで一番やんちゃなシバ君のグループだった。

ある朝、教室に入ると、いつもは僕たちのグループにいる松ちゃんが珍しくシバ君のグループの輪にいたのである。シバ君の席の周囲にはなんとなく人の輪ができていて、松ちゃんだけでなくタマケンなどもいたので、シバ君が何か新しいニュースをもたらしたのだろうと踏んだ僕はタマケンの肩越しに輪に加わった。

「幽霊団地に入ったの？」

「入った」

「どこまで入った？　中にブランコのある小さい公園があって、そこ過ぎるとやばいって聞いたけど」

「そこまでは入ってない。4－1－11号棟まで」

「危ねっ。それ以上行ってたらやばかったんじゃない？」

「かもね」

シバ君は興奮気味に質問するタマケンに余裕を見せつつ答えている。「むこう側」の話題になると食いつくタマケンは熱心に質問していた。「頭とか痛くならなかった？　呪《のろ》いで体調が悪くなるって聞いたけど」

「なった。マジなった。キョウジが気持ち悪いって言いだして、やばいからそこで逃げたけど」シバ君は悔しそうに、しかしその実誇らしそうに喋《しゃべ》っている。「ああ失敗した。たとえ俺一人になっても団地の中、見てくればよかった」

シバ君は演技が苦手というか、おそらく実際にはシバ君も一目散に逃げたのだろう。だがこの場では、それにつっこむ人は誰もいなかった。すげえ、という声が漏れ、タマケンが質問を続けている。「定公園も行ったの？　あそこもやばくなかった？」

「やばかった。ほんとに遊具一個もなかった」シバ君は確かに見てきたんだぞと念を押すように言う。「周り全部木で囲まれててさ。中に入ると外がぜんぜん見えねえの。で、中には何もないんだけど何かやばいって分かったから、すぐ脱出して帰ってきた」

「シンカイは？」

「いなかった」シバ君はそれだけで終わってはいま一つドラマ性に欠けると思ったらしく、言い直した。「いや、気配はあったけど。もう少しあそこにいたら来てたかも」

冷静に考えてみるとシバ君たちは幽霊団地の入口をちょっと覗《のぞ》いただけだし、定公園の中には入ったらしいがすぐに出てきたらしく、シンカイも見ていない。だがそれでも、一組の中にもついに「むこう側に行った者」が出たということで、先生が来てそれぞれの席に座らされるまでの間、シバ君は話の中心で、ヒーローだった。一緒に行ったというキョウジこと菱原《ひしはら》君と武嶋《たけしま》君もシバ君のところに来ると喝采で迎えられ、二人がシバ君の話を裏付けると、幽霊団地の呪いの話はいよいよ信憑性を帯びてきた。呪いにかかりかけて頭が痛くなったという菱原君はすぐに脱出したおかげで助かったのだ、と皆が判断した。

もちろん小学四年生のことなので、授業が始まればすぐにざわめきはおさまり、一時間目のあとの五分間休憩では少し残っていた熱も、二時間目のあとの中休みではもういつもの「市販のカードゲームが持ち込み禁止なのでゼンゾーが中心になって自分たちで作ったノートの切れ端カードゲーム」に奪われてしまう。それでも普段、「二組の友達」

から「むこう側」の情報をもたらすことを武器のひとつにしていたタマケンの中にはくすぶるものがあったのだろう。タマケンは三時間目のあとと給食の前にも姿を消しており、昼休みが始まると、僕たちのところにひょいと戻ってきて言った。シンカイの住所が分かった、というのである。

「幽霊団地に棲んでるんだって。4-1-7号棟らしいよ」

僕たちのグループはカードゲームに夢中で今日も校庭に出ない流れになっていたが、同じように校庭に出ない男子と机をいくつも寄せてビーズ細工に熱中している女子により教室はざわついており、僕は顔を寄せて聞き返した。「幽霊団地に？」

「シンカイが」タマケンは僕たち全員を見回して言う。「二組にいる友達から聞いたんだけど」

「知ってる」松ちゃんが右手で癖になっている「カード回し」をしながら答える。「4-1-7号棟ってやばいんだよね。あそこの九階、夜になると自殺した人の幽霊が出るって」

「そう。そこの二階らしいよ。シンカイの部屋があるんだって。二階の一番端の部屋」

タマケンはなぜかさっきから机の間を走り回っていてついにこちらにも突進してきたチャッキー（茶木《ちゃき》雅人《まさと》）を避けてから僕たちに言う。「窓に紙が貼ってあって中は見えなかったって言ってた。でも中からこっち見てるのが分かったから走って逃げてきたんだって」

「危ないよ」峰くんが言う。「顔、覚えられたら家まで来るんじゃない？」

「家まで来なくても呪いは来るんじゃない？」松ちゃんも言う。

「幸いなことにまだ大丈夫らしいけど」

タマケンは不吉な言い方をして二組側の壁を振り返ってみせる。壁の前のロッカーの上にチャッキーが乗って女子に怒られている。さっきから何やってるんだあいつは。

タマケンは言う。「やばいよね。呪われてるかも」

シンカイは呪うのだった。あまり関わるとそれだけでシンカイの呪いが来る、というのは僕たちの間でなんとなく共通認識になっていて、現に峰くんなどはシンカイの話をしているだけで微妙に呪われるのではないか、と心配する顔をしている。

「二組の人は三人で行ったらしいんだけど、窓から見られてるの分かったから急いでチャリ乗って幽霊団地から脱出して、定公園に逃げ込んだんだって。木の陰に隠れてたらしいんだけど、そしたらシンカイが追いかけてきて、定公園の入口でこっち捜してるんだって。超怖《こえ》かったたって言っててた」

「やっぱ怖え」

「シバ君たちもやばかったよね」

峰くんと松ちゃんが言う。だが、そこでタマケンが急に身を乗り出して、囁《ささや》くような声で言った。

「俺たちも行ってみない？」

「え」

「行くの？」

松ちゃんに続いて僕も驚いてしまった。「だってシバ君たち、やばかったって」

「でもさ、シバ君たちシンカイ見てないじゃん。たいしたことなくない？」タマケンは何やら間合いを詰めてきた。「幽霊団地もちょっと入口から入っただけじゃん。そんなんじゃなくてさ」

突然抜き身になったタマケンの野心に、一年から同じクラスだった僕はちょっと驚いていた。背が低く足もあまり速くなく、どちらかと言えば「弱い方」に分類されるタマケンが、そんなアグレッシブなことを考えているとは思わなかった。シバ君たちは体が大きく、一組男子の中では最強のグループとして恐れられている部分もあるのに、それを指して「たいしたことなくない？」などと言うことにも驚き、僕は思わず教室内を見回した。シバ君たちはいなかった。普段彼らは休み時間になるとサッカーをやりに走って校庭に出て、授業開始ぎりぎりに教室に駆け込んできて、土のついたボールを後ろの棚に突っ込む。

「俺、うちにカメラあるから」タマケンは言った。「幽霊団地とシンカイの写真撮ってこない？　4－1－7号棟で写真撮れば幽霊も写ってるかも」

「呪われない？」峰くんが真っ先に、しかし遠慮がちに言う。

「呪われそうになったら逃げる」

そんな、と思わず言いそうになった。そんな原始的な対策でいいのか。そもそも「呪われそうになった」かどうか自分で分かるものなのか。

しかしタマケンは、窓際でカーテンにくるまる謎の遊びをしていたチャッキーを呼ぶ。

「チャッキー幽霊団地行かない？」

「行く」

チャッキーはカーテンにくるまったまま即答し、僕たちは「ええー？」と顎が外れそうになった。松ちゃんがタマケンをつつく。「なんでチャッキー？」

わりとよく遊ぶ方ではあるがなぜ今誘うのかと思ったが、タマケンは言った。「頼りになりそうじゃん。行くなら精鋭部隊で行かないと」

「む……」松ちゃんが唸《うな》る。

なるほど確かにチャッキーはクラス一身軽で、三角飛びでバスケットゴールの支柱に捉《つか》まり二階ギャラリーまで上がる技とか校庭の旗を掲げるポールの一番上まで上って下りてくる技とかをよく披露《ひろう》している。屋上から校庭まで雨どいに捉まって下りて先生に怒られた伝説も彼のものだが、はたしてそれって「頼りになる」に入るのだろうか。不可解なことに冬でも常に日焼けしているチャッキーの細い手足はなんとなく脆《もろ》そうで、戦闘能力的にはあまり当てになりそうにない。

だがタマケンは勝手に人選をしている。「あとスピード担当で峰くんだね」

「えっ」実は全校リレーの選手である峰くんがのけぞる。

「あと頭脳担当で星川《ほしかわ》」

「僕？」

いきなり自分の名前が出て驚いた。だが松ちゃんも峰くんも「ああ」「確かに」などと頷《うなず》いている。確かに僕は当時、勉強はかなりできたし、図書室によく行って本を読んでいるせいもあって「ハカセ」的な扱いをされることも多かった。しかし、それってシンカイの呪いに何か役に立つんだろうか。だがタマケンは「おおっ、チャッキーと峰くんと星川揃《そろ》ったら一組最強のメンバーじゃね？」と一人で悦に入っている。

どうでもいいが名前が出ない松ちゃんが可哀想《かわいそう》だぞと思ったが、当の松ちゃんは「確かに一組最強チームだ。すげえ」と腕組みをして頷いている。「じゃあ俺、家でバックアップする。タマケン、やばくなったらうちが基地だから退却してね」

「了解」

一応、僕たちの中では松ちゃんの家が一番高速道路に近く、松ちゃん自身も「うちはヤバい」と言っていた。しかし確かに、何かあった時にすぐ逃げ込めるベースキャンプにはなりそうだった。

タマケンは親指を立てる。「これでバックアップまで揃った。完璧」

峰くんは「あの」と呟《つぶや》いたり囁き声で「えー」と言ったりしていたが、タマケンとチャッキーだけでなく松ちゃんも乗り気になってしまい（僕が勘ぐるに、どうも自分に安全なポジションが与えられたからではないか）、何も言えないようだった。

「でもさ」僕は言う。「幽霊団地に幽霊出るのって夜じゃないの？　うち親に怒られるんだけど」

「うちの親、何時に帰っても怒らないよ」チャッキーが窓際から言う。お前んちの教育どうなってんねん、というつっこみを僕はこらえる。

「うちで宿題やっててちょっと遅くなる、って言えばいいじゃん」タマケンは簡単に言った。そういえば、タマケンの家も親は帰りが遅い。「八時くらいには帰れるでしょ？」

「まあ、そのくらいならたぶん、うちの親もいいって言うけど」

僕は頷いたが、峰くんは「無事に帰れたらでしょ」と不吉なことを呟いた。

とにかく、タマケンの勢いに押され、リーダーのタマケン、身軽さのチャッキー、スピードの峰くんに頭脳の僕、プラス、バックアップの松ちゃん、というタマケン言うところの「一組最強メンバー」は、高速道路を越えたむこう側――幽霊団地のシンカイを写真に収めに行くことになってしまったのである。

峰くんがぼそりと呟いた。「このうちの何人が帰ってこれるのかな……」

2

自転車のハンドルをぎゅっと握りしめていたせいで、気がつくと掌《てのひら》に跡がついてひりひりと赤くなっていた。埃《ほこり》っぽく乾いた風がごう、と吹き、僕の前髪を巻き上げてタマケンの自転車を煽《あお》る。「うお」と漏らしてタマケンが自転車を立て直す。

目の前には高架道路があり、はるか左右に延びる蒲鉾型の巨壁は、もうだいぶ傾いた夕日を浴びて橙《だいだい》色に光っている。大型トラックが走り抜ける音なのかごとん、ごとん、と重い音が聞こえてきて、なんとなく下を通り抜ける瞬間に崩れて潰されるのではないか、という不安を感じた。明るい昼間ですら不安になる壁を、これから暗くなるのに越えなければならないらしい。一人では絶対に無理だな、と思った。

このむこうへ、行く。

僕たちは世界の果てにいた。目の前の交差点を渡って高速道路の下を潜《くぐ》り抜けたら、そこから先はもう誰も知らない未知の領域なのだった。間近で見る高速道路の壁は見上げているとわけもなく不安になってくる巨大さで、このむこうに行ってしまえば大人たちにも僕たちの所在が分からなくなるのだ、と考えると怖かった。むこう側に入ってしまえば、たぶん何があっても親も先生も助けてくれない。頼りになるのは自分たちだけなのだ、と思った。

だが、高速道路を越えるふんぎりがつかずに止まってしまっているチームメンバーたちはどうも、いざという時にあまり頼りにならなそうだった。タマケンは自転車のハンドルにしがみつくように前傾したまま動こうとしないし、峰くんはそんなタマケンをちらちらと見ながら「やっぱり帰ろうよ」と言いだすタイミングを窺《うかが》っているように見えた。チャッキーは一人で自転車をウィリーさせたり片足でサドルに乗ったりとエクストリームな技を見せて遊んでいるが、皆には何も言わずにひたすら技をやっているから何を考えているのかいま一つ分からない。仮にむこうでシンカイに襲われたとして、前衛に出てくれそうなやつは一人もいなかった。もしかしたら僕が最前列になることを期待されているのかもしれない。「頭脳担当」なのに。

やっぱりメンバーが足りない、と思った。せめてシバ君に来てもらえば少しは頼りになったのに、と思う。そうでなければ誰か大人に。誰かの親に頼んでついてきてもらうのはなんとなく不可能に思えたし、そもそもこういう挑戦に親同伴で臨むような思考は僕も持っていない。だがたとえば気さくな横浜《よこはま》の叔父《おじ》さんとか、大学生であるタマケンのお兄さんならどうなのか。僕のマンションの隣の部屋には千歳《ちとせ》さんという高校生のお姉ちゃんがいて、小さい頃からよく遊んでもらっていたりしていた。千歳お姉ちゃんはすごく頭がいいし、でもおじさんおばさんではないからアリなのではないか。そうは思ったが言えなかった。タマケンにそれを言ったら臆病者と思われる気がしたし、千歳お姉ちゃんに言えばまず間違いなく「やめようよ」と言われるに決まっていた。

だから僕は言った。

「行こう」

このまま待っているとすぐに日が暮れてしまう。そうなったらきっとむこう側に入る踏ん切りはつかなくなる。「一組最強メンバー」を揃えておきながら、みんなも普段から行ける「高速道路の手前まで」ですごすごと引き返してきたなんて恥ずかしい。僕がペダルを蹴ると、チャッキーがハンドルに逆立ちするような技を見せつつぱっとサドルにまたがり、タマケンは意を決したように頷いてポケットから地図を印刷した紙を出して広げた。自転車を傾けて横から覗く。タマケンが持ってきたその地図はごちゃごちゃと情報が多すぎて分かりにくく、結局タマケンしか読めなかった。この道をまっすぐ行ったところにある「朝日ヶ丘団地」が幽霊団地なのだろうというのは分かったが、定公園はどこにも書いてなかった。行けば分かるのだろうか。

自転車のペダルをガンガン蹴りつつ「行こうぜ」と目で言ってくるチャッキーに頷き、太腿《ふともも》に力を入れてペダルを漕《こ》ぐ。高架道路の下、太いコンクリートの柱の間を抜ける。抜ける時に一瞬、真上を見てみた。真っ暗な空間を、蝙蝠《こうもり》の小さな影が素早く横切った。

むこう側の道路もこちらと同じで、ただの段差に過ぎなかったが歩道があり、走り抜けるトラックが怖かったので僕たちはそこを走った。同じ日本国なのだから当たり前という気持ちと、このあたりはまだ入口近くだからだ、という考えが頭の両側にあった。走り抜けるトラック。知らない単語を掲げた看板。壁にひびの入ったビル。ひと気がなく沈黙したむこう側の道はすんなり進めたが、それは逆に「僕たちが安心して奥まで入ってくるのを待ち構えているのかもしれない」という疑念を抱かせた。後ろを振り返るとタマケンも峰くんも不安そうに僕の背中を見ている。チャッキーは走りながら地面につま先を伸ばして、落ちている空き缶を蹴とばしたりしている。

迷子にはならなかった。そのまま道なりに行くだけだったからだ。ハンドルをぎゅっと握って信号のある交差点と信号のない交差点を一つずつ越え、右に曲がると、片側の道端が急に柵と植木と生垣《いけがき》になり、クリーム色をした巨大な集合住宅の群れがずどんと現れた。ここが幽霊団地だ。僕たちはあの幽霊団地に本当に来ている。

やがて柵と生垣が切れ、入口らしきところから幽霊団地が全貌を現した。僕は自転車のブレーキを握った。ぎい、というブレーキの音が後ろからも聞こえた。

一見、普通の団地だった。ひと目で十階以上だと分かる巨大な棟が、視界に入るだけでも五、六棟並んでいる。団地そのものは僕たちの町にもあったが、こんな巨大なものは見たことがなかった。高速道路の壁もそうだが、巨大な建造物は、何かそれだけで怖い。そして人がいなくて静かだった。呪われている場所というのは一見してそれとは分からない。だがなんとなく「怖い」「不気味だ」と感じるものだ——そういったことが僕たちの間に共通認識としてあり、幽霊団地はその条件にぴったりだった。ひと気がなくひと目がなく、薄暗い。植木と生垣で外から中がほとんど見えず、中に入っても道がくねくね曲がっていて見通しが悪い。つまり僕たちがこの中で何か化け物に襲われたとしても、大人たちは誰一人見ていてもくれないし気付いてもくれないのだった。

雲が動いてさっと日が差し、クリーム色の壁が夕日を浴びて赤くなった。あれは血の色だろうか、と感じた。斜め後ろからの日差しが自転車にまたがる僕の影を、ずっと先まで長く長く伸ばしている。自分の影ってこんなに長くなるものだろうか。夕暮れ時に影が自分より長くなることは知っていたが、こんなに長くなるのは不自然だと思った。日が沈みかけていて、あの街路樹の陰から、あの自転車置き場の中から、エレベーターホールから、夜の闇が少しずつ遠慮をなくして漏れ出てきている。いずれ僕もそれに飲み込まれる。幽霊団地だ。しかもこれから夜になってしまう。僕はふと、この見知らぬ場所に一人ぼっちになったような気がして後ろを振り返った。もしすでに置き去りにされていて誰もいなかったら、と思って鳥肌が立ったが、タマケンも峰くんもチャッキーもちゃんといた。

どうしようか、と問うように皆を見る。充分ではないのか。「むこう側」へは行った。

幽霊団地も、入口だけだけど見た。しかも日が沈むこの時間にだ。シバ君たちにはもう勝っている。峰くんは蒼《あお》い顔をして、何か言いたそうに僕を見た。たぶん峰くんも「もう充分じゃない？」と思っている。

が、チャッキーがカン、とペダルを蹴って、さっと僕を追い抜いて先に行ってしまった。

「チャッキー」

「ちょっと」

「呪われない？」

皆が呼びかけるがチャッキーは振り返らない。僕は慌ててペダルを踏み込み、彼に続いた。なんてやつだ、と思う。やっぱり頼りになるのだろうか。おいチャッキーと二人だけにしないでくれよと思って振り返ると、後ろからタマケンと峰くんもちゃんと来ていた。

白状するなら、この時の僕たち三人は、たぶん皆、わりとひどいことを考えていた。呪われて死ぬなら、一番考えなしに突っ込んでいく奴《やつ》が最初に死ぬ。つまりチャッキーである。彼の様子がおかしくなったら逃げ出そう、とどこかで考えていた。はっきりとではないが、この時の僕たちがもし実際にそういう状況になったら、チャッキーを囮《おとり》に置いてすたこらさっさと逃げていたのだろうと思う。

チャッキーに続いて幽霊団地の中を進んだ。今、自分は全身が幽霊団地の中に入ってしまっている、という後戻りできない感覚があり、「外」の空気と「中」の空気は色と肌触りが違う気がした。シバ君が到達したという4－1－11号棟の横を抜け直進する。僕はまっすぐにチャッキーの背中だけを追い、余計なものがなるべく視界に入らないようにした。あまりきょろきょろしたら何か見てはいけないものを見てしまうかもしれなかったし、スピードを緩めるだけで呪いに肩を摑《つか》まれるような気がした。

人は不自然なくらいにいなくて、本当に誰も住んでいないのだろうかと思ったが、ベランダに布団や洗濯物が干してある家はちらほらとあった。僕は不思議に思った。あの人たちはこんな、立ち止まっただけで呪われそうな場所で毎日、生活しているというのだろうか。これから夜が来るのに、この場所で夜を明かすのだろうか。

「公園」

チャッキーが後輪を浮かせながら急停車して右前方を指さし、追突しかける僕がブレーキをかけたところで方向を変えてまた発進した。チャッキーの行く手にあったのは確かに小さい公園だった。といっても、やたらと高い街路灯の周りにブランコが一つ、背もたれの支柱が錆《さ》びて塗装の剝《は》げ落ちたベンチが一つあるだけのものだったが、僕たちはそれでも公園と認識していた。ここを過ぎるとやばいという「小さい公園」だ、と思ったが、チャッキーは自転車からスタントマンみたいに飛び降りると、がしゃん、と倒れる自転車も構わずブランコに突進して飛び乗り、立ち漕ぎで漕ぎ始めた。おいおい、と思う。こいつ幽霊団地の公園で遊んでいる。

ブランコはベンチ同様古いらしく、チャッキーが激しく漕ぐとギィィィ、キィィィ、と、聞いたこともないような大音量の軋《きし》み音をたてた。幽霊が使うブランコだからこうなのではないかと僕は思ったが、チャッキーはひとしきりブランコを漕いだのち最高点からぱっと飛び、夕日を浴びながら詩的に宙を舞うと、スパイダーマンみたいなポーズでザシュッと着地した。

「幽霊どこだっけ。4－1－7号棟？」

この数分の間に日が急速に沈んでいて、チャッキーの体は右半分が真っ暗な影になっていた。僕にはなんとなくそれがこの世ならぬもののように感じられたが、自分の手を見ると、驚くほど暗く見えにくくなっていた。周囲を振り仰ぐ。僕たちはすでに、どうどうと押し寄せる夜に包囲されていた。空はまだ橙に光っているのに、周囲に高くそびえる建物は真っ黒なシルエットになっていた。アスファルトの地面も黒く、駐車場に並ぶ車は暗くて中が見えず、ゴミ集積所の壁に描かれた文字もよく読めなくなっていた。

帰りたい、と一瞬思った。だが今下手《へた》に動くともっと危険だという、妙な認識もあった。僕はチャッキーに答える。「もっと奥。あれが4－1－9だから、その隣か一つ奥だと思う」

僕は黒々と影になった建物の一つを指さす。隣でタマケンがガサガサと地図を広げる。

「書いてない。でもたぶんそう」

「でも、幽霊が出るのは夜だから。もう少し待たないと」僕は周囲を見回した。幽霊が出る頃までどこかで待たなければならないが、こんな目立つところにいたら幽霊ではなくここの大人に何か言われるかもしれない。「とりあえず4－1－7まで行ってみよう。その近くで待とう」

「オッケー」

言うが早いかチャッキーは自転車に駆け戻ってきて、さっと立てるともう奥に向かって漕ぎ出してしまう。そこではっきりと認識した。こいつは頼りになる。

予想通り、4－1－9の一つむこうに、「4－1－7」と壁に大きく表示された棟があった。幽霊が出るというその棟は造りこそ他の棟と同じだったが、なんだかより古くて禍々《まがまが》しい気がした。道が曲がっており、後ろを振り返るとさっきの4－1－11号棟が視界を塞いでいて、もう入口は見えなかった。周囲すべてを団地に囲まれている、という実感に一瞬ぞっとしたが、4－1－7号棟の横にはベンチが二つ並んで広場のようになっているところがあり、柵が切れて道が外へとつながっていた。いざという時はあそこから脱出しよう、と心に決め、僕は皆を指示して広場に自転車を止めた。深呼吸をして自転車を降り、来るなら来い、と心に念じてどっかりとベンチに座って腕組みをする。

峰くんが囁く。「座ると尻が呪われない？」やめてくれ。

来る時の勢いはどこへやら今は全く喋らなくなって僕にリーダーを丸投げしている夕マケンと、街路灯の光に照らされていつもより一層白い顔の峰くんがぎゅうぎゅうになりながら同じベンチに座り、チャッキーはどかっと隣のベンチに座ったもののすぐに立って背もたれの上で片足立ちをしたりし始めた。4－1－7号棟に背中を見せるのは不安だったが、じっと見ているとみているうちにことがバレそうだったし、チャッキーの披露する技に拍手をしたりしていたら気が紛れて、逃げ出さずになんとかそこで耐えられた。

「よし、行こう」

僕は空から地上に視線を戻して立ち上がった。それまではずっと空を見ていた。空の色が完全に黒くなるまで待っていたというのもあるし、周囲を巨大な建物に囲まれている異様な空間で、空だけは僕たちの町と同じで、なんとなくそこが脱出口のように感じていたのだ。

ここからは自転車も置いていく。僕は4－1－7号棟の方に近づき、ベランダ側を見た。暗くて細かくは見えなかったが、他の棟よりひと気がなく、洗濯物などが出ている数が少ない気がした。だがいくつかの窓は明かりがつき、レースのカーテンの模様が浮かびあがっている。

シンカイの部屋は二階の一番端だと聞いている。どの窓だろうと思って見た僕は、異様なものを発見した。

ベランダが一ヶ所だけ、がらくたで埋まっているのだった。積まれた白いゴミ袋、段ボール箱、柵にずらりと並んで掛けられた布の何か。溜《た》まった雨水を吸い込んで汚く黒ずんだ敷布団が、上に積まれた別のがらくたに潰されている。僕は芝生《しばふ》に入って近づいてみた。ベランダには木枠で棚らしきものが作られているようだったが、その上も下もがらくたで埋まっていて意味がなく、一部は腐って折れていた。綿の飛び出た座椅子が今にも落ちそうな位置に差し込まれて突き出ている。一瞬、手を伸ばしかけたが、腐ってうす汚れたがらくたに触れる勇気はなかった。化粧板が剝げて縦に幾筋も木目を覗かせた洋服簞笥《だんす》は中に化け物が潜んでいそうだったし、くしゃくしゃに枯れた赤い葉を垂らす鉢植えは毒がありそうだった。僕は背伸びをした。窓はほとんど塞《ふさ》がれていたが、上の方が一部見えた。明かりはついていない。カーテンは閉じられているようだ。

「何だこれ……」

後ろから袖を引っぱられた。「星川」

タマケンと峰くんだった。「やばいよ。呪われる」

「もう顔が呪われてない？」

峰くんになんやねんそれはとつっこむかわりにベランダを指さす。「あそこじゃない？　二階の一番端。シンカイの部屋」

タマケンも頷く。「間違いない」

いつの間にか隣に来ていたチャッキーが言う。「うわっ。きったね。俺の部屋みたい」お前の部屋こんなんなのかとチャッキーにも心の中でつっこむ。そのおかげなのか少し気持ちに余裕ができて、僕は皆に言った。「あの部屋だ。行ってみよう」

タマケンと峰くんは戸惑ったようだったが、僕とチャッキーが小走りで棟の方に行くとついてきた。非常階段があったが、そこから上がると即シンカイの部屋の前で、シンカイが部屋から出てきたら鉢合わせしかねない。表側に回り込んだ。

棟の一階はいくつか窓があったが、真ん中はエレベーターホールと自転車置き場で、通り抜けられるようになっていた。なぜか白いテーブルと椅子があり、壁には掲示板があったが、何も貼られていなかった。蛍光灯はついていたが光が弱く、自転車置き場にずらりと同じ形で並ぶ自転車の間や、柱の陰や、階段の入口あたりにかえって暗がりを作っていた。

僕たちは足音を忍ばせて中に入った。むき出しのコンクリートに僕たちの足音が反響した。緑色のエレベーターのドアが二つ並んでいる。二台とも一階で停《と》まっているようだったが、あの狭い密室に入る気はせず、隣の階段を見た。階段は狭く暗く、汚れたコンクリートが不気味で、ここを上るのもエレベーターと同じくらい怖かった。

「こええ」タマケンがストレートに漏らした言葉がホールに反響する。予想以上に響いたようで、タマケンは口に手を当てて塞いだ。

「どうする？　ここ上る？」

僕がタマケンに訊《き》くと、なぜかチャッキーがエレベーターのボタンを上下両方がちゃがちゃと連打し、それなのになぜか階段に飛び込んだ。

「チャッキー」

やることはわけがわからないが頼もしい。僕たちは続いて階段を上がった。妙に死角が多い嫌な階段だったが、目指すのは二階だ。壁に「2」の表示があるところで外廊下に出ると、細い廊下にはむこうまでずらりと同じドアが並んでいた。

「星川」

タマケンに肩を叩《たた》かれて後ろを振り返る。僕は反対側を見ていたらしく、後ろを見るとシンカイの部屋はすぐに分かった。一番むこうの部屋の前、柵のところになぜか、大量の傘がびっしりとかけてあるのだ。

「あそこだ」

「どうする？」

囁きあい、なんとなくチャッキーを期待して見るが、チャッキーも今度は僕たちを見ているだけだった。仕方なく、僕が先頭になって狭い廊下を進む。傘立てやベビーカーなどをドアの前に置いている家が多く、何度か体を横向きにしなければならなかった。

「ヤバくない？」

後ろから囁くタマケンに「大丈夫。見るだけだから」と返す。峰くんが「頭痛くなってきた」と呟いた。手すりにやたらと傘がかけてある以外は、シンカイの部屋は普通に見えたが、前まで来てみると、ドアの上部にはなぜか大きな白い紙が貼ってあった。

顔面 放射能 駅電 洗濯機 二時五十九分

僕は数秒、その紙をじっと見ていた。どう反応していいのか分からず頭がフリーズしてしまったようだった。これはどういうことなのだろうか。

「……ヤバい」

僕たちのうちの誰かが囁き、それがきっかけになって恐慌《きょうこう》状態になった僕たちは一目散に廊下を逃げた。誰かがぶつかって倒した傘立てに誰かがつまずき、その誰かに誰かがぶつかり、もう誰が誰やら分からなかったが、とにかく最後になったらシンカイが追いかけてきて殺される、という闇雲《やみくも》な恐怖だけが背中を追い立ててきて、僕たちは階段を転げるように下りてホールから飛び出し、外の広場に駆け戻った。誰かを置いてきてしまったのではないかとか、そういったことは全く頭に上らず、とにかく誰よりも早く脱出しなければ呪われる、という恐怖だけだった。膝に手をついてぜいぜいと息をし、背中を伸ばして深呼吸する。外の新鮮な空気がありがたかった。

「……見た?」

「読んだ。何あれ」

「ヤバい」

僕たちが断片的に言いあっていると、からからから、という音が後ろから聞こえてきた。二階のどこかだ、と思って見ると、さっきドアの前まで行ったシンカイの部屋の明かりがつき、積まれたガラクタの上部にちらりと動く何かが見えた。

シルエットだけだが、それは人型に見えた。動きが老人のように震えてゆっくりとしている。

僕が動けずに突っ立っていると、からからから、と窓が動く音がして、だん、とひときわ強く閉じられる。部屋の明かりが消えた。

「……ヤバいよ。見つかった」タマケンが言う。「逃げよう」

そこで僕はかすかに、玄関のドアが開閉する音を聞いた。

シンカイが外に出てきた。

今になって考えてもなぜなのか分からないのだが、そこで僕は、なぜか急に落ち着いてきた。シンカイが出てきたなら、逃げるよりも。

僕は周囲を見回し、少し離れた植え込みの陰の太い木を指さした。「あそこに隠れよう」

皆の意見を聞かず、駆け出して植え込みを飛び越える。皆も後からついてきて、僕たちはひとかたまりになって木の陰にへばりつき、植え込みの陰にしゃがみ、エレベーターホールを覗きながら息を殺した。シンカイに背中を向けて逃げるよりここで隠れてうずくまっていた方が安心だという本能なのかもしれなかったが、僕はひそかに、シンカイをこの目で見てやろうという野心があった。みんなビビッているが、僕はなぜかまだ平気だ。ここで落ち着いてそれを果たせば、いきなりシバ君より上に立てる。それにシンカイが出てきても、この位置からなら距離があるから、遠くから観察できる。僕は手を握る。本当に「手に汗をかく」という体験を、僕はこの時、初めてした。

ホールの中は音がよく響くので、エレベーターのドアが開いた音はここまでかすかに聞こえてきた。ゆっくりとした、地面をこするような足音がして、ホールから人影が出てきた。動きで分かった。あれがシンカイだ。

エレベーターホールを出ると外は暗いので、シンカイの顔がきちんと見えたわけではなかった。だが暗がりに浮かぶその異様なシルエットは僕たちを凍りつかせた。頭部が巨大で、鬣《たてがみ》のようにぼわぼわと広がった白い髪が揺れていた。長く伸びてなぜかまとまらずに全方向へ広がる鬚《ひげ》が白く浮かんでいた。背筋は伸びているのに首の上だけがありえないほどの猫背で前方にぐにゃりと曲がっていた。ゆっくりとした動きは老人のようだったが、僕たちの目には明らかにこの世のものではなかった。

シンカイはいきなり立ち止まり、周囲をぐるりと見回した。僕たちは慌てて息を止め、木と植え込みの陰に隠れた。くっついているタマケンの汗のにおいがむっと鼻をついた。

僕はとにかくじっとして、地面の芝生を見ていた。声をたてたら聞かれるし、身じろぎをしたら植え込みが動いて気付かれると思った。激しく呼吸をすれば空気の動きで気付かれるからゆっくりと息をしなければならない。我慢してひたすらそれを続け、胸の上のあたりがぱんぱんになってきたころ、チャッキーがさっと立ち上がった。

「おい」

僕たちまで見つかってしまう。慌てて引っぱると、チャッキーは前を指さした。

シンカイはだいぶ離れていた。僕たちを素通りして出口の方に向かい、その姿は暗がりに溶けて消えかけている。僕たちは植え込みを飛び出した。後ろから尾行してみようと思ったのだ。

　シンカイは歩いていく。街路灯の光が一瞬だけシンカイを照らし、それがやはり老人であることを確認できた。シンカイが団地の外に出ていき柵の陰に消える。充分に時間がたったのを確認して、僕たちは走って同じ出入口から出た。道の左右を見る。

　だが、シンカイはまだ驚くほど近くにいた。そしてこちらを振り返っていた。僕たちが驚愕《きょうがく》でたたらを踏んで背中をぶつけあっていると、シンカイは道路を渡り、向こう側の、木で囲まれた場所に向かった。コンクリートブロックで囲まれた中に木がびっしり生えており中が見えなかったが、街路灯の明かりで「公園」と書いてあるらしき文字が見える。定公園だ。シンカイがその中に入っていく。この道は街路灯で明るかったが、定公園の中は真っ暗で明かりがないらしく、シンカイの姿がすぐに闇に紛れる。

　僕は早足で移動して道を渡った。皆もついてくるのが分かった。どうにでもなれという気持ちを何割か自覚しながら定公園に飛び込む。

　だが、シンカイの姿はどこにもなかった。

　定公園は広くはなかった。真っ暗でははっきりとは分からなかったが、二小の校庭、どころか体育館よりも狭かった。そしてシバ君の言っていた通り遊具一つなく、細い木が三列に並んでいるだけだった。周囲も確かに木がぐるりと生えていて、道の方からの光が入らない。だが暗くても、その何もなさゆえに、シンカイの姿が見えないことが奇妙だった。数秒前に、確かにここに入ったのだ。なのにぐるりと見回してもどこにもいない。じっとうずくまっていてもシルエットぐらいは見えるはずなのに。

「いない」

僕が呟くと、タマケンの声が返ってきた。「……消えた？」

信じられなかった。だが確かにどこにもいない。周囲は細い木だけで隠れる場所はない。出入口も僕たちが入ってきた一ヶ所だ。絶対にここにいるはずなのに。

本当に消えた。だとすれば、今はどこにいる？

ふと背中に恐ろしい気配を感じた。僕は後ろにいた峰くんにぶつかり、峰くんの背中をどやしつけて定公園から出た。出ると同時に皆に恐怖が伝染し、僕たちは全速力で走って逃げた。

僕たちはその後、しばらく闇雲にただ全力疾走していただけなのだが（やっぱり峰くんが一番早かった）、自転車を幽霊団地に置いてきたことに気付き、おっかなびっくり、お互いの袖や裾を摑みながら来た道を戻った。定公園の前の出入口から入れば早かったのだが、戻ったりしたらいつシンカイが飛び出してくるか分からず、結局、かなり大回りして最初に入った入口から団地の中を横断、さっと自転車を回収して逃げ戻った。

高速道路を渡ったところで峰くんがふらついた。顔色が白く、呼吸が変だった。そういえば峰くんは前から息が苦しいとか頭が痛いとか言っていたのだ。シンカイの呪いにやられた、と再びパニックになった僕たちは、必死で彼を高速道路から遠くに連れていった。それ以外にできることなど何も思いつかなかった。とにかくよく知っている場所まで戻りたくて二小の校門前までやってきた僕たちは、汗だくで目をギラギラさせたまま顔を見合わせ、そこでほぼ無言のまま別れて帰った。二小までは呪いは来ないと信じ、頭が痛い、と訴える峰くんは、僕が家の前まで送っていった。

自宅に帰ると、家の明かりがとても暖かく感じられて、僕は汗だくの背中を冷やしつつほっとした。夜から気温が下がり、翌日は雨が降った。峰くんはその日、学校を休んだ。僕たちはシンカイの呪いだと信じたが、口には出せなかった。

同様に、昨夜の自分たちの勇気ある大冒険も、誰も口にしなかった。いつも通り謎の遊びをしているチャッキーは不明だったが、僕もタマケンも、昨夜の話を披露して友達に尊敬されたいとはなぜか思わなかった。皆、かなり怖がってパニックになっていたし、実際に峰くんが休んでいる。それに下手に口にしたらシンカイの呪いがここを嗅ぎつけてやってくるような気がしていた。

その翌日は晴れてまた暖かくなった。登校してきた峰くんはただの風邪《かぜ》と言われたらしいが、本人は「呪いで脳細胞が半分くらい死んだかも」と落ち込んでいた。とはいえ体調面では元気だったので、僕たちはほっとした。遊んでいるうちに峰くんも元気になり、どうやら死んだ半分の脳細胞も再生したようだった。

だが、元気になった僕たちの前に、新たな謎が輪郭を顕《あらわ》した。

シンカイは消えた。出入口のない定公園から、たった数秒の間に。あれはどういうことだろう?

皆はすぐにそれを忘れたようだった。少なくとも僕にはそう見えた。タマケンが松ちゃんにどういう報告の仕方をしたのか分からないが、タマケンだけでなく松ちゃんも峰くんもチャッキーも、シンカイのことは全く話題にしなかった。あるいは明るく晴れて暖かい日和《ひより》がシンカイの話題に相応《ふさわ》しくなかったのかもしれないし、皆、峰くんが無事に学校に来たことで安心し、安全のため、それ以上の追究にはタブーの鍵をかけたのかもしれなかった。確かに僕たちは「むこう側に深入りしすぎた」という感覚があった。してもいいことといけないこと、安全なことと危険なことの境界線が曖昧な部分を多く抱える子供たちにとって、「なんかヤバくない?　やめとこう」というこの感覚は大事だった。もしここでシンカイの話題を蒸し返せば時間が戻り、せっかく免れたシンカイの呪いが僕たちを思い出し、峰くんの体調は悪くなり、晴れた空も曇ってしまう気がしていたのだ。「触らぬ神に祟《たた》りなし」というやつだ。

皆のその気持ちは当時の僕もよく分かっていた。だが、「他人と別のことを言う」と皆に呆れ顔をされることの多い僕は、皆のその態度に不安を覚えていた。本当にそれでいいのか。シンカイは実在した。そして本当にこの世の外のものだった。だって消えたのだから。だとしたら、やっぱり呪いだって健在ではないのか。ウィルスの「潜伏期間」というやつを僕は当時すでに知っていた。峰くんは一旦元気になったように見えるだけで、本当は今も呪われ続けているのではないのか。それがずっと不安だった。

3

峰くんとは家が近かったので帰り道は大抵「歩道橋のところ」まで一緒なのだが、その日はたまたま一人だった。道路を渡ると先生に怒られるのできちんと歩道橋を上り、なんとなく下を走る車を眺め、乗用車を「外れ」トラックを「当たり」パトカーなどの特殊車両を「大当たり」と定めてはしご車の通過で大当たりが出たところで歩道橋を下り、住宅地の路地に入る。僕はシンカイ消滅の謎が分からず、そのことを考えつつ地面を見ながら歩いていた。峰くんは元気に見えたが、時間が経《た》つごとに、一見元気に見える峰くんの頭蓋骨《ずがいこつ》の中で、呪いがじわじわと彼の脳細胞を殺しているという想像が頭から離れなかった。少なくともこれは大人に相談して、峰くんは医者に行くべきではないのか。だってシンカイはたった数秒で出口のない公園から忽然《こつぜん》と消えたのだから、やはり人間ではなかったのだ。本物の怪奇現象であり、子供だけで判断せず、大人に知らせてニュースにしてもらわなければならないのではないか。マンホールの蓋に彫られた市のマスコットにそう問いかける。マスコットはこちらをじっと見ながら明らかに不自然な、口角の上がった笑いを続けているだけだった。家の柵から突き出ている木の枝が後頭部にばさりと当たって、僕は顔を上げた。前の方で犬が吠《ほ》えている。

そこで僕は、前の方から犬の吠え声に交じって、知っている声が聞こえることに気付いた。

——ね、ほら、嬉《うれ》しそうでしょ？　ほら、ベロベロベロ。

——ほんとだ！　舐《な》めた！

——うーん手が犬くさいぞう。ね？　遊んでほしいんだよ。尻尾《しっぽ》振ってる時は。

家の門扉《もんぴ》の隙間《すきま》から興奮した犬が鼻先を突き出し、一年生らしい女の子がそれにおっかなびっくり手を伸ばして舐められている。その子にぴったり寄り添うようにしてしゃがみ、高校の制服を着た女の人が一緒に手を伸ばして犬に舐められている。灰色の不安を抱えたまま歩いていた僕はそれを見た瞬間、何かよきものが始まるという嬉しさを感じてぱっと気分が明るくなった。

制服の人は隣に住む千歳お姉ちゃんだった。肩にかかる綺麗《きれい》な髪に、そっと撫《な》でるような優しい声。制服は近所の高校の人みたいに着崩さず、きっちりとしていて、それがすごく大人っぽく見える。僕はなんだか、この距離でずっと眺めているのも悪くないなあ、と思ったが、話したい誘惑が抑えきれずに駆け寄った。「お姉ちゃん」

　千歳お姉ちゃんが笑顔でこちらを向く。夢中で自分の手を舐めさせていた一年生の子も一拍遅れて僕を見る。千歳お姉ちゃんは一年生の子に、僕のことを「隣の子だよ。四年生のみーくん」と紹介してくれた。僕の本名は星川瑞人《みずと》でありそんな可愛《かわい》らしい呼び方で覚えられるのはどうなのかと思ったのだが、一年生の子は「みーくん」と繰り返して僕に対する警戒を解いたらしい。仕方なく「こんにちは」と挨拶する。

「……お姉ちゃん、何やってたの？」

「今日から中間試験だから早いのだ」お姉ちゃんはにやりと笑ってふんぞり返るポーズをしてみせ、それからまたしゃがんで犬に手を伸ばした。「ここの犬が吠えて怖いって言うから見てみたんだけど、この子、遊んでほしがってるみたいだね」

　そういえばこの家の犬は人が通ると突進してきて、今やっているように門扉の隙間から鼻を出してよく吠える。一年生の子は今日たまたまこの道を通る用事があったのか、それとも普段から犬が苦手なのか分からないが、怖くて通れなかったのだろう。

「尻尾を振って『わん！　わん！』の時は遊んでほしい。いーってして『うー！』の時は怒ってる」

　一年生の子は確かめるように言う。お姉ちゃんが「そうそう」と頷くと、一年生の子は「覚えた！　ありがとう」と言って駆け出し、すぐに止まって自分の手を嗅ぎ「犬くさい！」と言うと、真似《まね》をして手を嗅ぎ「犬くさい！」と言うお姉ちゃんにありがとうと言って駆けていった。犬の感情表現を説明して「怖くないよ」と教えてあげていたのだろう。お姉ちゃんはなんでも知っている。学校の先生や、うちの父や母が知らないことも知っている。

僕はそこで、お姉ちゃんにシンカイが消えた謎を話して一緒に考えてもらう、という素晴らしいことを思いついた。お姉ちゃんなら僕の相談には絶対乗ってくれるし、「そんな馬鹿な」「見間違い」だとか言ってちゃんととりあってくれない、ということも絶対にない。お姉ちゃんは物識《ものし》りで顔が広いから、峰くんの呪いも、シンカイの謎も、きっとなんとかしてくれる。

だが、しゃがんで犬の鼻先を撫でているお姉ちゃんを見て僕は思い出した。そもそもお姉ちゃんがこんなに早く帰ってくるのは試験だからだったはずだ。当時の僕にとって「試験」という単語は、学校で担任の先生が出す気楽な「テスト」とは全く違う、いかめしくて厳しいものに聞こえていた。不合格の人にはどんな罰が与えられるのだろうか。そのためにお姉ちゃんは、今は勉強しなければならないのではないか。

だが、迷惑になるかも、という気持ちと、ちょっと相談するだけだから、という気持ちの間を往復していた僕に対し、お姉ちゃんは犬を撫でながらにっこり笑いかけてくれた。

「みーくん、何か悩んでたよね。どうしたの？」

「えっ」

驚いた。悩んでいるようなことは一切言っていないし、そんな顔もしていないはずなのに。

ひょっとして僕の心を読んだのだろうかと思ったが、お姉ちゃんはくすりと笑って僕の前にしゃがみ、僕の靴に手を伸ばした。

「右の靴紐《くつひも》がほどけたままだよ」

あ、と思う。お姉ちゃんは僕の靴紐を結んでくれながら言う。「みーくんは自分で靴紐、結べるもんね。いつも気付いたらすぐに結んでる。それに」

お姉ちゃんが僕の後ろを指さす。後ろには何もない。いや、さっき頭にぶつかった木の枝があった。

「あれ、椿《つばき》だって知ってたでしょ？　みーくん、いつも椿の木は怖くて触らないように避けるのに、今日は頭に触ってた。ずっと下を向いて歩いてきたからだよね。それなのに靴紐がほどけていることに気付いてない。下を向いたまま何か考え込んでたんでしょ？」

言われてみればそうだった。確かに僕は以前、チャドクガの毛虫がびっしりたかっているのを見て以来、椿の木が怖くて触れない。でも、僕がさっき椿の枝にぶつかったことを、お姉ちゃんがどうして知っているのだろう？　さっきまで犬を撫でていたのに。お姉ちゃんは靴紐を結び終えるとひょい、と腰を上げ、僕の頭についていた椿の葉っぱをひょい、と取った。「あそこの木はチャドクガいないから、大丈夫だよ」

魔法を見せられているようだった。だが昔からこうして、お姉ちゃんは僕のことに僕自身より早く気付いてくれる。僕が疲れたりお腹《なか》が痛くなったりすると、それを訴える前に察して「疲れちゃった？」「お腹痛いの？」と訊いてくれるのだ。今思えばそれは彼女の気遣いと観察力の賜物《たまもの》で、自分がいかに可愛がってもらっていたかということなのだが、当時の僕には、千歳お姉ちゃんは人の心の中が見える優しい超人だった。

「でも、試験が」

僕が言うと、お姉ちゃんは目を見開いた。

「おっ、そんなこと気にしてくれたの？　そっか。長い話なんだね」

頷くと、お姉ちゃんは自分の手を嗅いで「うん。犬くさい」となぜか確認し、バッグからウェットティッシュを出して手を拭くと、まだ吠えている犬に「バイバイ」と手を振り、僕の手を取った。

「じゃ、座ってじっくり聞こう。サボテン公園行こ？」

お姉ちゃんの手は、柔らかくて温かくて少ししっとりした女の人の手だった。それを握りながら僕は、恥ずかしいような嬉しいような、正体不明のたまらない気分で歩いていた。

昨日の雨がまだ染み込んでいるのか暗い色にくすんだトーテムポールの顔面に、チャッキーがよじ登っていく。牙のような歯が並ぶ巨大な口に手をかけ、ぐるぐるの目にしがみつき、耳の位置についている羽根を蹴って頭の上に上がり、驚くべきことに平たい頭頂部に立って手を離した。うわあ危ない、と思い、隣の千歳お姉ちゃんもチャッキーを見上げて「気をつけてね」と声をかけるが、チャッキーは平然として周囲を見下ろし、しかしさすがにそこから飛ぶことはなくまた顔面に足をかけながら下りてきた。「あっぶね。あいつすげえな」とシバ君も言う。シバ君にそう言わせるのはかなりのことである。お姉ちゃんも「後藤《ごとう》の頭の上に立つ子、初めて見た」と驚いているが、峰くんは「あそこから落ちるとちょうど隣のベンチの土台に後頭部が激突するよ」と、怖くなることを言っていた。

この謎の巨大トーテムポールはサボテン公園の名物で、二小の子供たちはなぜか「後藤」と呼んでいた。昔は二小に通っていた千歳お姉ちゃんもそう呼んでいたから、後藤は間違いなく、昔から後藤なのだった。「サボテン公園」ももちろん通称で、サボテンを模した、とはいっても今は塗装が剝げ緑とクリーム色のまだらになったオブジェが点在しているから皆がそう呼んでいたのだが、いまいちエキサイティングな遊具がない反面いつも空《す》いていて遊びやすいこの公園に、先日の調査隊メンバーと、なぜかシバ君が集まることになった。千歳お姉ちゃんの指示だった。シバ君とは親しくないし、まして僕が彼を呼びつけるなどということは通常ならとてもできない生意気な所業になってしまうのだが、僕の家の電話帳で番号を調べると、お姉ちゃんはすぐシバ君の家に電話し、あっという間に呼び出した。大人パワーでの呼び出しなので、僕が呼びつけたことにはならないだろう。シバ君は当初「大人に呼び出された」ので何か怒られることを警戒していた様子だったが、お姉ちゃんを見ると、気まずいように挨拶をして大人しく待っている。単純にお姉ちゃんが綺麗だったからかもしれないのだが、当時の僕たち小学生にとって、お姉ちゃんの着ている「高校の制服」は大人たちの着るスーツとさして差がなく、皆、それを権威に感じていたということもある。

自転車を押して入ってきたタマケンが「松ちゃん歯医者だから駄目だって」と報告すると、僕より先にお姉ちゃんが前に出た。

「みんな呼び出してごめんね。あらためて。星川瑞人の隣人の波多野《はたの》千歳と申します。みーくんがいつもお世話になっています」

お姉ちゃんはそう言ってお辞儀をする。チャッキーは気をつけをしてお辞儀を返したが、シバ君は「リンジン？」と首をかしげ、タマケンは「みーくんって」と僕を見て笑った。すでに峰くんとチャッキーにも一回ずつ笑われている。今から「やめて」と頼んでも遅い。

「電話で話したと思うけど」お姉ちゃんはやや見下ろす角度になって僕たちを見回す。「みーくんからさっき、シンカイさんの話を聞いてね。もしかしてちょっと危ない話なんじゃないかって思って心配になったから、何があったのかを調べて確認したいの。みんな協力してね」

シバ君が僕を見る。なんで大人に言ったんだよと非難されるのかと思ったが、どうもただ困惑しているだけらしい。しかし、あのシンカイを「シンカイさん」と呼ぶということに僕は驚いた。お姉ちゃんはシンカイの恐怖に直接関わっていないからよく知らないのだろう、と思った。

皆の反応が気がかりだったが、やはり皆、シンカイが消えたことについては本気で怖がっていたのだろう。峰くんがまず、一昨日体験したことを話しだした。それをタマケンが補足し、チャッキーが後藤を上り下りしながら時折口を挟む。ほとんど、僕が伝えた話と同じだった。それを聞くと今度は、お姉ちゃんはシバ君からも、三日前に幽霊団地に行った時の話を聞いた。シバ君は話に演出を加えず「何をしたか」「何を見たか」しか話さなかったので、一昨日の朝、教室で聞いた話とはだいぶ印象が違い、タマケンが言っていた通り「たいしたことなくない？」というものに聞こえたが、お姉ちゃんはじっと聞いていた。考え込んだ時の癖で口許《くちもと》に手をやりつつ、じっと話し手を見ているので、見つめられるシバ君の方が恥ずかしがって俯《うつむ》いたほどである。お姉ちゃんはなぜかシバ君に、定公園の中の様子を何度も聞き返していた。

「ていうかお前ら、シンカイ見たのかよ。消えたってほんと？」

話が終わると、シバ君は僕らの方を向いた。僕たちは同時に頷いた。「消えた」「ほんと」

だが、お姉ちゃんは言った。「それだけど、なんでそんなことが起こったのか、いくつか想像ができるね。ちょっと現場を見てみたいかな」

「えっ」

僕も皆と一緒に驚いた。お姉ちゃんが「消えた」という部分に全く動揺していないのが、僕には不思議だった。僕たちの見間違いだと決めつけて信じていない、というなら分かるが、言い方からしてそうではなさそうだったし、何よりお姉ちゃんはいつも、僕の話を信じてくれる。

「でも、消えたのは本当だし」タマケンが言う。「調べたりしたら危なくないですか」

お姉ちゃんはタマケンを見ると、ゆっくりと言った。

「ちょっと考えて分からないことでも、怪奇現象にしちゃ駄目。現実に起こったことには、必ず説明がつけられます」お姉ちゃんは人差し指を立ててみせる。「たとえば、そのシンカイさんが本当に本物のお化けだったたっていう可能性と、シンカイさんは普通の人間で、たまたま偶然、消えたように見えたっていう可能性、どっちがありそうだと思う？」

「見えた方」後藤にしがみつきながらチャッキーが叫んだ。

「君、冷静だね」

お姉ちゃんが頷くとチャッキーはにやりとした。「トリックだよね。普通に考えたら」

トリック、という単語にはアニメや本で当時すでに馴染《なじ》みがあったが、チャッキーからその単語が出るとは思っていなかった。だが、チャッキーの一言で僕ははっとした。

何か、世界のピントが急に合ったような気がした。これまでずっとピントが合っていないことに気付かないまま、一所懸命に双眼鏡を覗いていたような。

お姉ちゃんは言った。「現場に行ってみよう。私、自転車とってくるから待ってて。あとちょっと、調べもの」

4

そしてその日、僕の世界は反転した。というより、これまでずっと「そこまで」だと思っていた世界が中心と周辺をなくし、どこまでも続く平坦《へいたん》なものになった。

千歳お姉ちゃんは自転車を取ってくるだけでなくいったん自宅に入り、何か調べものをしていたようだったが、すぐに出てきた。その時にはもう「むこう側」の地理を把握していた様子で、先頭になって自転車を漕ぎ、僕たちを先導して高速道路まで連れて行ったと思ったら、ちゃんと信号を守りつつあっさりその下を通り抜けた。僕たちは上を走る高架道路の腹を見上げ、通り過ぎてからもクリーム色の壁を何度か振り返ったのだが、お姉ちゃんにはその「境界」が全く見えないらしく、どうしたの？　と振り返っただけだった。

お姉ちゃんの背中を見ながら走ると、「むこう側」の町は特に何もない普通の町だった。ガードレールの形も、ビルの壁の色も、頭上に広がる青空も、僕たちの町と何も変わらなく感じられ、一昨日、ただこの道を走るだけで自分がなぜあんなに緊張していたのか全く分からなくなってしまった。タマケンや峰くんはもとより、シバ君などは僕以上にその感覚が強かったらしく、口を開けて無言で驚嘆しながら周囲を見回していた。一昨日の時は「むこう側」の随分奥まで進出したつもりでいたのだが、お姉ちゃんのあとについて走ると、高速道路から「幽霊団地」へはたったの三、四百メートルだった。僕は周囲を見回しながら気付いていた。交差点に商店があり、その前に自動販売機がある。つまり、いつも「むこう側」のここに商品を入れるトラックの人が来ているのだ。この信号だって整備している人がいるし、街路樹を整えている人もいるはず。つまり、ここは普通の、人が毎日生活する町なのだった。

あっという間に見えてきた幽霊団地の入口前で、先頭の千歳お姉ちゃんがブレーキをかける。「『幽霊団地』ってここ？」

「うん」

「そう。本当は『朝日ヶ丘第一団地』だね」お姉ちゃんは手前の4－1－11号棟を見上げ、それから僕たちに振り返った。「みんな、ここを『幽霊団地』って言うの、駄目だよ？　住んでる人に失礼だから」

僕たちは沈黙した。チャッキーだけが「はい」と答えたように思う。

そういえば、と僕は思い出していた。入った時、「幽霊団地」であるはずのここのベランダに布団を干している家があった。洗濯物が出ている家も、少ないながらあった。けっこう、普通にいるのだ。この「幽霊団地」に住んでいる人が。だとしたら、その人たちは全員、夜になると幽霊を見ているというのだろうか。全員呪われるというのだろうか。そんなはずがないのだった。

そうか、と思う。ここは「幽霊団地」ではない。「朝日ヶ丘第一団地」なのだ。そしておそらく、朝日ヶ丘小学校の子供もたくさん、この団地に住んでいる。

僕は自転車のハンドルをぎゅっと握り、前輪の泥除《どろよ》けに視線を落としていた。僕は自分を恥じていた。確かに失礼だった。自分の住んでいる団地をよその人が勝手に「幽霊団地」と呼び、呪われるだの何だのと騒いでいたらどう思うだろうか。

お姉ちゃんを見ると、お姉ちゃんも僕を見ていて、くすりと笑った。「4－1－7号棟だっけ？　行こう」

お姉ちゃんの後ろから自転車で進む。幽霊団地、いや朝日ヶ丘第一団地の空気も、一昨日とはまるで違っていた。木の上で雀《すずめ》が呑気《のんき》に鳴いているし、ゆっくり歩いているおばあちゃんの姿があるし、上の方の階で布団をぱたぱた叩いているおばさんも見える。広くて巨大ではあるが、普通の団地だった。呪われているはずの4－1－7号棟もそうだった。

だが、お姉ちゃんはシンカイの部屋のベランダを見ると、すっと表情を厳しくした。

「……ポインセチア」

植物の名前をろくに知らなかった当時の僕にとって、お姉ちゃんが突然呟いたその単語は何かメルヘンな呪文のようだった。僕は意味が分からず、それゆえにやはり本当にシンカイの部屋からは呪いが染み出ていて、今、お姉ちゃんは大人しか知らない何らかの呪文により「呪いを消毒」したのではないかと思った。しかし仮にこの時、ポインセチアという単語が鉢植えを指していると知っていたところで、当時の僕にはお姉ちゃんが何を考えているかなど想像もつかなかっただろう。お姉ちゃんは厳しい表情のまま、ぽつりぽつりと単語を続けた。

「……敷布団、洋服箪笥、ポインセチア。葉が、赤い」

もしかしてお姉ちゃんにまで呪いが伝染しておかしくなってしまったのだろうか、と不安になった僕に背を向け、お姉ちゃんは自転車を置いて非常階段に歩いていく。そこから上がるのか、と驚いたが、非常階段は特に鍵がかかっている様子もなく普通に外扉が開き、それどころか、上ろうとしたら上の階から下りてきたおばさんとすれ違って、横に避けなければならなかった。上に「2」の表示がある扉を開けると、一昨日と同様、柵に傘がずらりとかけられたシンカイの部屋があった。

お姉ちゃんは靴をこつりと鳴らして外廊下に進む。僕は怖いので扉のところまでしか行けなかったが、お姉ちゃんは並ぶ傘とドアの恐ろしい貼り紙をしばらく見比べていた。その横顔を覗き、表情が厳しくなっているのが分かると、僕も緊張して階段の手すりを握った。

だが、お姉ちゃんは何度か非常階段の扉を開け閉めさせてぎいぎいと鳴らすと、すぐこちらに戻ってきた。それから自分の中で何かを整理したのか、胸を反らして深呼吸をし、ふう、と息を吐いた。

そして皆を見回す。「とりあえず下りよう。先に定公園も見てみよう」

下りる許可が出たので、僕たちは押しあうように階段を下り、自転車に戻った。峰くんなどは不安そうにお姉ちゃんを見ていたが、お姉ちゃんには呪いなど欠片《かけら》もかからなかったらしく、平然としていた。「タマケン君、『定公園』まで案内してくれない？　地図に載ってなかったから」

「あっ、はい」

タマケンがペダルを踏み、先頭に出る。タマケンも、もう怖がっている様子はなかった。

それに続くお姉ちゃんが呟いた。「そもそも、地図に載っていないっていうのがヒントだと思うんだよね」


定公園は明るい空の下で見ると、一昨日見た時よりちんまりと小さく見えた。僕たちは入口の脇に自転車を止め、定公園と書かれている入口横のプレートを見ているお姉ちゃんを待った。お姉ちゃんは中を見えなくしている木々を何か感心したような顔で見上げていたが、ふむ、と一つ頷くと、失礼します、と頭を下げてすっと公園内に入った。

ただ、定公園の中の暗くて奇妙な雰囲気は、一昨日から少しだけ残っていた。真ん中の方に小さい木が一列に並び、遊具は一つもない。周囲はブロック塀にぐるりと囲まれ、塀の前にぐるりと、やや大きめの木が並んでいる。木は色々な種類があるようだったが、枝葉が重なっていてやはり外は見えず、少し暗かった。

「ふむ」

お姉ちゃんは周囲の木を一本一本指さし、マサキ、シラカシ、シマトネリコ、と種類を言いながら歩いていく。僕にはよく分からなかったが、どうも木の形とかそういったものが綺麗であると感心していたようで、一本一本の前で立ち止まっては見上げ「おー、すごい」「綺麗な枝ぶりだねー」と植木に話しかけているので、なかなか戻ってこなかった。シバ君と峰くんがもじもじし始め、チャッキーがその場で得意のバック宙を二回決めたところで、お姉ちゃんは笑顔で戻ってきて言った。

「なるほど、入口はそこだけだね」

僕たちは後ろを見る。あんなに時間をかけて一周しておいて結論はそれかい、と思わなくもなかったが、とにかくお姉ちゃんにも、事態の異常さを理解してもらえたようだった。そうなのだ。シンカイがこの入口から出ていくことはできない。もちろんブロック塀をよじ登れば出ることはできるが、あの時は数秒しか時間がなかった。無理だ。

だが、周囲を見回して、僕は一つ思いついた。

「先に塀のどこかに梯子《はしご》とかをかけておいたらどうかな？　それならすぐ脱出できるかも」

「おっ、いいねえ」お姉ちゃんは僕を指さしてにやりとする。「でも残念。みーくんたちがシンカイさんを追いかけてここに来たのは、いきなりでしょ？　『あらかじめ』梯子を用意しておく、なんてことはできないよね」

意外なことに、峰くんが口を開いた。「いつか誰かが来た時のために、ずっと梯子を置いておく、っていうのはどうですか？」

「それもいいアイディア」お姉ちゃんは嬉しそうに峰くんに頷く。「でも、残念ながらここでは無理だね。ここはシンカイさんの家じゃないし、ちゃんと管理してる人がいる。勝手に梯子なんか置いておいたら片付けられちゃうだろうね」

チャッキーが走り出して木の間を抜け、ジャンプしてダイレクトでブロック塀に足をかけ、その姿勢のまま振り返った。

「すごいね君」お姉ちゃんは拍手をし、しかしチャッキーに手招きをする。「でも、そこ上っちゃ駄目だよ。ひとの家なんだから。それにシンカイさんはお年寄りでしょ？それは無理だろうし、やろうとしないと思うよ」

チャッキーは塀から飛び降り、戻ってきた。さっきよりお姉ちゃんの近くまで来ている。

どうも、塀を越えたのではないようだ。僕はぐるりと見回す。確かに一昨日は暗かった。だが、遊具一つないここでは、隠れる場所などないはずなのだ。真ん中に並んでいる木は小さすぎて隠れ場所にならないし、周囲の木も隠れるには葉が足りない。そもそもあれに登るには塀を乗り越える以上に時間がかかるし、枝葉が揺れる音もする。では地面に穴でも掘ったのだろうか。それも無理だ。昨日の雨のせいで今は地面が柔らかくなっているが、足元は草がびっしり生えていて穴など掘った跡はない。周囲の木の根元は草がないが、僕は昔、飼っていた亀が死んだ時、お姉ちゃんと一緒に埋めたことがあるので知っている。木の下は根が張っていて、大きな穴なんて簡単には掘れないのだ。そもそも数秒で穴掘りなんてできないし、梯子が片付けられるなら穴もすぐ埋められてしまうだろう。

お姉ちゃんは周囲の木の方に歩いていくと、そのうちの一本に手を伸ばして幹を撫で、ふわりと振り返った。ひゅっと風が吹いて枝が揺れ、お姉ちゃんの髪がなびく。「シバ君は昼に来たんだよね。どう？　ここ、三日前と変わってない？」

シバ君はさっと周囲を見回して口を開きかけたが、場の雰囲気からしてちゃんと確認した方がいいと思ったのだろう。駆け出して木の下に行き、ぐるりと周囲を一周して帰ってきた。「変わってないです。地面が濡《ぬ》れてるけど」

お姉ちゃんがありがとうと微笑《ほほえ》むと、シバ君はお姉ちゃんの兵隊になったような風情でびしっと頭を下げた。

それからお姉ちゃんはくるりと踵《きびす》を返すと、すたすたと定公園から出ていってしまった。

そのまま戻ってこない。皆がなんとなく「どうするんだ」という目で僕を見るので、僕は定公園を出て道の左右を見た。お姉ちゃんは帰ってしまったわけではなく、少し離れたところでどこかに電話をかけていた。

僕が駆け寄ると、お姉ちゃんは硬い大人の話し方で喋っていた。子供の出る幕でないのは明らかで、僕は大人しく下がって待った。お姉ちゃんは誰かに状況を説明しているようだ。「弟が」と言うのが漏れ聞こえてきた。それはひょっとして僕のことだろうか。時折お辞儀しながら電話しているお姉ちゃんを見て、ああやっぱりこの人は大人なんだ、と思った。お姉ちゃんは自分を大人だとは言わない。親の世話になっているからまだ子供なんだと言う。でもその「子供」は、僕たちとは大きく違う意味の「子供」だった。

「確認完了」お姉ちゃんは電話を切ると、僕たちを見た。「分かったよ。シンカイさんがどうやって消えたのか」

えっ、という声が後ろから聞こえた。皆も後ろに来ていた。

「大事なのは、まずこの『定公園』が地図に載っていないこと。それから4－1－7号棟の階段の扉が別に重くなかったこと」お姉ちゃんは周囲を囲む木の一本を見定めると、片手をまっすぐに伸ばし、何かを測る様子で片目を閉じている。「……イタヤカエデ、高さは約八メートル」

あ、木の高さ、と峰くんが言う。お姉ちゃんが振り返る。「やったことある?」

「ボーイスカウトで」

「なるほど。……うん。あの木、充分な大きさだね」お姉ちゃんは頷くと、僕たちに言った。

「みんな、どうしてこの『定公園』には遊具が一つもないか、考えたことある？」

「それは……」

僕は言いかけて黙った。僕たちの間では「定公園はシンカイの縄張りで、子供を誘い込むための罠」だというのが通説だった。だがこの状況ではもう、とてもそうは思えない。そもそもよく考えてみれば、子供を誘い込むための罠ならなおさら遊具が要るではないか。

「それに、そもそもここはどうして『定公園』っていう名前なんだろう？　ここは『朝日ヶ丘』だよ。どうして『朝日ヶ丘公園』じゃないのかな？」

お姉ちゃんは首をかしげる仕草をしてみせて僕たちにそう問いかけると、入口から道に出た。「おいで。ちゃんとここに書いてあるから」

ぞろぞろとお姉ちゃんのあとについて道に出る。お姉ちゃんが指さしていたのは入口の横についているプレートだった。

「ちゃんと読んでごらん。ここ『定公園』じゃないよ？」

「『定公園――』」チャッキーが大きな声で読んだ。そういえばこいつは教室で教科書を読むときもこうだ。「『――なんとか』」

「『定公園藝販賣《さだこうえんげいはんばい》』」お姉ちゃんが言った。

「でも、『定公園』って」

僕が言うと、お姉ちゃんはうーん、と唸る。

「『定公園』で切っちゃ駄目。『定公』『園藝販賣』なの。旧字体が入ってるから、確かに読めないよね」

「『定公』？」

「今の名前は『株式会社ＳＡＤＡＫＯＨ』らしいけど」お姉ちゃんは言った。「さっき電話で聞いてみたんだけど、先代の社長さんの名前が『定金公一《さだがねこういち》』さんなんだって。だから『定公』。タマケン君と一緒だね」

玉木健斗《たまきけんと》略してタマケンは、なるほど、と頷いた。

「で、『園藝販賣』っていうことは、つまりここは植木屋さんの土地なの。社長さんの家が近くにあるんだって」お姉ちゃんは道の先に視線をやる。そちらにあるのだろうか。

「つまり、ここは公園じゃないの。植木屋さんが商品の木を植えておく、要するに倉庫だね。だから地図にも載ってない。公園なら、地図には必ず名前が載ってるものだからね」

お姉ちゃんに続いて道を戻り、僕は定公園、もとい定公園藝販賣の土地を見た。だから遊具がなかったし、色々な種類の、それもあまり大きくない木がずらっと並んでいたのだ。だが僕たちは、ここを公園だと信じて疑わなかった。皆がそう呼んでいたし、後ろに何文字か難しい字で続きがあったとはいえ確かに「定公園」と書いてあったし、何よりこの頃の僕たちにとっては、緑があって勝手に入れる広場はすべて公園だという認識だった。だとすると、と僕は思った。もしかしたら、これまで僕たちが公園だと思っていた他の場所の中にも一つ二つ、実は公園ではない場所が含まれているのかもしれない。

「だとすれば、分かると思わない？　シンカイさんがどうやって『消えた』のか」お姉ちゃんは授業をする調子になって人差し指を立てた。「……推理する時のポイントその一。『この犯人は余裕があったかなかったか』を考えること。今回の『犯人』であるシンカイさんは、事前に準備している時間があったかな？　『事件』の時、『消える』までの間に時間や心の余裕はあったかな？」

お姉ちゃんは僕たちに水を向ける。僕は考えてみた。ないのだ。僕たちがシンカイを追跡したのはいきなりだったし、シンカイが消えるまでにはたったの数秒しかない。つまりシンカイは何も準備ができない状況で、数秒でぱっとできるトリックを使ったということになる。

だが、そう言われてしまうとますます分からなくなってしまった。チャッキーたちも何も言わず、ただ「お前何か気付いた？」と問う顔でお互いを窺っている。

僕は言ってみた。「……黒い服に着替えて地面に伏せれば、もしかして見えなくなるかも」

「んー、一部だけ正解」お姉ちゃんは人差し指を立てる。「でも、それでもシルエットぐらいは見えちゃうんじゃないかな？　それに、君たちがうろうろ探し始めたら蹴っ飛ばされちゃうかもしれないし。……何より、それで『絶対見えなくなる』って確信できるかな？　心理的にきついと思うよ」

心理的に、という単語は聞き慣れないものだったが、しかし納得せざるを得ない。それにお姉ちゃんの答えは明らかに違うことぐらい、僕には分かっていた。そもそも「犯人は事前に準備できない」のだ。着替えの黒い服など用意できないはずだった。

僕たちは沈黙してお姉ちゃんの言葉を待つ態勢になった。後ろをトラックが走り抜けて道がかすかに揺れ、口を開きかけたお姉ちゃんは後ろから来た自転車を避けて脇に寄る。僕はどうもさっきから、「むこう側」はすっかり普通の町になっているようだと感じた。

「いいかな？　ここは公園じゃなくて植木屋さんの倉庫。ってことは、中に植えてある木はみんな商品なの。つまり、抜いてどこかに持っていくかもしれない」

お姉ちゃんは一言一言、丁寧に掌で押さえていくようなゆっくりした口調で言うと、さっき高さを測っていたイタヤカエデを指さした。

「さっき電話して聞いてみたの。あのイタヤカエデ、一昨日の夕方頃に一旦抜いて出荷したんだって。だけど、買う予定だったお客さんにいきなりキャンセルされちゃったみたいなんだって。お客さんは連絡がつかないし、どうやっても受け取ってもらえないから、イタヤカエデは持って帰ってここに植え直したんだって」

あとで聞いたところでは、買う予定だったのは隣県の会社で、いきなり倒産して経営者が夜逃げしてしまったということだったらしい。

だがそれよりも、この時の僕には「抜いてどこかに持っていく」という単語が重要だった。風にさわさわと揺れているイタヤカエデを見て考えた。僕たちが来た一昨日の夜には、あの木はなかった。そして僕たちがシンカイを追いかけた後に、あの場所に戻ってきた。だとすると。

「……僕たちが見た時は、あそこだけ穴が掘れる状態だった？　いや、掘れる、っていうか」

「最初から開いてたんだよ。高さ八メートルくらいの木になると、根っこまで掘り返した後には深さ一メートルくらいの穴が残るから。だけどその時君たちは、暗くて穴の存在に気付かなかった」お姉ちゃんは学校の先生のように、僕たち全員を一人一人見ながら話す。「シンカイさんはそこに隠れた。……っていうか、うっかり落ちた、っていう方が可能性が大きいかもね。何しろシンカイさんは、家のすぐ隣にある階段を使えず、わざわざエレベーターまで歩いて行かなきゃいけないほど足腰が悪かったんだから」

そう言われ、僕はお姉ちゃんがさっき、非常階段の扉を開け閉めして確かめていたことを思い出した。あの非常階段は確かに鍵がかかっていないし、住んでいる人は普通に使っている。それなのに、シンカイは一昨日、わざわざ棟の真ん中にあるエレベーターまで遠回りしていたのだ。そんな人が、木に登ったり走ったりして隠れることなど最初からできるわけがなかったのだ。だが。

「……隠れた、の？」

確かに僕たちはシンカイを追っていた。だが、考えてみればそれはおかしい。シンカイは子供を見ると怒鳴り、包丁を持って追いかけてくるのではなかったのか。立場が逆だ。

お姉ちゃんは、僕の困惑を見透かしたようにこちらの目を見た。

「シンカイさんの噂、嘘《うそ》だから。怒鳴るとか追いかけてくるとか。むしろ、知らない子供がたびたび家の前に来て騒いでるから怖かったんじゃないかな」お姉ちゃんは僕たちをぐるりと見回す。「じゃあ、君たちはこれから、どうしなきゃいけないの？」

僕は理解した。確かに一昨日、街路灯の明かりで垣間見《かいまみ》たシンカイは、動きのゆっくりした老人だった。僕はそれを見た途端、確かに心に少し、余裕を感じていた。だから一目散に逃げるより隠れて観察することを選んだし、後をつけてみようと思ったのだ。あの時僕は完璧に隠れたつもりでいたが、もしシンカイが、ドアの前で騒いでいた子供が後ろから隠れてついてきていることに気付いたなら、どうだろうか。何事かと思って逃げ出してもおかしくない。

……それじゃ、完全に僕たちの方が追いかけてるじゃないか。まるで、いじめだ。

僕は忸怩《じくじ》たる気持ちで俯いた。垣間見たシンカイの姿から、タマケンたちも同じことを理解したのだろう。峰くんもシバ君も気まずそうに黙っている。

チャッキーが言った。「謝りにいきます」

そうしなければならない。結局、一番頼りになるのはチャッキーだった。

5

その後、僕たちはお姉ちゃんに連れられ、シンカイの部屋を訪ねた。僕が始めて見る「ただ音が出るボタンしかついていない呼び鈴」を押すと、しばらくしてドアが開いた。顔をのぞかせたのは長袖のTシャツを着た細くて小さいお爺《じい》さんで、シンカイはシンカイではなく、深海でも森貝でも神怪でもなく、表札に書いてある通り「新開さん」という名の、一人暮らしの老人だった。ぶわっと広がったぼさぼさの髪と鬚は一瞬異様に見えたが、昼間の明るさの中で間近に見ると、それらはただの「汚い恰好《かっこう》」に過ぎず、鬚には小さな黒いゴミがぶら下がっていた。

ただ、ドアが開いた数秒後、僕たちはお互いに驚いた。新開さんの方は、ドアを開けさせた高校生の後ろに、最近の不安の種になっていた悪餓鬼《わるがき》たちがひしめいていたことに。僕たちは中からむわりと臭ってきた悪臭と、新開さんの背後に見えたゴミの山に。

新開さんの部屋は、今で言うところのいわゆる「ゴミ屋敷」だった。廊下は天井までゴミ袋やがらくたが積み上げられ、部屋に続く戸はガラクタが塞いで閉まらないようで、そのむこうにちらりと見えた部屋もガラクタとゴミで足の踏み場もないようだった。僕たちはそのことに驚愕し、横目で廊下の奥をちらちら見ながらも、とにかく失礼を謝った。新開さんの方は最初、警戒していたが、最近、家の周囲でばたばたしている子供たちが「ただ遊んでいただけ」だと知って安心したようだった。

新開さんがドアを閉じ、僕たちは非常階段から外に出ると、なんとなくどういう顔をしていいか分からなくなってお互いを見た。シンカイは人間であり、呪いなどなく、噂は大部分が嘘だったようだ。その拍子抜けした感じと、そんなことで騒いで当の新開さんに迷惑をかけていた自分たちのばつの悪さと、それとは反対の、新開さんの家の異様な状態を見た不安感がないまぜになり、どれを顔に出していいのか分からなかった。

最初にそれを決めたのはシバ君だった。

「くっせえ。なんだあの家」

シバ君は嫌悪感を顔に出して新開さんの家を振り返った。「超汚ねえ。あのジジイ、ボケてんじゃねえの」

シバ君は呪いだ呪いだと騒いでいた自分たちの失点や新開さんの家の異様さを目の当たりにしたことからくる不安を、彼を馬鹿にすることで包み隠すと決めたらしかった。タマケンがそれに同調して「ね？　ひどくない？」と言ったところで、二人はお姉ちゃんから「こら」と頭をはたかれた。

「体がうまく動かなくて家の掃除が大変な人もいるの。君たちこそ自分の部屋のお掃除、自分でちゃんとやってるの？」

若い女の人に叱られたことがないのか、そもそも頭をはたかれたことが心外なのか、シバ君は不満げにお姉ちゃんを見たが、黙って下を向いた。あるいは本当に掃除が親任せだったと気付いたのかもしれない。

団地の入口に戻ると、お姉ちゃんは僕たちの背中をどやしつけるように自転車に乗せた。「はい。それじゃ探検ごっこは今日でおしまい。もう学校で呪いとか幽霊団地とか言っちゃ駄目だからね？」

チャッキーは気をつけをして大きな声で、他の皆は先生に対する様子でぼそぼそと「はい」と答え、自転車にまたがった。シバ君は不満そうに口を尖《とが》らせていたが、上目遣いでお姉ちゃんをちらちら見ていた。何かお姉ちゃんに興味を覚えた様子だった。

お姉ちゃんは引率の先生の口調で皆に言う。「じゃ、車に気をつけて帰ってね。新開さんの家は私が今から市役所に電話して、お掃除に来てもらうから」

皆がなんとなくお姉ちゃんにお辞儀をしながら自転車を漕ぎだし、背中を向けて道路に出ていく。僕はペダルに足をかけたままそれを見送っていた。

お姉ちゃんが僕を見下ろす。「みーくんもみんなと一緒に帰っていいよ?」

僕は首を振り、自転車を下りてスタンドを立てた。お姉ちゃんと一緒に帰りたかったが、それだけではなかった。

当時の僕は子供であり、高校生ながら千歳お姉ちゃんは「大人」だった。そして子供という生き物は、大人の表情を見る能力が極めて高いのだった。僕は気付いていた。お姉ちゃんは何か理由があって、僕たちだけを先に帰そうとしたのだと。

無言で僕の顔を窺うお姉ちゃんをまっすぐに見て、僕は言った。

「……お姉ちゃんと一緒に帰る」

お姉ちゃんは僕と新開さんの部屋のベランダを見比べ、困ったように首を振った。

「市役所に電話するから夜になっちゃうよ? いいから、あとは私に任せて先に帰ろ? 夕ごはん食べられなくなっちゃうよ?」

そう言われた途端、まだ夕方にもなっていないのにお腹がくうっと鳴った。だが僕は、お姉ちゃんと新開さんの部屋を見比べて意思表示をした。お姉ちゃんはさっき何かに気付いて、これから何かをしようとしている。それを僕も手伝いたかった。

「……ポインセチア」僕はお姉ちゃんが呟いていた言葉を口にした。「葉が赤かった」

正直なところ、僕はお姉ちゃんがそう呟いた意味を理解していたわけではなかった。ただその言葉が重要で、それを繰り返すことで「僕にも分かっている」とアピールしようと考えたのだった。本当は何を「分かっている」ふりをすればいいのかすら分かっていなかったのだが。

だが効果は予想以上だった。お姉ちゃんはそれを聞くと目を見開き、何かを迷うように、僕と新開さんの部屋のベランダの間で視線を往復させた。

「……みーくんも、分かった？」

分かっていない。だがとりあえず僕が頷いて見せると、お姉ちゃんは口許に手をやって「そうか……」と呟いた。「……でも、思い過ごしかもしれないし」

とにかく、新開さんの部屋にもう一度、行かなければならないようだった。僕はお姉ちゃんの袖を引っぱった。「行こう」

「でも、みーくんは」

「行こう」

もう一度そう訴えると、お姉ちゃんは覚悟を決めたように頷いた。自転車から離れ、非常階段を再び上る。錆びて廃墟《はいきょ》然とした扉も、薄暗くて黴臭《かびくさ》いコンクリートの廊下ももう全く怖くはなかったが、僕はお姉ちゃんの説明を聞きたくて、さっき耳にした単語を繰り返した。「……布団？　洋服箪笥？」

「そう」お姉ちゃんは頷いた。「敷布団が一式、ベランダで下敷きになってた。それに大きな洋服箪笥。それに枯れたポインセチア」

廊下に踏み込み、ごん、と重い音を響かせて非常階段のドアを閉める。黴臭さが一段、強くなった気がした。蛍光灯の黄色い光が壁を照らし、絡まって糸屑《いとくず》になった蜘蛛《くも》の巣がぶら下がる天井に茶色い蛾《が》が張りついている。

「敷布団を外に出しちゃったなら、新開さんは今、何で寝てるのかな？　あの大きな洋服箪笥は誰のもの？　ポインセチアは？　新開さんが買ってきて、なのに枯らしたの？」

お姉ちゃんはガラクタに囲まれた新開さんの部屋のドアに近づき、呼び鈴を鳴らした。

「どれも新開さん自身の持ち物とは思えない。あの部屋にはもう一人いた。たぶん女の人――新開さんの奥さんが」

耳を澄ますと、ど、ど、というゆっくりした足音がドアに近づいてきた。

「ポインセチアは葉が赤いまま枯れてた。ポインセチアの葉は短日《たんじつ》処理をしないとすぐに緑になっちゃうから、葉が赤いまま枯れてたってことは、あのポインセチアはクリスマス頃に買ってきてすぐに枯れちゃったんだと思う。ポインセチアは寒さに弱いから」

お姉ちゃんはドアを見たまま言う。「っていうことは、ポインセチアを買ってきた人は、買ってきてすぐにいなくなった。たぶん、去年の年末とか、そのあたりに」

ドアが開く。ついさっき一度開けたせいなのか、新開さんはさして警戒する様子もなく顔を出し、僕たちを見た。

「……また何か」

「あの、すみません。そういえば先程のことで、まだ奥様にお詫《わ》びを申し上げておりませんでしたので」お姉ちゃんは早口で言った。「奥様にご挨拶させていただいてもよろしいでしょうか」

新開さんは目を見開き、それから戸惑ったように中を見た。驚愕で動けなくなったようで、しかし見て分かるほど顔全体が震えていた。

「……家内は」くしゃくしゃに萎《しお》れたような声で言う。だが言葉が続かないようで、新開さんは沈黙した。

「奥にいらっしゃいますよね？　すみません失礼します」

お姉ちゃんはいきなり大きくドアを引くと、つんのめって裸足《はだし》で三和土《たたき》を踏みしめる新開さんの横をぐい、とすり抜け、さっと靴を脱ぐと玄関に上がった。新開さんはそれを振り返ったが、震えているだけで動かない。僕は閉まりそうになったドアを捉まえて開き、急いで靴を脱いでお姉ちゃんに続いた。後ろから襲われるのではないかという不安で一度振り返ったが、新開さんは硬直して突っ立っているだけだった。

家の中は臭くてひどかった。むっとした生温かい悪臭で、しかしよく嗅げば一瞬食べ物のいいにおいに感じられそうな部分があり、そのせいで猶更《なおさら》気持ちが悪くなる臭いだった。暗いし、狭い。部屋やベランダのみならず、廊下も積まれたゴミで埋まり、壁に背中をつけないと通れないほどだった。台所のシンクもゴミで埋まり、脱衣所も風呂場のドアの前も大量の段ボールと茶色いものがこびりついた何かの木箱、プラスチックのハンガーなどで埋まっている。お姉ちゃんは迷わずに奥の部屋に進み、靴下の裏が汚れるのも構わずにゴミの中に踏み込む。僕ももう覚悟を決めるしかなかった。爪先立ちでゴミを避けてお姉ちゃんの背中に追いつく。部屋も暗い。レースのカーテンが閉められているだけでなく、窓が積まれたガラクタで半分以上塞がれているのだ。

「お姉ちゃん」

「みーくん。外、出てて」

お姉ちゃんは電灯の真下、一部だけ覗いている畳の上に立つと、周囲をぐるりと見回し、狙いを定めて壁の一角に積まれたゴミを押しのけ始めた。ビニール袋の山がどさどさと崩壊して襖《ふすま》がのぞく。

「お姉ちゃん」

「この部屋にはもう一人いて、去年の年末か今年の初めに亡くなった。その頃から散らかり始めたとして、敷布団がベランダの下の方にあるのは変」お姉ちゃんは自分に言い聞かせるようにしながらガラクタをどけていく。僕は後ろにくっついてそれを手伝った。

切れたコードの垂れた電子レンジを受け取って後ろに置き、座面の剝げた子供用椅子を受け取って後ろに積み、しめってひしゃげた段ボール箱を受け取った途端に底が抜けて中から何かが出るのを構わず横に放った。

「敷布団はこの押入れにあったはず。それをベランダに出さなければならないほど家が散らかったなら、敷布団がベランダの一番下に、つまり一番初めに外に出されたのはおかしい。新開さんはここが散らかり始めた時期に、そうする必要があって、まず押入れの中の敷布団をベランダに出した」

うんしょ、と掛け声をあげ、お姉ちゃんは襖の溝に載っているガラクタを押しのける。襖は意外なほど白くて、破れてもいなかった。お姉ちゃんがそれを横に大きく開け放す。

部屋の悪臭とは明らかに違う、これまで嗅いだどれにも似ていない臭いがむわりと広がった。

「お姉ちゃん……」

「見ちゃ駄目。そこ動かないで」

お姉ちゃんは僕に背を向けたまま言い、がらんとした押入れの下の段に入っている、毛布の包みを開いた。

お姉ちゃんの背中越しにちらりと見えただけだったが、それは紛れもなく、横たわる人間の両足だった。

6

結局、僕たちが恐れた「シンカイ」は、ただのお年寄りだった。「幽霊団地」は普通に住人のいるただの公団住宅で、「定公園」に至っては公園ですらなかった。だが、そこにあったのは呪いや怪物といった曖昧な恐怖ではなく、死体遺棄《いき》事件という現実的な社会問題だった。

警察が身元を確認したところ、新開さんの部屋から見つかった遺体は、妻の新開タキエさん（82）だった。当初は新開さんが殺したのかと疑われたらしいが、死因は病死であり、遺体はきちんと両手を組まされ目を閉じられ、周囲にはとっくに切れた消臭剤がいくつも置いてあったという。部屋の空気が乾燥していたためほぼミイラ化しており、そのため、そんなものだけでも臭いが抑えられていたようだ。

千歳お姉ちゃんが推理した通り、死亡時期は発見した年の一月頃。新開さんはもともと軽度の統合失調症を患っていた上、タキエさんの生前から認知症も進んでいたようで、生活面でも精神面でも彼女に頼りきりになっていたようだ。そのため新開さんはある朝、タキエさんが動かなくなっているのを見て、パニックになると同時に呆然《ぼうぜん》自失してしまい、「どうしていいか分からず、とりあえず布団に包んでおいた」。しかしそのままにしておいて誰かに見つかったらまずいと思い、とにかく消臭剤を置き、押し入れの下段に遺体をしまった。そしてその後もどうしていいか分からないまま、発見されるまでの約九ヶ月を奥さんの遺体と一緒に生活していた。

……というのが、警察に対して新開さんが証言し、後に報道された「事件」の真相である。新開さんは奥さんが亡くなってから一気に気力と体力を失い、徐々に身の回りのことができなくなり、訪ねてくる親戚もいないまま、部屋はゴミ屋敷と化していった。今の言葉で言うならセルフネグレクトであり、専門家の対応が必要な案件だったのである。認知症が進行すると現実的な判断はできなくなる反面、将来の欠乏に対する強い不安感だけは残るということがよくあるらしく、新開さんは近所の粗大ゴミ置き場から物を拾ってきては部屋に溜め込んでいた。そして統合失調症が悪化したのと、「妻の遺体を押し入れに隠している」という罪悪感から、最近家の周りに来て騒いでいる子供たちは自宅を探りにきた警察のスパイである、という妄想に追われ、子供を見ると怒鳴りつけるようになっていたらしい。謎の貼り紙については誰も詳細を知らないが、彼にとって、家を脅かしていたのは警察のスパイである子供以外にも色々いたのだろう。僕がそこまで推測できるようになったのは最近だが、自分たちの子供じみた肝試しが他人を追いつめていた、という事実は触れるといやな音を発する杭《くい》となり、今でも心の中に刺さり続けている。

ただ、事件がきっかけで新開さんには行政の支援が入った。彼は死体遺棄事件の被疑者ではあったが措置入院ということになり、まだ亡くなっていないなら現在でも、徳島にいた親戚を後見人として病院で暮らしているはずである。朝日ヶ丘第一団地は老朽化が進んでおり、新開さんの隣は空き家であっただけでなく、残った住人同士の交流もほとんどなかったということで、報道されたこの事件は「孤独死」「高齢化する団地」「ゴミ屋敷」といった現代の問題をあらためて世間に突きつける結果となった。千歳お姉ちゃんは警察から表彰されたものの、強引に室内に入ったことなどもあり、未成年でもあるからマスコミには出なかったが。もちろん僕は心の中で大いに自慢していた。あとで思い出してみるに、確かにお姉ちゃんは最初の時点で言っていた。「ちょっと危ない話なんじゃないかって思って心配になった」と。あれは僕たちのことではなく、新開さんのことだった。僕たちが「シンカイ」を怖がっている時、お姉ちゃんはすでに彼の状況を推察して心配していたのだ。

そして小学四年生の僕は、この日を境に少しだけ大人になった。呪いなんて信じなくなったし、よく知りもしない場所を勝手に「幽霊団地」と決めつけ、会ったこともない人に対して「子供を見ると追いかけてくる」なんて噂がたっても、いきなり信じ込んだりはしなくなった。そして「僕たちの町」と「むこう側」を隔てる高速道路は神通力をなくし、ただの高架道路になった。世界は、高速道路のところなんかで終わってはいないのだった。

　その日、警察への通報とか市役所への報告とか、そういったことはすべてお姉ちゃんがやってくれた。終わる頃には夜になっており、僕たちは警察から連絡を受けて迎えにやってきたお互いの母親と一緒に家に帰った。母親たちが話に盛り上がる後ろで自転車を押しながら僕は、並んで自転車を押しているお姉ちゃんにありがとうと言った。試験が始まっているのに、僕たち小学生の訴えを聞いてこんな時間までつきあってくれた。

当時はそういう認識だった。

　だが、お姉ちゃんは「ううん。教えてくれてよかった」と言った。

「……一人ぼっちで生活が難しいのに誰も気づかないお年寄り、これから増えていくのかもね」

　日が落ちて冷たくなった風に首をすぼめ、お姉ちゃんは半分独り言の調子で言う。

　お姉ちゃんの髪が夜風を受けてはらりと動く。僕がそれを眺めながら謎の貼り紙について質問すると、お姉ちゃんは統合失調症という病気のよくある症状について教えてくれた。たとえば、自分の考えていることがテレパシーになって近くの人の頭の中に響いてしまったら怖いな、と考える。道を歩いていて、後ろから来る人が妙に自分と歩調が合っていると、尾行されているのではないかと疑う。もし家に盗聴器が仕掛けられていたら怖いと思う。時計のゾロ目に何か意味があるように感じてしまい、もしかしてゾロ目が出た後は何か悪いものが自分に憑《つ》いてしまって、特別な儀式で祓《はら》わないと事故に遭うのではないか、と妄想を膨らませてしまう。そういう経験は、誰でも一度くらいはあるだろう。健康な時は、「そんなこと、あるわけない」と判断できるし、そう判断すれば不安も消える。だが統合失調症になると、そうやって論理的思考で不安を消す脳のシステムが働かなくなるのだという。何でもないものを暗示だと思い、無関係なものに関係性が隠されているように思い、非論理的な独自のロジックで世界の仕組みを理解した結果、常に不安になる——という話だった。僕はなるほどと思った。いつもの癖で時折難しい言葉は入るのだが、お姉ちゃんの説明はいつも分かりやすく、与えてくれる大人の知識は世界を広げてくれた。

一方で、新開さんはどうやら大変な病気であったらしいということが分かると、自分たちが病気の人をみんなで怖がらせていたのだ、という事実がいよいよ重かった。そしてお姉ちゃんは、そんな僕の気持ちも分かってくれていた。

「まあ、おかげで警察に届けられたし、結果オーライじゃない?」お姉ちゃんはそう言って笑い、僕の背中を優しく叩いた。「よくやった」

僕はその横顔を見て、隣を歩くこの人のすごさを知った。僕の千歳お姉ちゃんは、名探偵なのだ。だって世界一物識りで頭がよくて。

そしてとても優しくて美人なのだ。僕は胸の内でどうしようもないむずむずしたものが膨らむのを感じ、正体の分からないそれに内側からくすぐられ、ごしごしと頬をこすった。

第二話

恋するドトール

中学校に入ると、僕の世界はまた一変した。

二小から一中へ。名前は代わりばえしなかったが、生活は大きく変わった。まず学校に行くのに制服を着るようになった。父に教わってネクタイの締め方を覚え、スーツのジャケットのような硬いブレザーを羽織ると、居間の姿見に大人の服を着た子供が出現した。「先輩」「後輩」という概念ができ、「テスト」は「試験」に、「算数」は「数学」になった。中学校の校庭には遊具が一つもなかった。そこは遊び場ではなくスポーツをする場だったのだ。そして教室には、僕と同じく動きが子供で服装が大人な「生徒」たちが集まった。中学には二小と一小の他に朝日ヶ丘小から来た人もいて、仲が良いのは五・六年次も一緒だった峰くんぐらいで、人間関係を一から作り直さなければならなかった。入学式後の待ち時間、最初はお互いに間合いを窺うような沈黙があったが、シバ君と一小の誰かが腕相撲《うでずもう》を始め、他にどうしていいか分からなかった皆が参加して男子全員を巻き込んだ腕相撲大会になり、朝日ヶ丘小のウエキなる巨漢が優勝して、クラスは（男子だけ）とりあえず沈黙を脱した。中学一年生の一年間、クラスでは僕は「勉強のできる星川」のまま、可もなく不可もなく過ごした。中学生活の中心はほとんど部活で、バスケ部に入った僕は、陸上部に入った峰くんとはあまり話さなくなった。小学校時代の友人とはほとんどクラスが違ったので、タマケンが卓球部に、松ちゃんが柔道部に、忍者部あたりが一番向いていそうなチャッキーがなぜかテニス部に入ったらしいというのは峰くんから聞いた。最大の関心事はゲームやドッジボールからバスケになり、心のヒーローはアニメの主人公からプロバスケの選手になり、中学二年になるころには僕は、今思えば周囲に流されてバスケに夢中になり、普通のスポーツ少年になっていた。当時の僕は背伸びに必死で、小学校時代の子供っぽいものは（最も大事ないくつかを除いて）自室から捨て、親の干渉からは最大限逃げ、もう子供ではないのだとアピールすることに必死だった。まあ思春期だったわけである。

そして思春期という言葉は「春」つまり性を思う時期、という意味である。この時期に「思う」ものなんて自分とか社会とか世界とか異世界とか他にもいろいろあるはずで、なにも性だけを取り上げることはないだろうにと思うのだが、確かに中学二年のあの時期、僕の世界には「性欲」というやっかいなものが入り込んでいた。女性の裸に無闇やたらと惹《ひ》きつけられるようになり、胸とか太腿とかに目が行き、何より漫画雑誌のグラビアとか、悪友に教えられたエロ動画サイトを回っても絶対に見ることができない「女性の股間《こかん》のあの部分」がどうなっているのかとか、知りたくてたまらない時期もあった。

で、男子の場合、これが原因でアダルトサイトのワンクリック詐欺[*1]に引っかかったり、違法ポルノに手を出したり、最悪の場合覗き等の犯罪行為につながったりすることもあるのだが、とりあえず人並みの臆病さと自制心を持ち合わせている僕はそういった落とし穴に落ちないで済んだ。初めての携帯電話を買い与えられ、その気になれば二十四時間ネットにつながれるようになった時期でもあり、今思えばよくトラブルなく切り抜けたと思う。

ただ一方で、恋愛への関心も自覚するようになった。性への関心を自覚するようになったのと同時期なので明らかに両者は関連しているのだが、そこに気付くのはもっと後のことで、当時はただなんとなく、彼女がいる奴を羨ましいな、どういう生活なんだろう、と横目で見ていただけである。もっとも、妄想の中で僕の彼女として登場するのは同級生などではなかったし、彼女として登場させておいて指一本触れる想像もできなかったのだが。

僕がこの事件に巻き込まれたのは、まあそういう事情のためである。

1

バスケ部の練習は体育館で走り回り飛び回るから汗だくになるのに、うちの中学ではジャージでの登下校を禁止するという謎のルールがあり、練習後は再び窮屈な制服に着替えなければならない。そのため分厚く通気性のない制服の内部に練習後の冷めきっていない体から発せられた熱がこもり、噴き出した汗が霧となって滞留し、家につくころには大変汗臭くなって母親にいつも「早くお風呂入ってきなさい」とどやされる。普段なら自室のドアを開けてから最短時間で床に倒れ伏した後、疲労度と気分の高低に応じて数分から数十分の間に起き上がり、いじっていた携帯を充電器に挿して箪笥《たんす》から着替えを出し、浴室に向かうのだが、その日の僕はそれどころではなかった。一年半使っていいかげんよれてきたスクールバッグに入っている手紙の存在は、部活の練習中もずっと気になっていた。目を離した隙になくなっているんじゃないか、誰かがバッグを開けて勝手に読んでいるんじゃないか、と。コート上にいる間もスクールバッグが気になり、更衣室方向の壁を透視しようとちらちらよそ見をしていたらパスを取りそこなって顧問の田嶋《たじま》に怒鳴られた。練習が終わると、僕はいつもと違って個人練習に残ることなくそそくさと更衣室に向かった。友達に背中を向けてこっそりチェックしたところ、可愛い星の装飾がされた青紫色の封筒は、まだバッグの中に入っていた。安心して取り出せる

＊1　「なぜそんなものに引っかかるのか分からない」という人は「にせサギ」（https://nisesagi.com）などのサイトで体験してみましょう。実際に体験してみるとわりと焦ります。

ところは家の自分の部屋しか思いつかなかった。僕はまだ新しい汗が出続けている体に窮屈なブレザーを羽織ってすぐに体育館を出た。

そんなわけで、僕は家に帰ると同時に「ただいま!」と言いながら四歩で自分の部屋に駆け込み、後ろから何か言ってくる母親に「うぁい」と如何様《いかよう》にも聞こえる返事をしつつドアを閉じたのだった。苦しくて嫌いなネクタイだけは外してベッドに放り、持って帰ってくる途中でなくなっているのではないかというかすかな不安を覚えつつスクールバッグのファスナーを開ける。教科書・ノート・地理の資料集及び丸めて入れたジャージ上下と一緒に、青紫色の封筒は縦になってちゃんと入っていた。引っぱり出して破ろうとし、中に入っているらしい便箋《びんせん》まで破る危険を感じて机の引き出しから鋏《はさみ》を取り出す。封筒には「星川様」とあり、二つ並んだウサギのシールと、小さくて可愛らしい文字で「木内　美花」の署名があった。全く知らない、聞いたこともない名前だった。雲形に縁取られたクリーム色の便箋は二つ折りになっていて三枚。便箋といい封筒といい、僕の文脈にはない「女の子」のもので、乱暴に扱うとくしゃくしゃに壊れてしまいそうに小さく繊細だった。女の子から手紙を貰《もら》ったことなど初めてだったし、そもそも自分宛てに、手書きの手紙を貰った経験すら記憶にない。とりあえず他人に見せないようにする以外、どう反応するのが正しいのかはよく分からなかった。

朝、登校すると靴箱にこの手紙が入っていたのである。まったく見覚えがなかったので僕は最初、他人の靴箱を開けてしまったかと思って上下左右を全部開けて確かめたのだが、確かに踵《かかと》に名前の書かれた僕の上履きがあり、その上に手紙が載っているのだった。簀《す》の子ががたがたと鳴って隣のクラスの人が上がってきたので、僕は急いで手紙をバッグに押し込んだ。友達に見つかったら奪われて読まれ、噂にされるに決まっていた。だが、なんとか誰にも見られずにここまで持ってこれた。僕は後方のドアに鍵がかかっていることを確認して便箋を開く。

はじめまして。末広西中学校二年三組の木内美花です。突然お手紙をさしあげてすみません。本当は直接渡したかったのですが、勇気が出なかったので、放課後にこっそり昇降口にお邪魔して置いていきます。アドレスもＳＮＳのＩＤも知らなかったので、こうするしかなかったんです。すみません。

私は夏の地区大会の時にあなたのことを見かけて、友達になりたいなと思っていました。二回すれちがったんですが、私もとくに話しかけたりはしていないので、覚えてはいないと思います。実はちょっとかっこいいな、と思っていました。ちがう学校だし、塾でいっしょになることもなさそうだし、その時はあきらめていたのですが、駅前の本屋さんで偶然あなたを見かけて、とてもびっくりしました。それで、もう少しがんばってみようと思いました。（あとそのマンガ、私も大好きです！）

もし迷惑じゃなかったら、私のIDを書いておくので、連絡をくれたらうれしいです。

でも、姉に相談したら、「相手だって、いきなり自分のIDとかアドレスを知られるのは不安」と言われたので、チャットルームサイトの使い方を教えてもらいました。このサイトだと、ログインするだけで、一対一でメッセージが送りあえるらしいです。

もしよければ、ここでお話がしたいです。待っています。

木内　美花　mica☆09
URL↓http://×××-×××.com/
ルームID↓mika01129
パスワード↓1129

別の学校の女子、らしい。末広西中《すえひろにし》は練習試合で行ったこともある。

一画一画きちんと丁寧だが小さくてか弱い、女の子という感じのする字だった。女子の字って綺麗だよなと思った。便箋三枚分のその手紙を僕はざっと読み、じっくりもう一度頭から読み、それから「友達になりたいなと思っていました」「実はちょっとかっこいいな、と思っていました」のところだけをもう一回読んだ。ハートマークなどが散らされていたりはせず、ただ便箋の隅に、ラメ入りの星形のシールが二つずつ貼ってあってきらきら光っていた。

文面はすごく丁寧で大人っぽかった。お姉さんの知恵とはいえ、こちらがＩＤとかアドレスをいきなり教えなくてもいいようにというところまで配慮してくれているということから、えらく気を遣ってくれているのは伝わった。木内美花さんはこの手紙をどんな気持ちで書いたのだろう。自分の部屋で、たぶん夜に机に向かい、一字一字、僕のことを考えながら書いたのだろうか。そう考えるとどきりとした。見知らぬ女子が僕のことを一心に考えている。直接に書いてはいないが間違いなく、まあこれはまず間違いなく僕のことを好きなのだろう。二年でも同じクラスになったシバ君は隣のクラスの女子とつきあっているというし、陸上部のエースになった峰くんについては、一年の女子から「同じ小学校だったと聞いたので住所を教えてほしい」と訊かれて、個人情報保護の重要性を説いて聞かせたりしたこともあった。だがまさか僕自身がそういう対象になるとは。暗い窓ガラスに映った自分の顔を見て、ちょっと髪を直す。かっこいいのか、これが。女子からそう見られる可能性など考えたこともなかった。

ドアの外から「お風呂入りなさい」と言ってくる母親にうぁいと返す。

問題は、これをどうするかだ。僕は椅子に座り直した。ただ受け取って浮かれていればいい手紙ではなかった。こちらにボールが渡っている。これだけ真剣な手紙なのだ。無視するのは可哀想すぎる。そして木内美花さんはこうしている今も、返事がいつ来るか、サイトに僕がログインしてくれるか、そわそわしながら待っているのではないか。

問題は木内美花さんが可愛いか普通か不細工かだ。いや違う。そこはどうでもいいのだ。

「……そうだよな」

声に出して呟く。つい舞い上がってしまったが、冷静になって考えてみれば、今、他の女子に「好き」と言われても困るのだった。嬉しいことは嬉しいし、木内美花さんがとても可愛かったらどうしようという気持ちもある。だが。

……千歳お姉ちゃんには、知られたくない。

まずそう思った。実のところ、僕は周囲の女子などどうでもいいと思っている。なのに千歳お姉ちゃんにそこのところを誤解されたら困る。

小学校の六年あたりからだったと思う。それまで無邪気に「頭がよくて綺麗で優しくて大好き」と思えていた千歳お姉ちゃんへの気持ちが、何かすごく深刻なものに変わっていた。じっと見ていたいけど目が合うと恥ずかしい、触りたいけど触れられない、体が近付くと近付いた部分がじんわりと意識される存在になった千歳お姉ちゃんを、僕は畏《おそ》れながら渇望していた。幸いなことにお姉ちゃんは地元の国立大学に入り自宅から通っていたから、高校卒業と同時に遠くへ行ってしまうようなことはなかったのだが、今から思えば、もし彼女が東京にでも出ていっていたら、この後、僕に起こる様々な事件の大半が素通りされ、僕の気持ちは「どこにでもある年上のお姉さんへの初恋」で終わっていただろう。

だがとにかく、当時の僕は考えた。木内美花さんが仮にめちゃくちゃ可愛い子だったとしても千歳お姉ちゃんより綺麗だということはまずないだろうし、何より僕と同い年ということは、彼女もまた、僕が毎日教室で見ているあの「クラスの女子たち」と大差ない存在だということになる。だとすればお姉ちゃんより賢いとか優しいとかいったことはありえないというか、たぶん勝負にならないだろう。だとすれば、たとえつきあえそうだとしても検討する余地なんかないはずだった。

つまり結論は最初から出ていた。もしかしたら木内美花さんはうちのクラスの真鍋《まなべ》さんとか、あるいは生徒会長の御代川《みよかわ》先輩くらい可愛いのかもしれなかったが、その可能性は極めて低いし、そもそもしそうであったとしてもどうにもならないのだった。そして結論が出ているのなら、それはできるだけ早く伝えるべきだった。どうせ断るのに、気をもたせるのは相手に悪い。

僕は携帯で手紙にあったＵＲＬにアクセスした。僕も聞いたことのあるＳＮＳ運営会社のチャットルームで、セキュリティとかネットリテラシーとかいったものをろくに意識しておらず闇雲にネットを使っていた当時の僕でも「まあ大丈夫だろう」と思えた。ＩＤとパスワードを打ち込むと、すでに書き込まれていた木内美花さん（mika01129）のメッセージが表示された。僕が来てくれたことへのお礼と、嬉しい、という率直な気持ち。それから、ウェブではなく直接会って伝えたいことがあるので会えませんか、という問い。僕が名乗り、手紙のお礼を堅苦しい言葉で書き、どこで会いますか？　と質問して風呂に入ると、上がってきてすぐにはまだ既読のマークがついていなかったが、夕食後に見たら返信があった。「まさか本当に返信してもらえるとは思っていませんでした！　嬉しいです！」と感激した様子で、もしかしてここで返信イコールＯＫと解釈されているのではないかと不安になったが、とにかく会って、正々堂々断るのが漢《おとこ》だと思い、彼女の提案通り、日曜の午前十時に駅近くのドトールで会うことになった。

実際に会ってみてもし可愛かったらどうしよう、と計算を働かせる部分もあったことは、素直に白状せねばならないだろう。

2

当時から、駅の周辺には軽食・喫茶店系の店舗が五軒ほどあった。駅ビルに入っているマクドナルドとタリーズ。ロータリーの向かい側にあるスターバックス。商店街を少し進むとビルの二階にひっそりと存在する「梨図夢《りずむ》」なる店も喫茶店であるらしいが、暗いし中が見えないし明らかに「ガキの来るところじゃねえ」感じがするのでビルの階段を上ったことすらなかった。というよりあの店から人間の気配がしたことが皆無なのだが商売になっているのだろうか。実は喫茶店ではなく中で銃器密売や麻薬取引や参加者の生命を賭けた「闇のゲーム」的な何かが行われているのではないか。今では「よくある昔ながらの喫茶店」だと理解しているが、当時はそういう想像をして勝手に恐れていた。その前を通り過ぎて、歩道にずらりと自転車が並んで狭くなっている商店街をさらに歩くと、問題のドトールが登場する。喫煙席十六禁煙席二十二の小さな店舗で、マクドナルド・タリーズ・スターバックスが駅近くにあるのになぜドトールだけあそこに出店してしまったのだろうか。おかげでここのドトールは、客はほとんど上記三店にとられてしまっていつも空いており、意図せずに「隠れ家的」な雰囲気を醸し出しているため少数の常連長居組が常に居座るまったりとした雰囲気になっていた。むろん今の僕は「ドトールが一番古くからあった。昔は駅ビルがなかったため人の流れが商店街中心で、あの場所が一番合理的だったのだろう」と分析することができるのだが。

　ドトールにしてもこれはこれで学生当時は入りにくかったのだが、木内美花さんがここを待ち合わせ場所に指定したのは僕にも頷けた。日曜、駅ビルのマクドナルドとタリーズは人で溢《あふ》れてしまうし、ことにマクドナルドは中学生・小学生も多いため下手をすると同じ学校の人とかその弟妹に目撃されかねない。[*2]かといってスターバックスは敷居も料金設定も高めで中学生は二の足を踏むし注文の作法が何やら難しいと聞いていて怖い。[*3]誰にも見られる危険がなく落ち着いて話せ、かつお財布その他に余計な心配をかけない、という理由でここになったと思われた。当時、地元の中学生が休日に行くのは駅ビルのゲームセンターや本屋と決まっていて、これ以上行っても住宅地しかない商店街の端まで来る人は稀だったから人と鉢合わせする心配もない。やっぱり気を遣ってくれているのである。

　当日は服装にも悩んだ。女子と会う時に向いているような服は一つも持っていなかったし、そもそもどういうものが「女子と会う時に向いている」のかも分からなかった。どうせ断るだけでたいして話をすることもないのだろうからどんな服装でもいいはずだし、むしろダサい恰好で行ってちょっと幻滅されるくらいの方が相手にとっても楽かもしれないけど、だからといってわざと適当な恰好で行くのは失礼な気もする。ぐるぐると悩んで結局一番お気に入りのシャツにパーカーを羽織って出てきたのだが、あんなに悩んだのはやはり「もし可愛かったらどうしよう」と思う部分がどこかにあったのだろう。自宅からここまでは自転車で十分程度なのに、僕は待ち合わせの十時より二十分も早く来て、ドトールの前はすでにスペースがなかったので紫色の髪をした怪しいおばさんが経営する謎の「ブティックＣＨＩＥＫＯ」の前に自転車を止め、ドトールに入った。日曜だからなのか店内は予想外に混んでいて満員近く、もともと狭いこともあってコーヒーの香りの隙間からかすかに雑踏のにおいがした。半透明の衝立《ついたて》のついた一人掛け席は埋まっているし、待ち合わせ（しかも女子と！）なのだから小さなテーブルを挟む二人掛け席に堂々と座っていいだろう。僕はカウンターに向かいかけて「そうか先に席を取っておかなければ」と気付き、空いていた一番手前の席の椅子に脱いだパーカーをかけてキープし、初めてドトールに入って注文しているということを気付かれないように自然なふうを装いながらなんとかアイスコーヒーを注文して居場所を得た。もしかして木内美花さんが先に来ているかもしれず、コーヒーを待ちながら店内を見回したのだが、中学生らしい女の子の姿はなかった。大部分が男性で、数人いる女性はみんな大人の人だ。

席に座り、落ち着かないので壁側の椅子に移り、ここからでは衝立が邪魔になって入口から見えないことに気付いてまた通路側の椅子に戻り、僕はわりと無理な角度に体を捩《ねじ》って数秒に一度、入口を確認しながらアイスコーヒーをただ飲んだ。木内美花さんからチャットルームに連絡があるかもしれないと思って数分、というか平均すれば百五十秒程度に一度のペースで携帯を取ってチャットルームを確認し、携帯を置いてアイスコーヒーを飲み、Sサイズのアイスコーヒーはあっという間になくなってプラスチックのカップは透明になった。新たに高校生らしい男の人が一人入ってきて店内の混雑を見て

＊2　実はそうでもなかったりする。例えばドリップコーヒーS三二九円（税込）は、実は大手チェーンの中では平均的な価格（二〇二一年現在）。

＊3　別にそんなことはない。とりあえずベンティベンティと連発しておけば一番大きいのが来る。

退散していった。空いていた隣の席に女の人が来て、背もたれにかけてあったジャケットを取って出ていった。やたら背が高くてなんとなく怪しげなおじさんがのっそり入ってきて店内を見回し、ブレンドのSサイズだけを注文すると今さっき空いた隣の席にどっかりと陣取って小脇に抱えていたノートパソコンを開き、いきなり猛然としたスピードでキーボードを叩き始めた。十時二分になっていたが、木内美花さんはまだ来なかった。僕は隣の人が「死体」「生首」「生首の断面。いやおかしいか生首の」とぶつぶつ言いながら鬼気迫る表情でキーボードを叩くのを不気味に感じて身を縮めながら待った。チャットルームに変化はなく、入口の自動ドアが開くこともなかった。

僕はそのまま待った。どきどきしていたが、木内美花さんの方が僕より百倍も二百倍もどきどきしているに違いなかった。隣の人は「生首っ」と呟いてエンターキーをターンと押し、画面を見たまま腕組みを始めた。僕はこれから起こることを想像した。もし木内美花さんが可愛かった場合と、普通だった場合と、不細工だった場合を三パターン想像し、いやいやどれであっても結果は変わらないしそもそこで分けるのは失礼ではないか、と自分の思考に自分で顔をしかめた。隣の人はそんな僕を横目で見ていたらしく「なんだ不気味な奴だな」という顔をしてからバタバタバタとキーボードを叩き始め、「毛髪のこびりついた肉片」「耳から白い」「視神経がつながったまま眼球がずるりと」とぶつぶつ言い始めた。

待つ間、僕はやはり色々と空想した。もし自分に彼女ができたなら。友達にばれないようにSNSで連絡をとる自分。ばれてからかわれる自分。「他校の子。部活の試合で会った。その時は覚えてなかったけど」とちょっと得意げに説明する自分。休日に駅で待ち合わせをしてデートする自分。しかしデートという概念は僕にはよく分からず、「デートの空想」は曖昧に白飛びした場所を背景に、どうやら手をつないでいるらしい僕たち（しかも木内美花さんの顔は漫画のキャラに変更されている）がひたすら歩いているというふんわりしたものに終始した。それから。手を握るとして。キスするのだろうか。いや、彼女なのだから胸に思いきり触ってもいいのだろうか。それから。それから。

それらの空想は僕自身を白飛びさせて曖昧にし、僕がその気になりさえすればかなうのだという前のめりの考えが鼓動を強く速くした。僕は待った。チャットルームを確認し、入口を確認し、とっくに透明になっているアイスコーヒーのカップを持ち上げて底に溜まった水をストローで吸い、もしかして木内美花さんはすでに来ていてどこかの席に座っているんじゃないかと思って立ち上がり、ぐるりと周囲を見回して座り、隣の人に胡乱《うろん》な目で見上げられ、それからまた座って待った。木内美花さんは現れなかった。すでに十時半は過ぎていた。可能性はいくつか考えられた。事故や急用などのトラブルで来られなくなったが、急用すぎてチャットルームにもログインできない。やっぱり怖くなってしまって引き返した。僕を探し当てられず、あるいは店がほぼ満員なので断念した。あるいは私服の僕がなんとなくイメージと違ったので幻滅した、という可能性もなくはなかった。僕は「うん。それならめでたしめでたしだよな」と明らかな強がりを念じて無言で頷いた。彼女が来た時に暇そうな顔で携帯をいじっていてはな、と思って避けていたが、あまりにやることがなくなって結局携帯を出し、漫画アプリの無料公開マンガを読んで待った。隣の人は三十分に一回ぶはあ、と息継ぎをするように息を吐いて背もたれにどっかりと体重をあずけ、しばらく携帯をいじった後、また猛然とキーボードを叩く、というのを繰り返していた。僕は特に集中もしないままマンガを読み、カフェインの影響でトイレに行きたくなったことにして立ち上がってトイレに行った。追加注文を全くしないため店員さんの視線が怖く、カウンターの方を見ないようにしながら席に戻り、空中に指で何やらルーン文字めいた図形を描きながら「殺す。切断。潰す。『キャー』。血に足跡」と虚空に向かって呟く隣の人からできる限り体を離した姿勢で座って待った。四十五分が経ち、一時間が経ち、一時間十五分が経っても木内美花さんは現れなかった。僕はあの手紙は悪戯《いたずら》だったのだろうかと考えた。だが確かに女の子の字だったし、紙面からは必死さが伝わってきていて、あれが悪戯などではないということは感覚ではっきり分かっていた。僕は会ったこともない木内美花さんに何があったのだろうかと心配した。だがそれを知るすべはなく、ドトールには誰も来ず、隣の人は十二時頃「さあて昼飯昼飯。かーえろ」と言いながらパソコンを閉じて立ち上がり、カウンターで注文するのかと思ったらそのまま出ていった。二時間もコーヒー一杯で席を占領したくせに「昼飯を食べるために」家に帰るらしかった。[*4] 駅と反対の方向に歩いていったから家が近所なのかもしれないが、それにしても今現在ドトールにいるのだからここで食べればいいのに。

しかし言われてみれば、同じ時間アイスコーヒー一杯で居座っている僕に言えることでもないのだった。それに腹も減ってきている。僕は隣の人とは違います、と顔でアピールしながらミラノサンドのBを頼み、お金がないのでドリンクは断ってテーブルに戻り、スカスカだった胃袋を満たした。サンドイッチがやたらにおいしいので自分がいかに腹を空かせていたかを思い知ったが、こんなふうに頑張っている時に木内美花さんが来たらみっとみないなとも思った。だがこの段階になるともう、それでもいいやという考えが浮かんでいた。サンドイッチを堪能《たんのう》し、未練がましくチャットルームを確認し、それからしばらくグズグズしていると、もう午後一時近くになっていた。気がつくと客はまばらだった。

おそらく彼女は、今日はもう来ない。僕の責任は大部分消化されたと言っていいはずだった。あとでチャットルームに何か書き込みがあるかもしれない。そう考え、それで

＊4　ひどい。

もまだ自分が「でも可愛いかも」と未練がましく考えていることに気付いたところで、隣の席のあたりから「ごとり」という音が聞こえた。

ある程度重量のある硬いものが落ちた音で、僕は何だろうと思い、無人になった隣の席の周囲を確認した。しゃがみこんでテーブルの下を確認すると、黒くて四角い携帯が落ちていた。

ずっとテーブルの下にしゃがみこんでいるのは他のテーブルの人にも悪い。僕はさっと携帯を拾って立ち上がった。ケースはなく裸だったが液晶画面にひびはないし、落ちても壊れてはいないようだ。男物で、なぜ触りもしないテーブルの下に落ちたのか分からなかったが、おそらくさっきの怪しげな人の忘れ物だった。入口を振り返る。携帯を持ったまままとりあえず自動ドアを開け、トレイをテーブルに残したままなので「まだ退店するつもりはありませんよ」とアピールするため片足を店内に残した姿勢で、道の左右を見る。当然、さっきの人はとっくにいなくなっていた。

……どうしたものか。

僕は手の中に残ってしまった携帯を見て、どうも自分が失敗したらしいと考えた。さっきの人が今、どこにいるのかは分からないし、もちろん住所も名前も分からない。連絡先はこの端末に入っているだろうが、まさにその「連絡先」こそがこの端末なのである。面倒なものを拾ってしまった。とはいえ、放っておいて誰かに盗まれでもしたら気の毒だ。

店の人に渡して処理をお願いすればいいのだろうかと思って自動ドアを開けたまま首をかしげていると、後ろから声をかけられた。

「ねえ、君。それ」

振り返ると、今年の健康診断で百六十二センチになった僕より明らかに背の高い女の人がいた。女の人は僕が持っている端末を見ていた。

「それ、私のなの。返してくれる?」

女の人はそう言って手を出してくる。彼女の言う「それ」が携帯のことだと分かったが、僕はとっさにちょっと身を引いていた。いきなり手を伸ばされて驚いたのだ。だが女の人はこちらに一歩近付いてきた。「ねえ。返して」

反射的に「何か怖い」と思った。僕は手の中の携帯を隠すように腕で覆い、一歩下がった。ちょっと待てよ、と思い手の中の携帯を見る。フィーチャーフォンほどはっきりしてはいないが、スマートフォンの端末にもなんとなく「男性向け・女性向け」がある。この端末は黒で、武骨に四角く、かなり大型でどう見ても「男性向け」だった。本当にこの人のものなのだろうか。

「ねえ、ちょっと」女の人は手を出したまま近づいてくる。右耳に何か妙なものをぶら下げている、と思ったら、六芒星《ろくぼうせい》をかたどった大ぶりのイヤリングだった。「拾ってくれてありがとう。だから返して」

僕は携帯をパーカーのポケットにしまって後退した。「いえ、これ、僕のなんで」

何も言わずにいきなり手を出してくるのが怪しく、僕はとっさに嘘をついてしまった。論理的にどこがどうということではないのだが、日常の経験値からくる感覚として「何かおかしい」ということはあるのだ。

「いや、それ私のだから。何？　盗むつもりなの？」

女の人は苛《いら》ついたように言う。おとなしそうな顔で服装の人なのに怖い。金色の六芒星が重そうに揺れる。横で自動ドアが閉まった。トレイをそのままにして出てきてしまった、と思った。「いえ、別に」

「別にじゃなくて」女の人は声を荒げて自分のバッグを探りだした。「ああもう。何なの？　お礼が欲しいっての？　いくら？」

女の人がバッグから財布を出し、乱暴に摑み出した数枚の千円札を突き出してきた。

その瞬間、僕は決定的に「やばい」と思った。なんだか分からないが、中学生相手にいきなり何千円も現金を突き出してくるあたりが非常にやばい。僕は人生で、こんなにやばい臭いのする千円札を見たことがない。僕はもごもご言いながらくるりと背を向け、走って道を渡り、「ブティックＣＨＩＥＫＯ」の前に止めてあった自転車にまたがった。「ちょっと」とか怒鳴る声が聞こえてきたが、振り返らずに無視して逃げた。商店街を抜け、駅前のロータリー脇を突っ切り、高架線路をくぐり、住宅地まで逃げてようやく息を切らしながら後ろを振り返った。

女の人はいなかった。だがかなりの距離逃げたのに、今もあの人が走って追ってきている気がした。ぼけっと待っていたらそこの角から髪を振り乱して現れるのではないかという恐怖が湧き上がる。若い女の人を「怖い」と感じたのは生まれて初めてだった。おっかないおじさんなら小さい頃にも見たし、頭のおかしいおばさん教師は二小にもいた。だがあれは違う。クラスの女子にも変わり者はいたが、それとは根本的に違っていた。僕は追いつかれないうちにさっさと家に帰ろうと決めた。

結果、僕のパーカーのポケットには、持ち主の名前も分からない一台のスマートフォンが残された。宿題を持って帰ってきてしまった、と思った。僕は悩んだ。一体これをどうすればいいのだろう？

3

「……それで結局、持って帰ってきちゃったの？」

千歳お姉ちゃんは眉を上げ、ローテーブルのむこう側から身を乗り出してくる。ゆったり目のボーダーシャツの襟元が垂れて胸元がのぞき、角度によっては下着が見えそうだと思った僕は慌てて視線をそらす。「……いや、その。まあ」

「見せて」

お姉ちゃんはクッションに座り直すと、はい、と手を出す。昼間、謎の女がしてきたのと同じポーズだが全く怖くはない。お姉ちゃんは大学に入って私服姿になったが、そのせいでますます大人っぽく見えて、そして相変わらず綺麗だった。机の引き出しに隠し持っている携帯の現物を見せるのは少々不安だったが、お姉ちゃんに求められると断りようがなかった。それでもローテーブルの上に広がった問題集を見てシャーペンを取る。「いや、でも今勉強中だし。やっぱり返してくることにしたし」

「その前に」お姉ちゃんは腰を浮かし、ネコ型のクッションの位置を直してネコの顔の上にお尻を据えた。それから広がった問題集と参考書をばたばたと閉じてローテーブルの隅にまとめ始める。「勉強よりそっちが優先。それにみーくんだって、とっさに怪しいと思ったから持ってきちゃったんでしょ?」

お姉ちゃんの重みでネコの顔面がひしゃげている。あのネコ羨ましいな、と一瞬思う。

「それは、まあ……そうだけど」

僕は立ち上がり、机の一番下の引き出しから携帯を出した。昼、ドトールで拾ってしまい、そのままどうにもできずに持って帰ってきてしまったものである。本当ならドトールの人に事情を話して、持ち主が来たら渡してください、と預けるのが普通だったのだろうが、あの女の人が持ち主を装って現れる可能性を考えてしまうとそれもできなかった。家に持って帰ってきてしまってから泥棒になるのではないかと不安になり[*5]、結局千歳お姉ちゃんにしか相談できなかった。心の準備ができないからあとで、と言いたかったが、お姉ちゃんはがちゃがちゃとローテーブルに広がった筆記用具をまとめてペンケースに戻している。勉強はもう終わりでいいのだろうか。確かに机の上の目覚まし時計を見るとすでに午後四時半、数学と英語と理科で二時間近くはやったことになるのだが。

素晴らしいことにこの時期、僕は週に一回、確実に千歳お姉ちゃんに会えた。二年生になったのだし、ここらあたりから勉強に本腰を入れなければならない、という話をうちの親がしだしたのである。確かに中学の試験は「満点が当たり前。時々九十五点」だった小学校のテストよりはるかに難しく、この僕でも（当時は本気でそう思っていた。嫌な子供である）八十点を割り込むことが時折あったから、来年の高校受験を見据えてそろそろ家庭学習を始めねばならなかった。塾か家庭教師か、と親は悩んでいたようだが、内心どちらも不安で嫌だなあと思っていた僕に、思いがけない幸運が降っ

＊5　泥棒になるためには「持ち主を排除して自分のものにしてやろうという意思」が必要とされているので、この場合はあまり心配しなくていい。

てきた。千歳お姉ちゃんが毎週日曜、僕の部屋に来て教えてくれる、というのである。うちの親が僕の成績について千歳お姉ちゃんに何か言ったらしく、そうしたらなんとお姉ちゃんの方から「私が勉強、見ましょうか？」と申し出てくれたらしいのである。お姉ちゃんは最初「別にお金はいらない」と言っていたとのことだったが、うちの親がそれはさすがに、と懇願してなんとか月五千円、払うことになったらしい。だがお金のことは僕には関係なく、千歳お姉ちゃんが毎週むこうから会いにきてくれる、という話に僕は舞い上がった。しかも僕の部屋にだ。いざ実際に始まってみるとその時間は大抵親が家にいるし、母が隣駅の百貨店で買った高級デザートだの自分で淹《い》れたハーブティーだのを持ってしょっちゅう入ってくるからあまり二人きりの感じはしなかったのだが、それでもうきうきする時間だった。それまでまったくそんな様子がなかった僕が急に勉強を楽しみにするような様子を見せたら親にばれるから、態度としてはひた隠しにしていたのだが、当時の僕には毎週のこの時間が、断トツにとっておきの宝物だった。勉強万歳である。

お姉ちゃんとは基本的に差し向かいになっていたが、勉強の合間に雑談もできたし、時折詳しく教えるために隣に来てくれることがあった。そうすると時折、お姉ちゃんの肩が僕の肩に触れたり、揺れた髪が僕の首筋を撫でたりして、そのたびに僕の全身がぎゅっと締めつけられた。そういう大当たりがあった日は、今日は肩が触れた、今日は顔と顔が近付いた、と、一人になってから反芻《はんすう》して寝るまでニヤニヤできた。触れない日でも、お姉ちゃんの体温でなんとなく温まったらしき空気を感じられるだけでニヤニヤできた。

それに、お姉ちゃんが教えてくれる勉強はそれ自体が楽しかった。国語はもともと好きだったし、英語も「ハリウッド風」や「アメリカのホームドラマ風」の小芝居をしながら発音すると楽しかった。だが特に数学と理科が楽しいということは、僕にとっては新鮮だった。学校の数学は「頭を使う作業」に過ぎなかったが、お姉ちゃんの数学は「絶対に理不尽のない論理パズル」だったし、学校の理科は「慣れない言葉の暗記」に過ぎなかったが、お姉ちゃんの理科は「世界の不思議を解き明かす探検」だった。何かを学び、知り、理解することはそれ自体が楽しいのだ。千歳お姉ちゃんはそのことを教えてくれた。そのことを伝えると、大学で電磁気学だの熱統計物理学だのといった難しそうな授業を受けているお姉ちゃんは嬉しそうに笑った。

そして今は、自宅で使っていたネコ型のクッション（顔面部分に座る）を持ってきて僕の部屋に置いておいてくれるのだった。田山花袋《たやまかたい》じゃなし、クッションに顔をうずめてお姉ちゃんの残り香をかぐような変態行為はしていない（国語の合間に、お姉ちゃんは文学史も教えてくれた）[*6]。だが、お姉ちゃんが帰ってしまった後も消えずに部屋に残っているクッションを眺めていると、秘密のうちにお姉ちゃんの一部を自室に所有しているように感じられてきて、それが無性に嬉しかった。

問題の携帯を渡したら、お姉ちゃんはクッションの上に正座をし、もう限界ですという顔で歪《ゆが》むネコにさらにピンポイントで体重をかけつつ、受け取った黒いスマートフォンをためつすがめつしている。その間に、僕はそれを拾った経緯を細かく説明した。もちろん駅前のドトールに行った理由はただ単に「友達と待ち合わせ」とごまかしたが、お姉ちゃんは口許に手をやり、時折見せる鋭い表情で聞いていた。

そして、何も表示されていない携帯の画面をじっと見ながら言った。

「……みーくん、たぶん、大正解」

「……え？」正解とか不正解と言われるとは思っていなかった。「どういうこと？」

「この携帯、たぶん、その隣の席の人のじゃない」

「……そうなの？」

なぜそれが分かるのだろう、という僕の問いを言わずとも察したらしく、お姉ちゃんは言った。

「だってみーくん、その人が帰ってから一時間くらい経ってたんだよね？」お姉ちゃんは携帯をちらちらと振ってみせる。「その人は仕事中でも、三十分に一回はリラックスして携帯いじってたんでしょ？　っていうことはたぶん、ゲームやってたか何かだと思う。そんな人が一時間も携帯を忘れてることに気づかないまま、ってことはないと思うよ。電車に乗ってるとかなら分かるけど、駅と反対方向に歩いて帰ったんだよね。パソコンを入れたケースだけぶら下げて帰ったっていうことは家はすぐ近くなんだろうし、休憩中なんだから、家についたらどこかで絶対、携帯触るよ。そこで携帯がないことに気付いて、慌ててあちこち探してからだとしても、パソコンを持ってきたくらいなんだからそんなに寄り道はしてないだろうし、すぐにドトールに置き忘れたって気付いて取りにくるよ」

そう言われ、ドトールでの記憶を再生してみる。確かに、あれだけ頻繁に携帯を出している人なら、店を出てすぐくらいに気付いて戻ってきそうなものだ。だが、そうだとすると。

「それなら、やっぱりあの女の人のだったってこと？　それって……」

まずいことになった。僕は頭を抱える。「なんとなくヤバい」感じがしたからという理由で携帯を持ち主に返さず、嘘をついて逃げてしまった。つまり僕は泥棒をしたことにならないか。必死な感じで怖かったのは、単に大切なデータなんかが入ってて見られたくなかっただけなのかもしれない。

お姉ちゃんは微笑んで、僕の肩にぽん、と手を置いた。

＊6　『蒲団《ふとん》』の主人公は竹中時雄であり、田山花袋本人は嗅いでない。

「落ち着いて。この携帯はたぶんその女の人のだけど、その人に返さなくてよかったと思うよ。まだいくつか分からないことがあるけど、みーくん、人助けをしたかも」

ますます分からなくなってきた。僕は他人の携帯を持ってきてしまったのに。

千歳お姉ちゃんはこんなふうにして時折、僕を置いて先の方まで進んでしまうのだった。大抵の場合はすぐに振り返って、僕の理解が追いつくよう手を伸ばしてくれるのだが。

お姉ちゃんはネコ型クッションの耳を摑んでお尻の下から引っぱり出すと胸に抱き、持っていた携帯をじっと見た。ちょっと暗いね、と言って電灯の紐に手を伸ばし、微妙に届かずにじたばたする。僕が立ち上がって明かりをつけた。

「ありがと」

「その携帯、どうするの？」

僕が訊くと、お姉ちゃんは携帯の液晶画面に電灯の光を当て、角度を変えて何やら検分している。「中のデータ、見てみよう」

「えっ」

ホーム画面にはロックがかかっていたのにどうやって、と思ったら、お姉ちゃんは立ち上がった。「セロハンテープと小麦粉、ちょっともらっていい？　あ、ココアの方が欲しいかも」

「あっ、うん」そういえばお姉ちゃんが来てすぐお茶を出されたっきりだ。とっくに空になっているローテーブルの上のカップを取り、お盆に載せる。「砂糖は入れる？　って……えっ？　小麦粉って言った？　今」

飲むのではないのだった。お姉ちゃんは僕について台所に行くと、母に挨拶してココアパウダーの袋とセロハンテープを出してもらい、部屋に戻った。カップを返してココアを袋ごと持っていくものだから母も首をかしげたが、お姉ちゃんは部屋に戻ると、セロハンテープを携帯にぐるぐる貼って端子部分をカバーした後、おもむろに液晶画面にココアパウダーを振りかけた。

「粉末法って言うの。警察もこうやって指紋、取るんだよ」

お姉ちゃんは携帯を軽く叩いて、敷いた紙の上にココアパウダーを落とす。確かに、指の脂がついた部分にだけパウダーが残っている。この携帯のロックはパターンロックという、特定のパターンを描くように画面を触れると解除するタイプだが、こんなにあっさりと解けるとは思っていなかった。

「……でも、これで解けるってこと自体、そもそも怪しいよね」

「なんで？」

お姉ちゃんはティッシュで画面上のココアパウダーを丁寧に拭いている。まあ、他人の携帯にいきなりココアパウダーをぶっかけたわけである。「普通スマホってしょっちゅう触ってるものだから、こんなにはっきりとロック解除の跡だけ残らないの。これ、あんまり使ってないスマホだと思う」

確かに、あの背の高い女性がいつも使っているとしたら、もう少し何か飾り気があってもよさそうなものだ。服装は地味な人だったが、そういう人でも持ち物が派手だったりすることはあるし、と考えていると、お姉ちゃんの表情がまた、すっと厳しくなった。

「……やっぱり、ね。みーくん、大正解だったんだよ。ほら」

お姉ちゃんが見せてきた携帯は、ホーム画面が表示されている。携帯の会社の宣伝とか「初心者ガイド」のようなアプリとか、何やらそのまま残っている。

携帯を受け取る。「これって、なんだか……」

「うん。ほとんど初期設定のまま。アドレス帳にも、一件も連絡先が入ってない」お姉ちゃんは言い、クッションを置いて立ち上がった。「ドトール行こ？　ちょっと確かめたいことがあるし、もしかしたら、早くしないと危ないかも」

大正解と言われても何がなのか全く分からないし、何がどう危ないのかも分からない。だが、ついていくしかない。久しぶりに千歳お姉ちゃんと二人でお出かけというわけで、普段なら大喜びなのだろうが、この時はお姉ちゃんが何を見ているのかが気になりすぎて喜ぶどころではなかった。

「確かめたいことって何？」

僕が身支度をしながら訊くと、お姉ちゃんもパーカーを羽織りながら答えた。「テーブルの下」

全くわけがわからなかった。

4

お姉ちゃんと一緒に外に出ると、繊細で雄大な夕焼けが広がっていた。群青《ぐんじょう》から碧《あお》、薄青から桃色と橙の間のあの色。秋の雲は空じゅうに広がる。そこを旅客機が横切り、あんな遠くの小さな影から発せられているとは思えない轟音《ごうおん》をさせて移動していく。その光景に、空を見上げたまま いつの間にか立ち止まっていた。隣で同じように見上げているお姉ちゃんが「東雲色《しののめいろ》」って言うんだよ、と教えてくれた。

こんなに日が短くなっていたのだと思う。そういえば、お盆過ぎあたりからすでに短かった気がする。本州の夏はお盆を境に下り始める。夏休みが終わりに近付くにつれて、日が短くなって夕方も近付いてくる。小学校の頃はただ悲しいだけだったが、中学生になったこの頃は、その寂しさも嫌いではなかった。

「綺麗だね」

飛行機雲ができているのを見つけながらそう言うと、お姉ちゃんも「そうだね」と答えた。隣を見ると、彼女はこちらを見て微笑んでいて、そのことにひどくどきりとした。

自転車に乗って、少しずつ肌寒くなりつつある商店街に戻った。ドトールは夜までやっているはずだったが、行ってみると昼間と同じく客が少なかった。日曜なのにこれでいいのだろうかと思う。平日の方が混む店というのもあると母が言っていたが。

驚くべきことに、店内に入ると一人掛け席に例の怪しげな男の人がいて、またパソコンのキーボードをバタバタ叩きつつ一人で首をかしげていた。「腹部に突き立てられたまま。血はほとんど出て、んんー？」

相変わらずの怪しさである。しかし、もしかして昼過ぎにまた戻ってきて、ずっとここでキーボードを叩いていたのだろうか。僕はお姉ちゃんに囁く。「そこのパソコンの人が例の人」

「ラッキー。じゃ、話も聞けるね。でもまずは」お姉ちゃんは言いかけて僕を見ると、なぜか僕の姿に驚いたようにかすかに眉を上げた。

顔に何かついているのかと思って額を撫でる。「どうしたの？」

「ん」お姉ちゃんは前を向いて微笑んだ。「みーくん、背、伸びたなって思って。もう同じくらいなんだね」

そういえば、と思うと同時に何かくすぐったいような血流を感じて顔を撫でたりしている僕の腕を取り、お姉ちゃんはもう店内を観察している。「ね、携帯あったのってどの席？」

　幸いというか空いているから当然というか、問題のテーブル席には誰もいなかった。お姉ちゃんがテーブルの下に潜り込むと、パソコンを叩いていた例の人はそちらを見て眉をひそめた。

「あ、やっぱり残ってた」

　テーブルの下から声がする。狭いので手と腿で隣の椅子とテーブルをずらして隣との間にスペースを作りながら隣にもぐりこんでしゃがむと、お姉ちゃんはテーブルの裏側から剝がした透明のものを見せてくれた。「ほら、これで貼りつけてあったんだよ。携帯」

　お姉ちゃんの指が僕の指に貼りつけて移したのは両面テープだった。テーブルの裏に二ヶ所ほど貼られていて、ここに何かを貼りつけていたらしい。というか、僕が「ごとり」という音を聞き、携帯が落ちているのを見つけたのはまさにこの位置だった。つまり。

　テーブルの下から這い出してきて、ばさりと顔にかかってホラーめいている髪を直すお姉ちゃんに訊く。

「あの携帯、ここに貼りつけて何やってたの？　盗聴とか？」

「それならまだいいけど。この席の人、特に喋ってなかったんだよね？」

「うん」

いや一人でぶつぶつ生首とか言ってたけど、と思い、一人掛け席の方を見る。胡乱な目でこちらを見ていた例の人は、目が合うと慌てて前を向いた。ヤバい人に関わってしまった、という顔をしないでいただきたい。

「だとすると」

お姉ちゃんはそちらに近づいていき、お仕事中すみません、と声をかけた。例の人は見られてはまずいかのようにパソコンの画面を閉じ、しかしどこかでこの展開を予想していたかのように振り返って応じた。「何かご用ですか?」

「あちらの席に落としものをされませんでしたでしょうか」

お姉ちゃんはそう言い、僕が拾った携帯を出す。男の人は「いや」と言い、ズボンのポケットから青い携帯を出した。お姉ちゃんの言う通り、僕が拾ったのはこの人のものではなかったのだ。

「昼間、あちらの席でお仕事をされていたそうですが」お姉ちゃんがこちらを指す。僕は横に避けてテーブルを見せた。

男の人はまだ警戒した顔でお姉ちゃんを見上げているが、お姉ちゃんは構わずに続けた。「午前中、あなたがパソコンを置いてお仕事をされていたあのテーブルの裏に、両面テープでこれが貼りつけてありました。誰かが意図的に、こっそりと貼りつけたものです。この端末はほぼ未使用で、アドレス帳には一件も登録されていませんでした。このためにいに用意された端末だと思います」

「えっ、何です……？」

男の人はお姉ちゃんから携帯を受け取り、それから僕を見て、ああ、と気付いた顔になって頷いた。むこうもこちらを覚えていたようだ。お姉ちゃんは彼が席を立った後に僕が携帯を見つけ、ここに戻ってくるまでのことを簡単に説明した。突然見知らぬ女子大生から話しかけられた男の人は最初は困惑していたが、ただごとでないという雰囲気を感じ取ったのか、キーボードを叩いている時のような真剣な表情になった。

「……確かに私はあちらの席にいました。隣の席にそっちの子がいたのも覚えていますが」男の人はこちらを見て、それから携帯を振ってみせる。「その席にこれを貼りつけて何を？」

「おそらく、キーロギングです」お姉ちゃんは言った。「携帯には加速度センサーがついていますから、テーブルの上に置かれたパソコンのキーボードを叩く振動を検知して、どのキーがどの順番で押されたか、という情報を盗むことができます」

つまり、ハッキングである。初めて聞く単語だったし、当時、買ってもらった携帯を「何かいろいろできるらしい」程度にしか認識していなかった僕にとっては、そんなことが現実にあるのかと驚くような話だった。だがお姉ちゃんは最初からその可能性を考えていたのだろう。だから携帯のロックも躊躇《ためら》いなく外した。

　男の人もその言葉は知っているらしかった。手の中の携帯とお姉ちゃんを見比べて慌てふためいた様子になった。「ちょ、本当ですかそれ。あかんではないですか」

「ご職業は？　何か、オンライン取引のようなことをこの席でされましたか」

　男の人はなぜか目をそらした。「いや、まあ、やくざな……ライターめいたことを」

「ライター……というと、雑誌なんかで？」

「いえ雑誌……もしますけど、確かに」

「へえ」お姉ちゃんが興味を持ったようで少し接近する。「もしかしたら記事を読んだことがあるかも。どういった雑誌ですか？『Newton』とか『日経サイエンス』とか」

　雑誌のチョイスが偏っている。男の人は違います違いますと言いつつ、なぜか目をそらしたままである。「……まあ、『小説推理』ですとか『ジェイ・ノベル』ですとか」

　お姉ちゃんはその名前で気付いたらしい。さらに興味深げに男の人を見る。「ひょっとして小説家の方ですか？」

「いや、その、まあ……そんなような、感じの、売文稼業[*7]です」

　なぜそんなにごまかそうとするのか分からないが、小説家らしき男の人はポケットを探り、名刺を出した。「こういうペンネームで。知らないとは思いますけれども」

　僕も隣に行って名刺を覗く。「朝宮驟雨　Syu Asamiya」と書かれていた。見覚えのない名前で「知らないな」と思ったが、お姉ちゃんは名刺を見て頷いた。「あ、聞いたことあります。確かミステリーの、『螺旋《らせん》階段より愛をこめて』とかですよね。密室の出てくる」

「あ、読んでいただけました？　あっ、嬉しいな。いやあ、えへへ」朝宮《あさみや》先生はあっさり相好を崩し、でれりと目尻を下げた。「まあ、そんな感じで。いや、まさか読んでいただけているとは。そうそう。あれのトリック、実は自信作なんですよ」

なるほど、鬼気迫る顔でずっとバタバタとキーボードを叩いていたが、執筆中だったのだ。僕は朝宮先生を上から下まで見てみた。変な言葉遣いを除けば「作家」という感じはあまりせず、学校の音楽の先生のような雰囲気だった。だが僕は、本物の「作家」というものを初めて生で見た。本やネットで存在を知っているだけで、実際に会うことなど一生ない別世界の人たちだと思っていたが、こんなにあっさりと目にすることになるとは。

「まあ、私なんぞまったく売れてもいないので、いささかマニアックな存在なんですが」朝宮先生はお姉ちゃんから名刺を取ってポケットに戻した。くれるわけではないら

＊7　恥ずかしいからに決まっている。

しい。

それから、あるいは美人女子大生相手に目尻を下げているという構図に気付いたのか、こほん、と咳払《せきばら》いをして元の顔に戻った。「ええとですね。しかし、本当にキーロギングなんぞを……？」

お姉ちゃんは二人掛け席を指さした。「テーブルの下にまだ、その携帯を貼りつけた跡があります」

朝宮先生はぬうっと立ち上がり、僕たちがやったのと同じ恰好でテーブルの下を覗いて戻ってきた。大きな体を縮めてテーブルの下に入る姿は変で、カウンターの中の店員さんだけでなく近くのテーブル席で本を読んでいたおじさんも何事かという顔をしていたが、先生は平気らしかった。

だが両面テープの跡を見ても、先生はまだ首をかしげている。「……しかし、私のパソコンを見てどうするのか」

「ネットバンキングなんかはされてますか？」

「いいえ」

「……原稿を盗んだ、とか？」

「まさか。私の原稿なんぞ見て面白いものでもないし、盗んでも一銭にもならない」先生はひどいことを言って首を振る。

「だとすると、個人的なお知り合いでしょうか」お姉ちゃんは歩いてきた人を避けるためテーブルの間に入りつつ言う。「ストーカー被害ですとか」

「ストーカー……いや、そういう流行り物はまだ」

「異様に熱心なファン、といった人はいませんか。編集部に問い合わせれば、おかしなファンレターが来て止められているとか、あるかもしれませんけど」

朝宮先生は考え込む様子で腕を組む。

僕は一歩離れて会話する二人を見ていた。僕は「作家」という人種相手にどうしていいか分からず、せっかくだからサインでももらった方がいいのだろうかと思っていたが、お姉ちゃんは特に緊張する様子もなく、対等なレベルで話している。そのことに驚いていた。僕の千歳お姉ちゃんは作家と対等に話すレベルなのだ、と思った。

お姉ちゃんがこちらを示す。「この子が問題の携帯を拾って、それを回収しようとする女性に話しかけられています。背の高い女性だった、と」

「背が高い……」

先生がこちらを見る。言動が何か変なのが残念だが、こうして見ると目元が整っていて、わりと恰好いい人だった。歳《とし》も三十五くらいなのかもしれない。

先生はふっと何かを思い出したように眉根を上げた。

「……君、その女の人って背が高い他に何か特徴はありませんでしたか？　片耳だけイヤリングしてる、とか。目立つやつを、です」

　急に深刻な調子になった上、見下ろすようにされるので少々怖い。僕は慌てふためいて頷いた。「あ、はい。……確かに、なんかイヤリングを」

「あれでしょう。悪魔召喚《しょうかん》できそうな形の」

「はい」

　僕が答えた途端、先生は納得したと同時に観念したような顔で天井を仰いだ。心当たりがあるらしい。「うわあ。それは間違いない」

　僕も言いながら思い出した。そういえば先生が来るより前、女の人が隣の席に来た。よく見てはいなかったが、あれもその人だったのかもしれない。

「まいったな……」先生は顔を覆い、大きな体を折って床にしゃがみこむ。「確かにいるんですよ。それらしき輩《やから》が一人。私がゲストで出た小説講座の受講生だったんですが、懇親会の間ずっと隣にいるし、くっついてきおるし。どうも怪しいな、と。ＳＮＳに粘着してくるし、手紙に自分の精神疾患のことを延々書いた挙句、住所を教えてくれまいかと書いて何度も送ってくるし、あれは本当に病気の人に失礼でしょうに。しかし一体何故にこの店が分かったのやら。ＳＮＳにけっこう仕事中のこと書いてるからかな。それともあのイヤリングでダンタリアンでも召喚したか[*8]」

　三人が立って喋っている上に先生はこの変な口調で音量を抑えようともしないため、

さすがに狭い店内では目立つようで、店員さんや他のお客さんが注目している。奥の喫煙席にいる人たちまでガラス戸ごしにこちらを見ており、これは座った方がいいぞと思う。しかし、やっぱり作家となると有名税的なそういうことがあるのだな[*9]、と僕は納得した。

お姉ちゃんは後ろの椅子をずらしてスペースを空けると、先生の前に回ってしゃがみ、お腹が痛い人に話しかける看護師さんの口調で訊く。「お仕事の時に何か個人情報は入力しませんでしたか？　住所やSNSアカウントのパスワードとか」

「入力しました。SNSは乗っ取られてないか確認しないといけませんね」

先生はすっくと立ち上がって一人掛け席に座り、どうも執筆中の原稿を僕たちに見られたくないらしくちらちらとこちらを気にしながらワープロソフトを閉じると、ネットにつないでSNSを確認していた。結果はすぐに分かった。SNSの画面に「よその端末からあなたのアカウントにアクセスしようとしていますが大丈夫ですか？[*10]」という通知が出たのだ。先生は「ツルカメ、ツルカメ」と謎の呪文を呟きながら「いいえ」をク

＊8　ソロモン王七十二柱の悪魔の一人。召喚すると無数の顔がくっついたすごいビジュアルで登場し、学問や芸術の知識を授けてくれる他、他人の秘密を教えてくれるという。

＊9　あまりない。

リックし、振り向いてこちらを見上げた。

「助かりました。やはりアクセスされていた。SNS側のセキュリティのおかげで乗っ取られはしていないようですが」

隣に立つ千歳お姉ちゃんの表情が厳しくなる。未遂ではあったが、本当にハッキングが進行していたのだ。先生はキーボードを叩いてSNSアカウントのパスワードを変えている。メモ帳を出してアナログで記録を取っているから、ランダムで安全性の高いパスワードにしたのだろう。先生が無言でそうする様子を見て僕は「冗談では済まないことが起こっている」と実感した。僕がそれを防いだらしい。そのことには実感がない。

「とりあえず具体的な被害はまだないようです」先生はパタンとパソコンを閉じ、立ち上がってこちらにゆっくりとお辞儀をした。「お礼を言います。ありがとうございました」

お姉ちゃんは「よかったです」と普通に反応していたが、僕はどうしていいか分からずに困惑していた。大人が中学生にお辞儀をするなんてあるのか、と思った。

僕はとにかく「よかったです」と言った。先生は頷いた。

だが先生は、午前中に座っていたテーブルを見て言った。「……しかし、こうなると一つ、根本的な問題が出来《しゅったい》しましたね」

お姉ちゃんも同じテーブルを見て頷いている。先生は腕を組んだ。

「私が午前中、あそこの席にいたのはただの偶然です。テーブル席だと電源がないので、いつもはこっちのカウンター席で励んでいます。それこそ、たまたまこちらの彼が先に隣にいなければ、彼のいた席に座っていたでしょう。壁際好きなのでね」

先生は僕に視線をやる。身長差があるので見下ろされる感じになる。僕は二人掛け席を見た。あまりスペースがないところにテーブルと椅子を詰めているので、壁にかかっている地中海沿岸らしき風景のイラストと角に置かれている観葉植物の鉢が窮屈そうだ。

確かに午前中、先生のいた席は「手前から二番目」で、左右両方に気を遣わなければならない位置だった。仕事に集中したいなら僕のいた一番手前の席の方がまだましだろう。

お姉ちゃんがテーブル席を見て頷くと、やはりなんとなく教員に見える朝宮先生は、課題を出すような口調でお姉ちゃんに言った。

「犯人がその席のテーブルに携帯を貼りつけて、私のパソコンのキーロギングをしたとすると、これは奇妙です。私は席についてから退店まで一度もあの席を離れていないし、

＊10　ヤバいことを見たり言ってしまった場合に、めでたいものを口から出すことで打ち消すという意味合いがあるが、今時こんな言葉を使う人はいない。

座っている間、テーブルに近付いた人は一人もいなかったと記憶しています」

先生は問題のテーブルを見ている。

「では犯人はどうやって私に気付かれず、私のいる席のテーブルに携帯を貼りつけたのでしょうね？」

5

カウンターの中でコーヒーを淹れ始めたらしい。コーヒーマシンのたてる音が、先生の発言で沈黙した僕たちの間を通り抜けていく。

僕は端の一人掛け席で参考書を開いている大学生の人をなんとなく見ながら、頭の中で先生の発言を検証した。確かにその通りだった。午前中、先生のいた二人掛け席のテーブルには両面テープで携帯が貼りつけられていて、おそらくそれが剝がれて落ちた。最終的に剝がれてしまったとはいえ、四隅に四ヶ所、かなり正確に貼ってあった。執筆中の先生に気付かれずこっそり、というのは無理だ。だとすると。

お姉ちゃんが言った。

「携帯はあらかじめ貼りつけてあったんだと思います。犯人は先に来て、先生が座る前に携帯を貼りつけて出ていった。……犯人の女性は先生に顔を知られているわけですし、先生が座ってから店に入れば、顔を見られてしまうでしょう。それしかないと思います」

そういうことになる。僕も思い出したことを言った。「そういえば、先生が来る前にはあの席、椅子の背もたれにジャケットがかけてありました。女の人がそれを回収して出ていったんですけど、もしかしたら犯人の人だったのかも」

ちゃんと見ていたわけではないからはっきりしたことは言えない。だが間違いない気がした。先生も頷く。「でしょうねえ。で、犯人は私が帰った後に携帯を回収しようとしたが、こっちの……」

「みーくんです」

それはやめてほしい。「星川瑞人です」

「瑞人君が親切にも携帯を拾ってしまった。仕方なく犯人は瑞人君に『携帯を返せ』と迫ったが、瑞人君は守り抜いた」

先生は突然僕の手を両手で捕らえてガシッと握った。「Grazie《グラッツェ》 mille《ミッレ》!」

背が高いが手も大きい人だ。なんで外国語なのか分からないが、僕は感謝されて戸惑った。大きな大人に、こんなにまともに感謝されたのは生まれて初めてだ。それも大人が子供にやるサービス混じりの「ありがとねー」ではなく、本気の感謝だ。大きくてやや乾いた手の感触からそれが伝わる。

「……いえ、本当によかったのか悩んでました」

　そう答えながらも、照れくさくて顔が上げられなかった。本気の感謝をされているということは、本当に助けたのだ。大人の、しかも作家という別世界の存在を。自分にそんなことができるなんて思っていなかった。

　先生は、昔から賢いんですよと誇らしげに言う千歳お姉ちゃんと僕を見比べて指さす。

「お二人はご姉弟《きょうだい》？」

「いえ。ええと……」

　お姉ちゃんが迷う様子を見せて、僕は不意にどきりとした。お姉ちゃんは僕のことを何だと言うのだろうか。現時点では「彼氏のようなもの」とかはありえない。「友達」だろうか。「ただの近所の子」とか言われたら落ち込む。

「……弟みたいなものです」

　お姉ちゃんは少しはにかみながらそう答えた。「弟」という単語に僕は一瞬ほわりと嬉しくなり、でも弟か、と一瞬落ち込み、でも「みたいなもの」だし、何か照れてる感じだし、と希望をつないだ。我ながら上がったり下がったり忙しい。

「ふうん。姉弟探偵。いいですね。姉が頭脳担当、弟が体力担当。いや姉が推理担当で弟は毎回ドジをして、その結果偶然手かがりを見つける担当。はたまた」

　なんか勝手に設定を作られている。それはやめていただきたい。

「まあ、ありふれた設定しか出てこないのでそれはどうでもいいとして」先生は頼むまでもなくやめた。「これはかなり、謎ですね。詳しく検討してみたいところですが、お二人、お時間ありますか？　どこかでお茶でも」

お姉ちゃんがカウンターを見る。「あの、ここドトールですけど」

「それもそうですね」先生は頷いた。「いや、最近すっかり仕事場としか認識してなかったもので。便利なんですよ二二〇円でいくらでもいられるし」

ひどい。中学生の僕が気にして追加注文をしているというのに。「お店も席の回転率とかあるんじゃ……」

「ん？　回転？　席が回るんですか？」先生はきょとんとして、手近な一人掛け席の椅子の背もたれを摑んで回そうとし、回らないと知ると両手で持ち上げて回し、首をかしげた。

物理的に回してどうする。「注文しないでずっと居座ってたら、お店が儲《もう》からないです。席の数しかお客さんは入れないから」

僕がそう言うと先生は店内を見回し、それから僕を見て、非常に驚いた顔になって言った。「そういえばそうです。初めて知りました。そうか。しまった」

知らなかったのか。いい大人なのに。しかし先生はしまったしまったと言いながら財布を出し、カウンターにかぶりついて紙幣の束を差し出した。「すみません。いや気付きませんで。申し訳なかった。これはこれまでの迷惑料ということで」

店員さんは困惑していいえいいえ結構ですそういったものはいただけませんと手を振っている。一人掛け席の大学生も何事かという顔でそのやりとりを見ている。千歳お姉ちゃんが苦笑して先生をなだめた。「もういいですから。せめてこれからはちゃんと注文しましょう」

先生はうんうんと頷く。「そうですね。では手始めに、メニューを上から」

「食べられる分だけにしましょう」

「もっともです。では」先生はメニューを見て悩み始めた。「レタスドックが旨《うま》そうですね。いやしかし、チキンカレーサラダの特製スパイシーソース[11]と来ましたか。いやしかし、ミルクレープ」

サンドイッチとミルクレープで悩むという意味不明さである。お姉ちゃんがこちらを振り返って苦笑する。変な人だ。大人なのにこんな人もいるという事実は、大人と言えば親か学校の先生しか見ていない僕にとって衝撃だった。作家ってみんなこうなのだろうか。[12]

しかしよく考えてみれば、僕も千歳お姉ちゃんも入ったきり何も注文していないのだった。僕はご馳走《ちそう》させてくださいという先生の言葉に素直にお礼を言うことにしてカウンターに行き、にこやかに対応してくれる店員さんにジャーマンドックとアイスコーヒーを注文する。先生は仕事より謎の方が気になるらしく、ノートパソコンを閉じて、午前中に座っていた問題のテーブル席に持っていった。ついでに椅子も引っぱっていった。テーブルは二人掛けだからなのだろうが、いいのだろうか。トレイを持って席に着く。お腹が減っていて、夕飯までの間に何か食べたかったからちょうどよかった。

先生はトレイを置くと猛然とサンドイッチを齧《かじ》り、ミルクレープを食べ、ジュースを飲んでまたサンドイッチを食べた。「主菜・副菜・汁物をローテーションで食べる『三角食べ』という技です。昭和の子供はみんなこれができたんですよ[*13]」

僕とお姉ちゃんがどう反応してよいか分からずに苦笑を交わしている間に先生は旺盛な食欲でサンドイッチとミルクレープを平らげ、なぜかストローを使わずにジュースをあおり、鼻に氷を当てて「冷たい」などと言いながら飲み干した。

「さて本題です」先生はそこだけ上品な仕草[*14]で手を拭った。「一体、どういうことなんでしょうね？　犯人はグラシャラボラスでも召喚して不可視にしてもらうのでない限り、

＊11　現在は販売終了。
＊12　ちがう。
＊13　一九七〇年代に学校給食などで推奨されたが、別に意味はないので廃れた。
＊14　ソロモン王七十二柱の悪魔の一人。召喚すると翼の生えた犬の姿で現れ、人を殺したり不可視にしたり、科学や過去・未来の知識を与えてくれたりするという。

私のテーブルにこっそり携帯を貼りつけることはできないでしょう。いや、たとえグラシャラボラスを召喚したって、携帯自体は不可視になっていないのですから、携帯だけが空を飛んでいるように見えてしまうはずです。いや、グラシャラボラスを召喚するなら未来視で私がどの席に座るのかを教えてもらえばいいか」

お姉ちゃんが言う。「いえ、それならシュトリ[*15]を召喚して恋愛感情を燃え上がらせてもらった方が早いです」

「それもそうですね。チートですねあれは」

「ですよね」

この二人は何の話をしているのだろうか。

「でも、現実に起こっていることには、必ず説明がつけられます」お姉ちゃんが話を軌道修正する。「怪奇現象にして考えるのを止《や》めてはいけないと思います。トリックの可能性を考えるべきです。たとえば『この犯人に余裕があったかなかったか』と考えてみると、犯人は先生の行きつけを知っていさえすれば事前にいくらでも準備ができるわけです。それなら、大がかりなトリックもできたはずです」

確かにそうだ。僕などはつい「念力か」「予知能力か」「透明人間か」といろいろ考えてしまっていたのだが。

「事前。……まあ、問題の携帯は私が来る前に貼りつけていたのでしょうね。おそらく」先生は咳払いをして続ける。「……しかしそうすると今度は、なぜ犯人は私の座るテーブルを当てられたのか、という謎が残る。姉弟探偵さん。いかがでしょう」

姉弟じゃないんだけどなあ、と思うが、発言を求められているようなので言う。「勘であそこのテーブルに貼ったら当たった、とか」

「ううむ。それはなさそうですね」先生は店内を見回す。「喫煙席を除外しても二十二席。二人掛けのテーブルが四つなので、つまり十八分の一です。確率が低すぎます」

「当たるまで何度もやる……とか」

だが、お姉ちゃんもカウンターを振り返って言った。

「禁煙席はどこもカウンターから丸見えなんだよね。同じ人が何度もやってたら、さすがに店員さんに覚えられちゃうよ。怖くてできないと思う」

二人から反論されては「さいですか」と黙るしかない。アイスコーヒーを啜《すす》る。ガムシロップを入れたままかき混ぜていなかったので強烈に甘いところに当たった。

お姉ちゃんはフォローなのか、ぽんぽんと僕の肩を叩きつつ先生に言う。「でも、もしかしたらいくつもの席に同時に携帯を仕掛けてたのかもしれませんよね？」

＊15　ソロモン王七十二柱の悪魔の一人。召喚すると翼の生えた豹《ひょう》の姿で現れ、愛と情欲に関するあらゆることを支配する魔法でなんでもしてくれるという。

せっかくフォローしてくれたところなのでやりにくいのだが、今度は僕が否定するしかなかった。「携帯を拾うときに他のテーブルの下も見たんだけど、何もなかった」

「そっか」千歳お姉ちゃんは口許に手をやって首をかしげ、先生を見る。「先生を狙った、というのは間違いないんですよね？　実はあの席に座るべき他の人を狙っていた、という可能性もありますけど」

先生はまた首を振る。「いや、間違いないでしょうね。あの六芒星の人がたまたま私以外の誰かの情報を盗むつもりで、私が仕事をしている時間に私の行きつけに来ていたというのは、さすがに偶然が過ぎます」

三人、それぞれの姿勢でしばし沈黙して悩む。朝宮先生はグラスに挿したストローの先端を人差し指でとんとんと叩いている。千歳お姉ちゃんはいつものように口許に手をやり、よく見ると何かを呟きつつ検討しているようでわずかに唇が動いている。二人が沈黙しているので、僕も考えた末、芥川龍之介《あくたがわりゅうのすけ》のポーズで思案することにした。

不思議な気分だった。作家という想像もできない存在であるはずの朝宮先生と、大学で難しい物理学を勉強している千歳お姉ちゃんが、同じ謎で悩んでいる。そしてなぜか僕までが、当然のような顔で同じ土俵に乗っている。大人のはずの二人はそのことを特に変に思ってもいないらしく、朝宮先生も、僕に対しても特に子供扱いする様子がなく、頼りにしてくれているらしい。大人なんてものは中学生を子供扱いしてなめくさり、御《お》為《ため》ごかしや頭ごなしで理不尽を押しつけてくるものだと思っていたが、そうでない人もいるのだ。それは新鮮な発見だった。よく考えてみれば、学校外で初対面の大人とこうして話すこともほぼ生まれて初めてだ。学校内の大人と学校外の大人は生態が違うのかもしれない。

カウンターの中で、食器を洗うかちゃかちゃかちゃという音が鳴り続けている。僕は椅子が近いので隣にくっついて座っているお姉ちゃんの体温をなんとなく感じながら本気で考えた。六芒星の人は、どうやって先生の座るテーブルに携帯を貼りつけたのか。先生が座ってからは、気付かれないように貼るのは無理だ。だが先に貼っておいたのだとしたら、犯人は先生がこれから座る席をどうして知っていたのか。

よくよく考えてみると、これはかなり不思議なことだった。事前に先生のことをいくら調べても、店に入る前に監視していても、どこの席に座るかなんてことは分かりようがない。なるほど、ミステリー作家の朝宮先生と千歳お姉ちゃんが悩むわけだ。

先生がぼそりと言った。「……そもそも、前提から疑うべきですね」

お姉ちゃんが先生を見る。先生はオレンジジュースを見たまま言った。

「つまり、そもそも犯人はキーロギング自体をしていなかった。SNSの乗っ取り未遂は別の方法でパスワードを手に入れて、そちらでやった」先生はテーブルに置かれた問題の携帯を指で撫でる。「この携帯は別の用途でこのテーブルに貼ってあったのでは？

たとえば振動検知のキーロギングではなく、天井付近に仕掛けた隠しカメラで私のパソコンを撮影し、それでSNSの乗っ取りを企てた。貼ってあったこの携帯は、その映像を中継するためだった、というのはいかがでしょうね」

僕は芥川ポーズをやめて考えた。なるほど、それなら確かに可能だ。

だがお姉ちゃんは首を振り、携帯を操作して何かの画面を表示させ、先生に見せた。横からちらりと覗いたところでは、携帯の画面には、白地にひたすら文字の連なりが表示されていた。変な画面だ。

先生が眉間に皺《しわ》を作る。「これは……」

お姉ちゃんが答えた。「キーロギングアプリです。つまり、確かにこの携帯でキーロギングをしていたんです」

「む……確かに。このsyuhponpon0819というの、私のSNSのパスワードです」言わなきゃいいのに口に出し、先生は唸る。「すると私の推理も駄目か」

また沈黙が訪れる。僕は、店にかかっているのがよく聞くジャズの曲だということに今更気付いた。謎はまだ解けない。僕には、糸口がどこにあるのかも分からない。

だが、お姉ちゃんは落ち着いているようだった。どうも、すでに何か考えがあるらしい。

「……推理をする時のポイントその一、です」お姉ちゃんは人差し指を立てる。「『何でもいいから気になったこと、いつもと違うことを挙げていく』んです。それがヒントになることがけっこうあります」

お姉ちゃんは授業をする口調になった。そういえば僕が小学校の頃にも「ポイントその一」は言っていた気がするから正しくは「ポイントその二」のはずだが、まあそこはどうでもいい。お姉ちゃんは僕と朝宮先生を同じだけ見た。

「……何か、午前中この店で、いつもと違ったことは？」

「さあ」先生は腕を組んだ。「……まあ、混んでいましたね。土日とはいえ、いつもはあの時間なら、一人掛け席のどこかは空いているんですが」

お姉ちゃんは頷く。「みーくんは？」

「いや、僕は……」僕は目をそらした。「……特に、何も」

お姉ちゃんが沈黙する。

だが、朝宮先生が「失礼。雉撃《きじう》ちに」と謎の呪文を発して席を立つと、[16] それを待っていたかのように、お姉ちゃんは座り直して僕の方に向いた。

「ごめんね。言いたくなかったらいいんだけど、私、気になってるの」お姉ちゃんは僕

＊16　「トイレに行く」の意。もとは登山用語。女性の場合は「お花を摘みに」と言うが、今時こんな言葉を使う人はいない。

をじっと見る。「……みーくん、そもそもどうしてこの店にいたの？」

「それは……」

やっぱり見抜かれていたんだな、と思う。お姉ちゃんはこうして、僕が隠し事をしていると必ず見抜く。おそらく今回も、途中から「何かある」と気付いていたのだろう。だが僕のプライバシーを尊重して訊かないでおいてくれた。

僕は返答に困って身じろぎした。すると、尻の下から何か、かさりとした感触を覚えた。

あっと思った。今日、出てくるとき、木内美花さんからもらった手紙は念のため尻ポケットに入れてきていたのだ。そしてそのまま携帯の騒動が始まり、家に逃げ帰った。

心の中でのけぞって叫ぶ。手紙が今もこうしてポケットに入っているということは、お姉ちゃんに勉強を教えてもらっている間もずっと入ったままだったということになる。

お姉ちゃんには絶対ばれたくないと思っていたはずなのに、とんだ間抜けぶりだった。

それと同時に理解した。僕はもはや、手紙のことなどどうでもよくなりつつあるのだ。木内美花さんは来なかった。約束の時間から二時間以上も何の音沙汰もなかったなら、当然もう連絡してくる気をなくしたのだ。チャットルームにも、新たな書き込みはないだろう。

僕は尻ポケットから手紙を出し、よれよれになった青い封筒から便箋を出した。「これをもらったんだ」

　僕は手紙をもらったときのことを話した。じっとこちらを見つめながらそれを聞くお姉ちゃんは、いいの？　という顔で首をかしげていたが、構わずに手紙を渡す。

だが、読まれる前にはっきり言っておかなければならない。

「断るつもりだった。ただ無視するんじゃ悪いから、ちゃんと会って、直接」

だって、僕には好きな人がいるから。

そう続けようかと一瞬思ったが、とてもできなかった。お姉ちゃんは便箋を開き、じっと読んでいる。その真剣な顔は、やっぱりすごく綺麗だ。

　僕のことを好きな女の子がいる、と知ったお姉ちゃんがどんな反応をするか。僕はお姉ちゃんの表情を見ていた。わずかな変化も見逃さないつもりだった。不安とかすかな期待があったが、お姉ちゃんは手紙を読んではしゃいだり、僕をからかったりしなかった。

　そのかわり、慌てたり不安がったりしてくれるような影も全くなかった。お姉ちゃんが見せたのは、全く予想外の方向の反応だった。

「みーくん、言いにくいけど、この手紙……」お姉ちゃんは便箋と封筒を検分するように裏返しながら言った。「……不審だよ」

「……『不審』？」

どういうことなのだろう。確かに女の子の字だし、悪戯や嫌がらせで呼び出した、という感じではない。もちろん便箋に発信器がついているようなこともない。

「三つくらい変なところがあるよ。いい？　よく見て」

お姉ちゃんが膝の上に便箋と封筒を並べ、一枚目に指を当てて示す。

「まずここ。封筒の方には『星川様』って宛名があるのに、本文の最初にはない。きちんとした文章だし、末尾では『木内美花』ってちゃんと書いてるなら、普通は冒頭に『星川様』って書くものだと思わない？」

お姉ちゃんが見せてくる便箋を受け取る。自分の部屋で一人で読んだ時はどきどきする秘めごとであったはずの手紙は、今やすっかりただの証拠物件になってしまっていた。

「それから、もっと決定的におかしいのが、手紙の渡し方」

お姉ちゃんはきちんと膝の上に手を乗せている。やはり少し言いにくそうにしてはいるが、話し方ははっきりとしていた。「他校の子なんだよね。その子が、『直接渡したかったけど勇気が出なかったから』昇降口の、みーくんの靴箱に手紙を入れた。それっておかしいよね？　他校の生徒である木内美花さんは、みーくんの靴箱がどれなのかをどうして知ってたの？」

「あっ……」

思わず声が出た。そうだ。それは決定的におかしい。僕は朝、手紙を見つけたとき思わず、他人の靴箱を間違えて開けてしまったかと上下左右を開けた。一中の靴箱には生徒の名前なんか書いてないからだ。上履きの踵には校則で名前を書くことになっていて、靴箱を開ければそれが確認できるが、木内美花さんは僕の学年もクラスも知らないはずなのだ。学年には見当がついたかもしれないが、彼女が僕の靴箱を探し当てるためには、二年生の靴箱を片っ端から開けて一つ一つ探さなければならない。他校の生徒がこっそり忍び込んで、である。無理だ。加えて仮に「星川」の上履きを見つけたとしても、僕以外の「星川」でない、という確証はない。佐藤鈴木《さとうすずき》ほどではないが、「星川」はそんなに珍しい名字ではないのだ。

それなのに、木内美花さんは僕の靴箱をどうやって探し当てたのだろうか。

「それって、まさか……」いや、「探し当てた」のではないのか。「他校の人じゃなくて、僕の知ってる人だったとか?」

クラスの真鍋さんが真っ先に浮かんだ。我ながら思考回路がお花畑である。

だが、お姉ちゃんは首を振った。「……逆だと思う。知ってる子なら、もっと別のやり方がいくらでもあると思うから」

「……『逆』?」

「つまり、『木内美花』さんはみーくんのこと全く知らなかったの。っていうより、そもそもこの手紙はみーくんに宛てたものじゃなかった。一中の男の子なら誰でもよかったの」

どういうことなのだろうか。お姉ちゃんは確信しているようだが、僕にはさっぱり分からない。だって、封筒には確かに僕の名前が書いてあるではないか。

そこまで考えて、ようやく僕にも閃《ひらめ》きが訪れた。お姉ちゃんはさっき言っていた。封筒には「星川様」と書いてあるのに、中の便箋に宛名がないのはおかしい。

「……そうか」

つまり、そういうことだった。「木内美花」さん（おそらく偽名だろう）は便箋に宛名を書かなかったのではない。書けなかったのだ。彼女は僕の靴箱を捜しあてて手紙を置いたのではなく、適当に靴箱を開けて上履きのかかとに書かれた名前を封筒に書き、手紙を置いてきただけだからだ。これならどこか一ヶ所を開けるだけでいいから、外部の人がこっそりやることも可能である。

となると、手紙を送る相手は誰でもよかった、ということになる。

「……でも」

なかなか現実を認める気になれず、僕は身を乗り出して言う。テーブルに腕が当たって、氷だけになったグラスがかちゃんと鳴った。「『夏の地区大会で』とか『駅前の本屋さんで』とか、具体的に僕のことが書いてあるけど」

「男の子はほとんど運動部に入ってるし、運動部なら夏に地区大会はあるし、一中の子が行く本屋さんって駅前のあそこくらいだよね」

お姉ちゃんは試験の結果を伝えるような口調で言った。それも、結果が悪いときの口調だ。だが、言うべきことはちゃんと付け加えてくる。「それから、漫画を買っているところを見て『そのマンガ、私も大好きです！』って書いてるのに、どの漫画か分かるような、タイトルとかの表記が一切ないのって不自然じゃない？　運動部の地区大会で見かけたのに何部なのかも書いてない。普通、自己紹介と『もしかしたら思い出してくれるかもしれない』っていう期待を込めて、もう少し具体的に書きたくなるところだと思う」

便箋をめくって確認する。そういえばこれを読んだ時、僕も「どれのことだ」と思ったような気がする。

つまり、お姉ちゃんの言う通りなのだった。僕は騙《だま》されていた。この手紙はラブレターなどではなかったのだ。

僕はお姉ちゃんの膝の上にある手紙を見る。それからお姉ちゃんの顔を見る。お姉ちゃんは何か、辛《つら》いものをこらえているような表情で唇を引き結んでいた。

「……じゃあ、この手紙は悪戯？」

僕が聞くと、お姉ちゃんは首を振った。「たぶんもっと悪質。犯罪の手段」

お姉ちゃんがすっと立ち上がる。その視線の先を見ると、朝宮先生が戻ってきていた。

お姉ちゃんは言った。

「朝宮先生。ご自宅に戻りましょう。六芒星のイヤリングの人は先生の住所を知っています。それがもしこの近所なら、ご自宅の前で待ち伏せしている可能性が大きいです」

6

朝宮先生の家は本当に「すぐそこ」だという話だった。犯人つまり六芒星のイヤリングの人がわざわざこの店に来ていることを考えても、彼女がそのまま、キーロギングで取った先生の住所に直行している可能性は大きい。僕たちは店を出て、すでに街路灯の灯《とも》る商店街を歩いた。駅前の商店街は、路地に入るとすぐに住宅地になり、看板や電灯が減って急に静かな戸建てやアパートばかりになるのは、なんとなく不思議だった。信号のところで路地を折れ、小さな公園の横を通り、先生を先頭に僕たちは歩いた。

「……つまり、フォーシングですか。マジックで言うところの」

「はい。この方法を使えば、先生が座る席にピンポイントで携帯を貼りつけることができます」先生の斜め後ろを歩きながらお姉ちゃんが答える。「すごく手間はかかりますけど、ストーカーってむしろ、そういう手間をかけて執念を燃やす自分に酔う部分がありますから」

「怖いですね」先生はノートパソコンを抱くように抱えた。「刺されたりしないでしょうね」

お姉ちゃんは平然と答えた。「そうならないようにします」

否定する気はないのだな、と思った。普段ならそういうところで話し相手に気を遣うはずの千歳お姉ちゃんが、なんだか怒っているようだ。背中の雰囲気でそれが分かる。

路地の角を曲がり、先生がこちらを振り返る。「そこの、タイルの壁のアパートです。……大丈夫かな」

しかし、先頭にいた先生が立ち止まった。お姉ちゃんがその前に出るので、僕も続いた。

日が落ちて青灰色に薄暗い路地。五階建てのアパートの玄関前に、背の高い女の人が立っていた。

頭上で「うっ」と呻《うめ》く声が聞こえる。先生は立ち止まって顔をしかめている。「やっぱり、あの人か」

女の人がこちらを向き、まっすぐに歩いてくる。「……朝宮先生」

距離が近付き、相手の顔が分かった。間違いなく昼、僕に「携帯を返せ」と言ってきた人だった。右耳で大きなイヤリングが揺れている。

お姉ちゃんが先生をかばうように前に出て、かしゃり、と携帯でシャッターを切った。

女の人が立ち止まる。「ちょっと、あなた今撮ったでしょう」

「撮りました。自宅に押しかけてきている、という証拠ですから」お姉ちゃんは女の人をまっすぐに見て言い、携帯をしまった。「ストーカー行為等の規制に関する法律第二条一号の『つきまとい等』に該当します。警察に通報します」

女の人は立ち止まった。「ちょっ……何、あなた」

「この住所、どうやって知ったんですか？　先生の行きつけのドトールにスマートフォンを仕掛けて、キーロギングで情報を盗んだんですよね。不正アクセス行為等の禁止に関する法律違反の疑いもあります」

「何ですか。いきなり」女の人はお姉ちゃんに怒鳴った。「あなた誰？　関係ないでしょう。ひとのことを犯罪者みたいに。何の証拠があるの」

「ここにあります」

お姉ちゃんは二つのものを出して示した。僕が拾った携帯電話と、僕がもらった手紙である。

「端末内にキーロギングアプリと、それを使用したデータが残っていました。それと、この手紙」お姉ちゃんは、僕が初めて聞くような厳しい声で言う。「この手紙を出したのはあなたですね？　いつも商店街のドトールで仕事をする朝宮先生に、携帯を仕掛けた席に座ってもらうために」

女の人はぎょっとして足を止め、目を見開いて動かなかった。おそらく、そこまで見抜かれているとは全く考えていなかったのだろう。当然だ。普通なら見抜けない。

僕がもらった「木内美花」さんからのラブレターは、この女の人が仕掛けたトリックの一部だったのだ。

「あなたは、ここに書かれた『星川』君の他にも、一中の男子生徒数名、あるいは女子生徒にも、同じような手紙を出していたはずです。一中だけじゃない。近隣の二中、末広一中から三中、もしかしたら川西《かわにし》中なんかにも出していたかもしれないですね。それから近所の高校と大学。それ以外の人にも出しましたか？　たとえば『弟からあなたに手紙を渡してくれと頼まれた』と言えば、社会人の女性にも渡せますよね。なんなら、それらの学校の、他に手紙をもらった人を集めても構いません。全員、証人です」

お姉ちゃんは確信しているようだった。女の人はまだ動かない。それを見て僕は、この人が犯人だったと分かった。この人は今、たぶん言い訳を考えている。

この女の人はどうやって、ドトールで朝宮先生の座るテーブルを知ったか。

つまり、こういうことなのだった。携帯を先に仕掛けておき、それ以外の席をすべて埋めてしまえば、先生はその席に座るしかなくなる。

ここまでの道すがら、お姉ちゃんが話してくれた推理はこうだった。犯人はまず、僕がもらった「木内美花」さんからのラブレターと似たようなものを大量に作り、一中だけでなく近隣の学校にばらまいたり、近所の人に渡したりする。そしてチャットルームに案内し、来てくれた人には今日の午前十時、商店街のドトールの禁煙席で待っていてくれるように頼む。そうやってたくさんの人を店に集め、携帯を仕掛けた「先生が座る予定の席」以外のすべてを埋めてしまうのである。もちろん、「先生が座る予定の席」に誰かが座ってしまわないよう、その席の椅子の背にはジャケットをかけておく。そして先生が来そうな時間になったらジャケットを回収し、そこだけを空席にする。

いきなり知らない人から、なぜかアナログの手紙で来たラブレターを怪しむ人は多いだろうし、いくら個人情報を書き込まなくていいチャットルームのやりとりだとしても、本当にログインして「木内美花」さんと待ち合わせをする人は少ないかもしれない。だが手紙は何十通、場合によっては何百通出してもよかった。そしてチャットルームでのやりとりを間に挟めば、手紙を送ったうちの何人が来てくれそうかは事前に予測がつく。当日呼び出す人数は多めにしておいて、余ったらチャットルームに「店が混んでいるので別の場所に移りましょう」と書けばいいのだ。

一通一通、怪しまれないように、純粋な女の子（女性に出した場合は男の子）を装って手書きの手紙を書く。それを配る。とんでもない労力のかかる計画だったが、ストーカーという人種はそういうことを平気でやることが多いと、今では知っている。憧れの先生に会うために頑張っている、と思い込めば、むしろ楽しくすらあったかもしれない。

そして何より、これは「失敗しても別に大丈夫」な計画だった。人が集まらなかったらチャットルームを放置すればいい。集まりすぎたら何人かをよその店にでも移動させればいい。先生が予定通りの席につかなかったらそこで中断すればいい。同じような手紙が学校内で発見されて怪しまれたら、他の学校から人を集めればいい。

あの店は不自然に混んでいた。日曜とはいえ午前十時の段階でほぼ満席だった。その点は先生も気にしていた。そして昼過ぎ、僕が帰る頃には空席が目立つようになっていた。今の僕から見れば、それもおかしいと分かる。商店街の喫茶店では、普通は昼時の方が混む。だがあの時、店を満員にしていた客は、大部分が僕と同じく、犯人に呼び出された人たちだったのだ。

そして、あの時店に集められていたのは中学生男子の割合が多かったようだ。女の子からのラブレターなど経験がなく、まさか自分に、と舞い上がってしまう年頃の男の子。つまり、当時の僕のような、である。大学生らしき男の人たちの集団もいたが、友達を連れてきていたのだとすればあまり真摯ではなく、彼らはそれほど深刻とはいえない。大人の女性もいた。一人で静かに待っている様子だったから、自分に密《ひそ》かに恋い焦がれる男子学生でも想像していたのだろうか。

犯人の計画は成功した。ただ予想外だったのは携帯が剝がれて落ちてしまったことと、呼び出しから三時間も経つのに僕がまだ未練たらしく店に居続けたことである。

「一一〇番通報をしますから、ここで一緒に警察を待ちましょう」お姉ちゃんは女の人に言った。「住所氏名を言ってください。場合によっては裁判所に接近禁止命令を出してもらいます」

「言ってることが分かりません」女の人は近寄ってきた。「いきなり何ですか。こっちを犯罪者扱いして何ですか。名誉毀損ですよその携帯私のです返してください」

早口でまくし立てるのが怖く、思わず身を引く。先生はというともう僕たちの後ろに隠れている。

「証拠品ですので」

「何言ってんのか分かんない。返してよ。返せよてめえ」女の人が手を伸ばしてきた。「それ私のだろ。なに盗《と》ってんだよ。泥棒。泥棒。てめえ先生の何なんだよ」

豹変《ひょうへん》した女の人を見てぞっとした。突然野太い声になったため、こいつ男だったのかと一瞬思った。女の人はこちらに向かって駆け出し、摑みかかってくる。とっさに体を引き、気付いた。相手が見ているのは千歳お姉ちゃんだ。お姉ちゃんを護《まも》らないと。だが体が動かない。女の人がお姉ちゃんの手首を摑む。

だが、お姉ちゃんはなぜかまったく動じなかった。摑まれた手首をあっさり外すと、もう一方の手も添えて相手の手を摑み、女の人をするりと仰向《あおむ》けに押し倒した。

「あいたたた痛い痛い痛い」女の人はぎょっとするくらい大口を開けて騒ぐ。

お姉ちゃんは離さなかった。どうやっているのか手首の関節を極《き》め、厳しい表情のまま相手を見下ろしていた。許していないのだ、と分かった。

「みーくんは、『木内美花』さんに誠実でいようと思って、ドトールに来てずっと待ってたんです」お姉ちゃんは女の人の手首を折り曲げ、片手を離して相手の親指を摑んだ。「あなたはそれを自分の犯罪に利用したんです。他の人たちだってみんな、あなたのわがままに振り回された」

女の人の悲鳴が大きくなる。最初の時の丁寧語はどこかに吹き飛び、今はもう品性も何もない怒号を続けている。お姉ちゃんは離さず、親指を捻《ひね》っていた。

ああそうか、と、その時の僕はようやく気付いた。表情も声もあまり変わらないから気付くのが遅れたが、千歳お姉ちゃんは怒っているのだった。それも、僕がこれまで見たこともないほどに。ここに向かう間も推理を言う以外は余計なことを一切言わず、僕の方を振り返りもしなかった。それがお姉ちゃんの怒り方なのだった。

「許せない」

お姉ちゃんがぐっと力を込めると、小枝の折れるような軽く乾いた音がして、女の人の親指が変な方向に曲がった。女の人の悲鳴が長く伸び、それから泣き声に変わった。お姉ちゃんは足をばたばたさせて痛い痛いとわめく女の人をじっと見下ろしていた。その手がきつく握られているのが、薄暗い中でもはっきり見えた。

※

結局、僕の人生に初めて現れた女の子の影は、本当に影のまま消えてしまったのだった。というより、もともとそんな女の子はおらず、僕はただ大人の犯罪に利用されただけだったのだから、影すらなかったと言う方が正確である。

ストーカーの女は千歳お姉ちゃんの言う通りの罪状で逮捕された。後で明らかになったことだが、この女、先生の方は顔を覚えていなかったが、実は商店街のドトールで店員をしており、以前から常連だった朝宮先生に勝手に憧れていたらしい。その後、店長に接客に関して注意されたことをきっかけに店を辞め、しかし先生へのＳＮＳや手紙でのつきまといは激化。ついに犯罪に至ったというわけである。逮捕される際には右手親指を脱臼していたが、摑みかかってきた、と僕たちが証言したため、お姉ちゃんの行動は正当防衛となった。

僕はこの事件で、「学校で見る大人」とは違う、様々な「大人」を見た。朝宮先生のような心配で変わった人、犯人の女のような豹変する人。「外の大人」の怖さも知った。僕のような中学生は「悪い大人」の手にかかれば簡単に利用されるのだ。僕は弱かった。何より、向かってくる相手を前に一歩も動けなかったのだ。

千歳お姉ちゃんは警察を待つ間も、僕が事情聴取を終えて親に迎えに来てもらうまでの間も、ずっと僕のことを心配していてくれた。初めてもらった「ラブレター」がこんな結果になって、僕がショックを受けているのではないか、と気にしてくれているようだった。僕は全力で「気にしていない」と繰り返した。もともと断るつもりだったのだ、興味などなかった、と。お姉ちゃんにそれがどう映ったのかは分からない。どうして断るつもりだったのかと訊かれたら「もう好きな人がいるから」と答えるつもりだったのだが、お姉ちゃんは結局、それは訊いてくれなかった。「好きな人って誰？」と訊いてくれたなら、「今、ここにいる人」と答えていたかもしれないのに。

小学校の頃は何も考えずに言えていたのだ。千歳お姉ちゃんが大好きだと。だがこの頃にはもう、とっくに言えなくなっていた。それまで真っ白だった「好き」に、艶《つや》めいて粘膜を思わせる薄紅色の斑《まだら》模様がつき始めていた。欲望の絡んだ「好き」だと自覚した以上、それをお姉ちゃん本人に知られるのは恥ずかしくてたまらなかったし、もし知られれば、クラスの女子がよく言うみたいに「やだ」「気持ち悪い」と嫌われてしまう可能性もあった。

小学校の頃は気付いていなかっただけで、これは恋なのだった。ひょっとしたらお姉ちゃんのあとをついて回っていた五、六歳の頃から、えんえんと続いている初恋に違いないのだった。そしてその初恋とやらにはこの時すでに、なんとなく先が見えていた。

犯人の女が迫ってきたとき、僕は動けなかった。本当なら僕は、あそこで千歳お姉ちゃんを護ろうとしなければならなかった。それなのに何もできなかった。それどころではない。あそこでお姉ちゃんが一番前にいたのは、自分を攻撃対象にするためだった。おそらくは、僕を危険な目に遭わせないために。

護られているようでは、恋愛などできない。

僕はそう思い、この晩は一時間半、風呂から出なかった。

第三話

海王星を割る

1

右手でドリブルしながら体を低くし、重心を左↓右、と振る。ドリブルの軌道をくの字に曲げながら右足をぎゅっと踏みしめてブレーキをかけジャンプシュート。飛んだ瞬間に駄目だと思った。体のバランスがバラバラだ。予想通りシュートは外れ、僕は着地と同時にダッシュしてリバウンドを取り、そのままミドルレンジまで後退してもう一度さっきの動作を繰り返す。今度は余裕をもってジャンプできたがシュートは外れた。ごぼん、とリングに当たって落ちてくるボールをダッシュして取り、ミドルレンジまで下がる。

……どうも、うまくいかない。重心を左右にシフトしてフェイントをかけながらドリブルの軌道を変えるインサイドアウトと、そこからのジャンプシュート。もともとそんなに難しい技ではないはずなのだ。だが左右の重心移動を大きくしすぎると踏ん張りがきかずジャンプのバランスが崩れる。かといって重心移動が小さすぎればそもそもフェイントにならない。それにどうも、「次はインサイドアウトをやるぞ」と構えてしまっているのがよくない。「次にフェイントをかけるぞ」と言われてフェイントにかかる奴などいない。かからないどころかタイミングを合わせてボールを叩かれるだろう。

……なかなか技が増えないな。

僕はドリブルしながら体を起こし、ジャンプせずにシュートした。パツリ、という爽やかな音を立ててシュートが決まる。実戦ではまず使えない突っ立ってのシュートに限ってよく入る。走ってボールを取り、ドリブルしながら戻る。インサイドアウトからのジャンプシュートと、激しく重心移動しながら連続で股の間にボールを通すクロスオーバー。夏前にフェイダウェイ[*17]の習得を諦めてからずっと練習しているが、理想のイメージとはほど遠く、なぜかフリースローだけがどんどん入るようになっている。僕はドリブルしながら重心移動を試す。ドリブルの音とシューズがたてるキュッという音が、人のいない夜の体育館に響く。

「お疲れー」

後ろから何やら華やかな声がして振り返ると、制服に着替えた女子バスケ部の人たち三人が歩きながらこちらを見ていた。一番背の高い野並《のなみ》さんが手を振っている。ドリブルをやめて手を振り返す。「お疲れ」

＊17　フェイダウェイ・ジャンプショット。ディフェンスをかわすため後ろに飛びながら放つジャンプシュート。バスケットボール経験者は中学・高校時代にたいてい一度はこれを覚えようと企《たくら》み、難しくて断念する。

「まだ帰んないの？　早く帰らないと人さらいが出るよ」

「いつの時代だよ」

「星川君、いつも最後まで練習してるよね。偉い」

「いや、なんか気がつくと最後になっちゃうんだけど」

野並さんはわりといつも気軽に話しかけてくれるのだが、後ろの二人も笑顔で、なぜか口々に褒められた。「頑張ってるよね」「一年の時からそうだったよね」「なんか星川君ってストイックだよね」

「硬派だよね。なんか恋愛とか興味なさそう」

野並さんが言った言葉にはっとする。彼女の隣の小柄な人がこちらをじっと見ている。その後ろの眼鏡《めがね》の人がちょっと咎《とが》めるように野並さんをつつき、どうも僕には分からない内部事情に照らせば微妙に失言をしたということになるらしき様子の野並さんは、小柄な人の方をちらりと見て、「じゃ、おつかれー」と手を振って去っていった。そのちょっとした態度と、やりとりをする間小柄な人が遠慮がちに窺うようにこちらを見ていたことで、なんとなく野並さんの何が「微妙に失言」なのかが分かった。本当にそうなのかは確証がなかったが、そういえばあの小柄な人は僕同様、女子の中ではわりといつも最後まで残っている常連だった。何組の人なのか知らないがよく目が合うし、顔は知っているので会釈ぐらいはする。それだけだと思っていたのだが。

再びリングに向かい、インサイドアウトを試そうとして重心を動かしすぎ、ボールを制御しきれなくなって落とす。ため息をつき、壁で跳ね返ってこちらに戻ってくるボールの方へ歩く。力なくバウンドするボールの音が、てん、てん……と、妙に寂しげに響いている。

……「硬派」とは。

女子からそんなふうに見られているとは知らなかった。考えてもみなかった表現だった。確かに高校に入ってからというもの部活ばかりで、女子という存在からますます遠ざかっている気がする。いや、中学の頃だって浮いた話なんて一つもなかったのだが。それでも、恋愛に興味がないと思われているのは予想外だった。ずっと好きな人がいて、そのことでほぼ毎日、悩んでいるのに。

集中が切れてしまったようだ。ボールを拾い、適当にドリブルワークをしてなんとなくゴール下からシュートする。当然入る。落ちてきたボールを取り、ドリブルしながらなんとなくリングから離れる。

僕は高校二年生になっていた。なぜだか分からないが、今思えば高校の三年間が過ぎ去るスピードは中学とはまるで違って、あっという間だったという感想がある。受験をクリアして一緒に合格発表を見にいった峰くんとハイタッチし、入学時は「今日から高校生だ！」とわくわくしていたのだが、バスケ部の朝練と眠い上に難しくなった授業とバスケ部の午後練を居眠りと早弁と午後に購買部で買い込む大量の惣菜《そうざい》パンたちの力でなんとか耐えてついていっているうちにいつの間にか一年間が過ぎてしまっていて、気がつけばスクールバッグはよれよれになり、上履きは黒ずんで踵が曲がり、入学時大きすぎて嫌だった制服はそろそろ丈が足りなくなりつつあった。当時の僕は腕を伸ばしたときにシャツから手首がずるりと出るのが嫌で、シャツの袖をつまんで引っぱるのが癖になりつつあり、それは高校二年の冬、見かねた母が「シャツだけでも」と買い換えてくれるまで続く。身長の伸びは急速に緩やかになっていて、バスケでは高さを武器にできるほどではなかったし、数値的にも百八十センチにはどうやら届かないと分かったから、もう手足が伸びなくてもいいと思っていた。

一方、千歳お姉ちゃんの方は前年の冬、無事に卒業研究をまとめ、春から同じ大学の大学院に進んでいた。高校に入って物理をやるようになってようやく「物理学」がどういうものか知ったと思ったら今度は「物性理論」なるものをやっているとのことで、結局僕には分からないままだった。僕はお姉ちゃんのいた高校に入ったため、まわりの女子が全員、昔お姉ちゃんが着ていたのと同じ制服を着ているというのは面白くもあったが、それはなんだかお姉ちゃんの過去を追っているようで、大学院の入試でスーツを着ていたお姉ちゃんからは周回遅れになっている感覚があった。高校の一年間がどんなに速く過ぎても、お姉ちゃんは同じ速度で先に進んでしまう。この頃の僕は、自分だけ早く大人になる方法はないかと焦っていた。

　ただ、物理的な距離は中学の頃とそれほど変わっていなかった。僕が難関と言われるこの高校に合格できたのはお姉ちゃんが勉強を見てくれたおかげで、合格が決まると両親は喜び、お姉ちゃんに高級寿司《ずし》をご馳走した。僕は当然「高校生になったら自分で予備校に」という流れになるのだろうなと思っていたが、お姉ちゃんが自らうちの母に「国語と社会科系以外なら見れますよ」と言ってくれた。それがうちの親のうっすらと物欲しげな眼差《まなざ》しのせいなのか、それとも本当にお姉ちゃん自身が望んでくれたのかは分からないが、とにかく僕は依然として、毎週、勉強を教えにきてくれる千歳お姉ちゃんに会うことができていた。だがそれは、毎週悩ましい気持ちを持て余す羽目になるということでもあった。

　だからこの時、女子から「硬派」と言われたのが意外だった。確かにクラスの女子とか女子バスケ部の誰かとか、それどころか俳優やグラビアアイドルに対しても誰それが可愛いとかいった話はしないし、さっき見た小柄な方の人が僕のことをどう思っていようと、それでどうにかしようという気も起こらない。だが、それをもって「硬派」と見なされるとは。僕は首をかしげた。それともクラスのツルモ（鶴本亮太《つるもとりょうた》）とかが言う通り、僕は変わっているのだろうか。

　集中力がすっかりなくなっていることに気付いたので、僕はドリブルをやめてボールを置き、クールダウンのストレッチをしてから更衣室で着替えた。暑いのでネクタイはしないし、ズボンだけ穿《は》いて上はTシャツのままでいい。中学の頃にはあり得なかったことだ。

高校と中学の差を一言で言うなら「自由」だった。高校生になったら中学生みたいにネクタイを緩めるなとか言われないし、中に着るTシャツの色とか靴下の色とか髪の長さとか色とか、一体何のためにあるのか全く分からない謎ルールを強制されなくなった。学校が遠くなり自転車で通うようになったが、それは面倒くさい反面、道中で本屋に寄ったりコンビニやマクドナルドやミスタードーナツで何か買って食べてもよくなったし、時には友達と連れだってカラオケや漫画喫茶に行ってしまってもいいのだ。それはすばらしい自由だった。これまで大人に許可された範囲でしか動いてはいけなかった「子供」から、自己責任で実社会のどこにでも行っていい「大人」に移った感じだった。だから帰りも遅くなったりする。夕飯までに帰れと親からは言われているが、それは「バラバラに帰ってきて夕飯を食べるとなると、帰ってこなかった人の分をいちいち取り分けておいたり帰ってきたらまた改めて支度をしたりが面倒」だからであって、「子供が遅くなってはいけない」からではない。それが嬉しかった。

体育館を出ると、外は思っていたよりずっと完全に夜だった。この間文化祭が終わった。夏の余韻がどんどん少なくなって、日が短くなっている。自転車置き場に向かいながら、一応習慣で、家族用のSNSに「何か買い物はある？」と書く。すぐに父から「ないよー（・∀・）」と返信があった。今日は父の方が早く帰れたらしい。

　当然無人だろうと思っていた自転車置き場には生徒の姿があって、街路灯の明かりだけでは近付くまで分からなかったが、声ですぐに分かった。同じクラスのツルモと三好《みよし》、それに宇津木《うつぎ》君だ。三人それぞれ自分と他人の自転車にもたれかかって話し込んでいた。部活はばらばらだから、たまたまここで一緒になったのだろう。三好がまず振り返って僕に気付き、二人に言う。「あ、ねえ星川は？」

「おう」「うん」と二人が頷く。近くにある自分の自転車を出しながら何の話かと訊いてみると、今週末三人で隣県にある、ツルモの友人が通う私立修学館《しゅうがくかん》高校の文化祭に行くのだという。

「こいつはその日、朝から彼女とデートだから行けないって言われた」ツルモがやれやれという顔をして宇津木君を指さす。そういえば他校の人とつきあっていると以前聞いた。

「三好も行くの？」

　僕が訊くとツルモが答えた。「行くけど、宇津木が来ないと男二人になる。空《むな》しい。嫌だ」

「でも三好も彼女いるじゃん。日曜だけどいいの？」

「いや、二人きりになりたければ別の日にいつでもできるから」

三好が平然と言い、ツルモから体中をつつかれて悶絶《もんぜつ》し、自転車ごと倒れそうになってちょっとした騒ぎになった。

僕は「じゃあ行く」と答えた。そりゃそうだと思う。男二人で他校の文化祭に遊びにいく、というのはまあいいとして、その理由が「もう一人は彼女とデートだから」というのは何やら悲しい。

修学館高校へは電車で三十分程度だという。じゃあ日曜九時半頃で、と決めていると、後ろを女子の一団が通った。フルートのケースを持っている人がいるから吹奏楽部だろう。そのうちの一人がうちのクラスの篠原《しのはら》さんで、僕たちとなんとなく挨拶をするついでに彼女はととと、と三好君に近づいてきて、二言三言囁きあって来週どうとかを相談すると、ちらちらと手を振って女子の輪に駆け戻った。篠原さんはそのやりとりに色めきたつまわりの女子にからかわれながら去っていった。

それを見送ったツルモが「いいなー……」と呟いて、昼間のライオンのように自転車の上でだらあんと伸びた。「俺も彼女欲しい。篠原さんかわいい。おっぱいも大きい」

高校一年の頃はそうでもなかったのだが、二年になると彼女持ち彼氏持ちは普通になってきていた。当時、校内、部活内、クラス内でつきあっているカップルもわりとあったようだ。

ツルモは三好君の鎖骨を二本指でつつく。「いいよな三好。篠原さんのあのおっぱいいつでも揉《も》み放題で」

「いや、放題はねえって」三好が首を振り、宇津木君もうんうんと頷く。

「同じクラスってのがもう羨ましい」ツルモはハンドルに突っ伏した。「なんかもう、すげえ、なんか、くる。いつも教室で会ってるあの篠原さんのおっぱいにこいつは触ってるわけでしょ。あの制服を脱がせてるわけでしょ。時には着たままとかもあるわけでしょ」

篠原さんは僕の斜め前の席で、教室でいつも真面目《まじめ》に授業を聞いている彼女を見ているだけに、そう言われると生々しくてどきりとする。「ツルモよそう。それヤバい」

「マジ、どんくらいやってる？　週一くらい？」ツルモは顔を上げて地面を蹴り、自転車ごと三好に詰め寄った。「平均してどのくらい？　じゃ累計でどのくらい？　主にどこでやってる？　外でやったことある？」

「ツルモ」落ち着いてほしい。

「篠原さんってどんな声出すの？　あ、じゃあ①から④までの中から選んで。①。アンッ！　アンッ！　アンッ！」

「おい」

「②アッアッアッアッ！　③んっ……、んっ……、④」

「やめろ」

「馬鹿」

「耳が腐る」

「夢に出る」

三人に全方向からボコボコにされ、自転車ごと倒れそうになって三人に助け起こされ、しかしツルモは金星の輝く夜空を仰いで嘆く。「俺も彼女欲しい。ていうかやりたい」

「……そこオブラートに包まないと女子に逃げられるよ」

「星川。俺おっぱい触りたい」

「触るな。ないからそういうの」

今の僕から見れば「誰でもいいから彼女欲しい」だから彼女ができないんじゃないかと思わないでもないが、まあそのあたりは当時、同様に独り者だった僕に言う資格があったかというと怪しい。とりあえず学校でこんな会話をしていることを千歳お姉ちゃんにばれるのが怖いなとは思っていたが、ツルモがこうして下世話な話を真っ先に出してくれることで、なんとなく僕の中にある下世話なものが吸い取られて成仏していくような気がしなくもなく、それは他の男子も同様なのか、ツルモはクラスでもわりと人気者だった。当時、そういう形で同性の人気を獲得している様子の男子は他の部やクラスにもいるようだったが、彼の場合は「下世話切り込み隊長ポジション」を狙ってというより、素でそうだったのではないかと思えなくもない。

僕は嘆くツルモの肩を叩いて慰めた。「じゃ日曜、一緒に修学館の文化祭行こう。かわいい子がいるかもしれないから。いたらナンパがんばれ。な？」

「お前も彼女いないだろ。なぜお前はそんなに泰然としていられる。星川って仙人？」

「誰が」

「星川って霞《かすみ》食ってるの？　何食ってる？　草？　空気？」

「米」

やっぱり男子からもそう見られていたのだと思った。確かに「彼女欲しい」「かわいい子いない？」云々《うんぬん》を口にしたことはなかったのだが、しかしそれは、別にまわりの人を特にそういう目で見たことがないだけだったのだが。

2

生産者の純生産量から一次消費者の同化量を計算する手を止め、絨毯《じゅうたん》の上で尻の位置を直し、ローテーブルの向かいに座って英語の本を読みながら僕が問題を解き終えるのを待っている千歳お姉ちゃんを覗き見る。肩にかかる艶やかで柔らかそうな髪。集中すると目を細めて、空いた手を口許にやる癖。ゆるやかに下がる撫で肩。身長は中学三年の終わりにははっきり追い抜いていた。中学の頃、護身術の技でストーカーの女を取り押さえた上に親指を脱臼させた凄腕《すごうで》の人だが、こうして見ると紛れもなく普通の女性で、この小さな体の中に僕ごときなど足下にも及ばない無尽蔵の知識と未来視の知性が詰め込まれているという事実は、僕をどうしようもない気分にさせた。時折衝動的に、いきなりこの人の肩を抱いてキスしたい、と感じることがある。だがそれは千歳お姉ちゃんなら一度くらいは許してくれるのではないかという甘えがあるから出てくる考えだったし、その行為の是非以前に、実際には不可能だとはっきり分かっていた。千歳お姉ちゃんがただ優しくて可愛いだけの隣のお姉さんだったなら、僕が大人になりさえすれば対等になれた気がする。だが羽虫に惚《ほ》れられた大鷲《おおわし》が相手を本気で好きになるだろうか。豆電球に惚れられた太陽が恋人同士になろうと考えるだろうか。恋人同士というのは対等なものだ。それなのに僕と千歳お姉ちゃんではなんというか「格」が違いすぎる。賢さも強さも。中学二年のストーカー事件で「護られた」記憶は、三年経ったこの時でもまだ消せない「黒星」として、僕の内部にくっきり輪郭を残していた。

知らず、じっと見つめてしまっていた。僕の視線に気付いたお姉ちゃんが本からふいと視線を上げ、はにかむようにちょっと微笑んでまた本に視線を戻す。僕は慌てて問題文から選択肢を選び始めた。a＋b＋c＋d＋e、ではない。aは生産者の活動で失われるから計算に入らない。

さっきのはまともに気付かれたな、と思う。視線にはっきり反応されたのはもう何度目だろうか。五度目か六度目か。だがこういうのはえてして、本人が自覚しているよりずっと多くばれているものだ。

そしてそういう時の反応で、千歳お姉ちゃんの方は僕のことをどう思っているのか、なんとなく予想ができてしまうのだった。お姉ちゃんは目が合うといつも、微笑んで目をそらす。その一瞬の表情の変化の中にごく微量の「困ったような」ニュアンスが含まれているということは、どうも確実なように思えた。中学の頃はそうでもなかった。僕の方もただ眩《まぶ》しく思ってついちらちらと見てしまう、というだけだったからだろう。それだけだったらお姉ちゃんの方も、「そういう年頃だから」で受け流すことができていたはずだ。だが高校に入って、自分だってもう高校生なのだ、という自覚ができてきた頃あたりから、おそらく僕の視線にははっきりとした意思と願望が出始めた。高校生と大学院生ならつきあってもたぶん、おかしくはないだろうし、大学生とつきあっている人の噂は学校でも聞く。そう意識してしまうと、僕の妄想はどんどん具体的になってきた。好きだと伝えたい。千歳お姉ちゃんの「彼氏」になりたい。僕の彼女にしたい。真剣にまっすぐ伝えた方がいいのか、つきあってみるのってどう？　と気軽な感じで訊くべきか、まずはデートに誘ってみるか。一年生の頃はぼんやりと曖昧に、二年生になってからこの五ヶ月間ははっきりと具体的に、そう悩んでいた。それが毎週繰り返されている。

小問1にイと書き込み、続けて2の計算をざっとしてエと書き込む。1より2の方が簡単なのはよくあることだ。シャープペンシルが硬質な感触とともにコリ、と音をたてる。僕は3の問題文を読みながら口を開く。「明日、修学館の文化祭に行くんだけど」

お姉ちゃんが顔を上げる。僕は手を止める。「お姉ちゃん、行ったことある？　他校の文化祭」

「修学館なら私も昔、行ったことあるよ。懐かしいなあ」お姉ちゃんはいつも通りの優しい声で答える。「友達と行くの？」

頷く。お姉ちゃんは視線を斜め上に外して思い出すようにした。「あそこは結構、気合い入ってるから有名だよね。吹奏楽部が毎年伝統で凄かったからお勧めだよ。顧問の先生がまだ変わってなければ。……明日か。久しぶりに行ってみようかな」

じゃあ一緒に行かない？　という言葉が舌の上まで出てきてふっと消えた。お姉ちゃんは一拍おいて、僕の問題集を見る。「できた？」

「あと少し。三分でできる」

答えてまた問題文に視線を戻し、また誘えなかったな、と思う。お姉ちゃんが来てくれるならツルモらに断りのメッセージを入れて急遽《きゅうきょ》二人で行くことにしてもいい。悪いが男の友情とはそういうものである。そう思うのに、僕は何も言えなかった。さりげなくデートだし、さっきの流れのまま「じゃあ一緒に行かない？」と言うだけだ。それは分かっているのに。

この頃僕は、毎週、千歳お姉ちゃんに会うたびに、会話の流れからきっかけをつかんでどこかに誘おうと密かに企んでは失敗していた。さりげなく二人で出かけるよう誘って、なし崩し的に恋人同士みたいな関係に持っていくのが一番安全なのだが、その最初の一歩がどうしても出ない。たぶん断られる気がするし、結果的に気まずくなって、こうして週末に勉強を教えてくれることすらなくなってしまったらどうしようと思うとリスクが大きい。そう考えて動けなかったのだ。

……誰が「硬派」なんだか。

一昨日言われたことを思い出し、口の中だけで密かにため息をつく。僕はただの臆病者だった。それだけでなく、臆病者かつ頑《かたく》なだったと言ってもいい。昨日の放課後、僕は人生で初めて彼女ができるチャンスを全力でブロックした。

欧米では「つきあってくれませんか」とはっきり申し込んでつきあうのは子供っぽいことで、個別に食事に誘ったりすることはあっても「好きです」とはっきり告白するというイベントはあまりないのだという。デートに出かけて自然にキスをしていたとか、そういうことらしい。気楽でいいなと思う。そして僕が今こんなふうに海の向こうのことなど考えているのは、あるいは目の前の井方《いがた》さんに申し訳なく、このまま向きあっているのがしんどくなってきたからかもしれないのだが。

井方さんは俯いたままずっと黙っている。上は体操服のシャツで下はジャージ、おそらくジャージの中にユニフォームのパンツを穿いていて必要に応じて脱ぐという女子バスケ部の練習時そのままの恰好であり、告白というものはもっと特別にびしっと決めてやるものなのではないかと勝手に思っていた僕にとっては「練習後にちょっと」という感じのその普段着ぶりが少し意外ではあった。無論、だからといって軽い気持ちだとは思わない。むしろ唐突にさっと行動に移す方が勇気が出やすかったりするもので、彼女もそれを必要としたのかもしれない。

僕は俯いている井方さんにもう一度「ごめん」と言いかけたが、ちゃんと言葉にならずにもぐもぐと口が動いただけだった。

いつものように練習後、一人で個人練習をして帰ろうとしたら、野並さんに引き留められたのである。体育館の玄関前で待つようにと言われて何が何やら分からずに突っ立っていたら、どう見ても練習後そのままの恰好の井方さんが出てきて、いきなり告白された。もろに愛の告白ではなかったのだけど、彼女とか好きな人とかいますか、と訊かれた。僕の方は彼女を「昨日僕をじっと見ていた女子バスケ部の小柄な方の人」だと認識していて、井方さん、という名前も彼女が名乗るまで知らなかった。そういえば一年生の頃からけっこう練習後に顔を合わせることが多かったから、もしかしたら井方さんの方はだいぶ前から悩んでいて、今ようやくこうして勇気を出してくれたのかもしれなかった。あるいは、それこそ昨日の練習後、野並さんに硬派だの何だのと言われたやりとりがきっかけになったのかもしれない。

それに対し、僕は「好きな人がいるんで」と即答した。

そしてなんとも情けないことに、僕は半分くらい「さっき断ったのを撤回した方がいいのかな」と思い始めている。せっかく好きだと言ってくれて（いや、正確にはそうは言っていないが）いるのだ。本音を言えばこれまで井方さんに特に興味があったわけではないし、彼女のことは「真面目に個人練習をしている人」というくらいしか情報がない。だがそれでも、試しにつきあってみるのもいいのではないか。彼女がいる三好などを羨ましいと思う部分はあるのだ。彼女ができたらどんな生活になるのだろうかと妄想したこともあるのだ。まさに今、その生活の扉が目の前でバカッと開いてくれたのである。僕の方からは全く何もしておらず、ぼけっと口を開けて待っていたら獲物の方が口に飛び込んできてくれたようなもので、こんな幸運は人生でもう二度とあるまい。こちらは特に勇気を出す必要などない。「彼女とかはいない」と言うだけでいいのに。

それでも僕は迷わず断ってしまった。漠然とした「彼女がほしい」という願望や目の前の井方さんを可愛いと思う気持ち、あるいは彼女ができた先に期待できそうなセックスなどへの欲求といったものは、訊かれた瞬間にすべてすとんと目盛りがゼロになってしまい、僕は至極冷静に、井方さんの婉曲《えんきょく》な誘いを断っていた。そして今、半分で「さっきの返事は撤回した方がいいかな」と思う一方、残り半分は「申し訳ないけどどうこの場から離れれば迷惑じゃないかな」と考えていた。井方さんは俯いて黙ってしまったきりなのだ。

何をやっているんだろうと思う。確かに僕は正直に言った。好きな人はいる。これははっきりしている。千歳お姉ちゃんだ。だがまだ、どこに誘うこともできていない。本当に何をやっているのだろうか。

今から見れば、この時意地を張らずに井方さんとつきあっていれば、けっこう幸せな高校生活を送れたのかもしれないと思う。それどころか現在でもずっとつきあっているとか、さらに数年後には結婚することになるとか、そういったことになったのかもしれない。だが今となってはそれは、選ばれなかった別の未来の話に過ぎない。

3

「待ってもう一口。あ、ちょっと粉っぽいな。分かったこれが1－Cでこっちが1－D。1－C粉やたら多かったもん。で、これが空手部」

「そう？　空手部はキャベツ多いんでしょ。だったらむしろこっちが１－Ｄでこっちが空手部な気がするけど。ちょ、ツルモ全部食べないでもう一口検証したい」

「いやもう冷めてるし」

「関係ないし。分かったこっちが１－Ｃで決定。どう？」

修学館高校文化祭一般公開日、午後。僕たち三人はお好み焼きのパックを三つ並べて食べ比べをしていた。買ったときはどこで食べればいいのだろうときょろきょろしていたが、２－Ａの演《だ》し物《もの》が教室に椅子が並んでいるだけの「休憩室」だったためそこに入って落ち着いた。あるいは準備中に何か揉めてこうなったのだろうか。２－Ａの哀愁漂う事情を想像するが、周囲は座る場所を求める客たちでわりと盛況で、結果的に存在感を示していた。

ツルモが空になったパックをああでもないこうでもないと並べ直している。１－Ｃと１－Ｄと空手部がそっくりなお好み焼き屋をやっていることを発見した三好が三つ買ってきてどれがどこのお好み焼きなのかクイズを出し始めたのである。ヒントは三好が一枚ずつ撮ってきた各教室で調理中の写真のみ。はいツルモ正解ｌ、と三好が発表し、三パックのお好み焼き料金は僕が払うことになった。我々は一体何をやってるんだろうと思わなくもないが、祭りは楽しむものだし、どんな楽しみ方でもいいだろう。ツルモと三好は午前中丸々使って参加した２－Ｆの「リアル脱出ゲーム　２年Ｆ組からの脱出」

で出題されたパズルについて「あれ勘で当たっちゃうよな」「ていうか人の流れについていけば分かるよな」と感想を言い始めた。最初のうち、「来たはいいけど修学館の子に声をかけるきっかけがねえ！」と嘆いていたツルモは、もうとうに諦めたようだった。

財布を出していると窓の外から重低音が響き始める。下の屋外ステージでライブが再開されたのだろう。さっそくツルモが窓にはりついて見下ろしている。「あっ星川、今度のバンド、ヴォーカルの子可愛い。あとおっぱいでかい」

僕は地球人だからおっぱいは別にいいんだが[*18]と思いつつ立ち上がったところで扉の外、廊下の先の方から別の音楽が流れてきた。だん、だん、とステップを踏む音も聞こえる。廊下のざわめきの中に出てみると、階段前の空間に人が集まり始めていて、制服ジャージTシャツとばらばらの服装の人たちが一糸乱れぬ動きでドラマの主題歌に合わせ、キレのいいダンスを踊っている。有志によるフラッシュモブだろうが、野外ステージでちょっと見た団体よりこちらの方がうまいようだ。そちらに注目が集まりかけたことで焦ったのか、さっきから一人で呼び込みを頑張り続けている2－Bの男子が「あいケーキいかがっすか旬のもの安いよ獲《と》れたてだよ」とますます声を張り上げ始めた。家が魚屋なのだろうか。押しの強そうな眉毛をした呼び込み係氏と目が合わないように前をすり抜け、階段の方に向かう。校舎内外で見る修学館の生徒たちは赤青黄色オレンジ、大部分が揃いのクラスTシャツを着ていて、うちの高校よりは盛り上がっているようである。

そういえば千歳お姉ちゃんがお勧めしていた吹奏楽部のコンサートは何時からだろうかとパンフレットを開くと、前を行くツルモが「あ、あれ」と指さして立ち止まった。

「ん？　可愛い子いた？」

「いたけど違う。宇津木がいる」

「えっ」

三好と二人、伸び上がってツルモの指さす方を見る。迷彩柄のパンツなど穿いているから普段とイメージが違いすぎてすぐには分からなかったが、フラッシュモブに集まった人混みの中に、確かに私服の宇津木君がいた。だが隣には、腰に届きそうなロングが目立つ可愛い女の子がぴったり寄り添っている。

「うおマジだ宇津木だ。なんだあのパンツ」

「彼女さん、ここの制服だよね。ここの人だったんだ」

「ちょっ、おいかわいいぞ。おかしいだろ。あれかなりかわいいぞ」

おかしくはないだろと思ったが、よく見ると修学館の制服を着た宇津木君の彼女はた

＊18　地球には地球人の他「おっぱい星人」という、女性のバストに強い関心を示すタイプの異星人が住んでいる。地球人そっくりなので外見での識別は困難。日本では森《もり》田《た》一義《かずよし》（タモリ）氏など、おっぱい星人であることをカミングアウトしている有名人も少数ながら存在する。

しかにかわいいというか美人と言った方がしっくりくる人で、僕もやっぱりおかしいと思った。なんで宇津木はあんな綺麗な人とつきあえたのだろう。違う学校の人とどうやって知りあったのだろう。彼女の方は綺麗なのになんで宇津木君を選んだんだろう。フラッシュモブが終わって参加者が周囲にお辞儀をしている。「もっと接近しようぜ」と言いつつ進んでいくツルモを追って、足をぶつけてずらしてしまった「2－C 運命の館」の立て看板を直しながら人混みを進む。だが「隠れて観察しようぜ」「尾行しようぜ」と言っていたツルモは接近しすぎてあっさり宇津木君に見つかった。

「げっ見つかった」

「うわ見つかった」

尾行していた側とされていた側が同じ反応をする。僕が自己紹介すると、美人の彼女さんは髪をかき上げ、「修学館高校三年の持永《もちなが》です。うちの文化祭に来てくれてありがとう」と丁寧に挨拶を返してくれた。年上かあ、と何かどきどきする。宇津木君が「朝からデート」と言っていたのは、まさにこの修学館高校文化祭を、ここの人と一緒に回るという意味だったらしい。まあ、夏祭りなんかでもよくある鉢合わせのパターンだった。

だが、どうやって知りあったのかつきあってどのくらいなのかと二人を質問攻めにしていると、持永さんの携帯が鳴った。ＳＮＳのメッセージでもなくメールでもなく通話の着信で、ちょっとごめんなさい、と言って壁際に離れた持永さんが急に真剣な表情になり、電話口に「どういうこと?」「今、部屋の状態は?」と何か深刻な様子で話しているのが気になった。ツルモにいじられている宇津木君も気にしているようで、持永さんの方をちらちら見ている。

持永さんは電話を切ると、何か非常時を感じさせる口調で宇津木君の肩を叩いた。

「ごめん、たっくん。天文部の方でトラブルみたい。私、地学教室行ってみる」

ツルモが宇津木君を「『たっくん』って」といじりかけてやめた。

「……いや、君ら、別についてこなくてもいいと思うんだけど」

「言われてみればそれもそうなんだけど。んー……なんか一応、人手あった方がいい状況かもしれないし」

自分で答えておきながらよく分からない。持永さんがB棟の地学教室に行くというので宇津木君がついていき、二人と会ったばかりですぐさよならというのもどうか(いろいろ聞きたいことがあるし)という気分の僕たちもなんとなくついてきてしまった。僕は「何かトラブル」という不穏な単語に反応して反射的に「状況を確認したい」と思ってしまったからなのだが、考えてみると確かに他人事《ひとごと》ではある。

「すみません。せっかく来てくれたのに」

持永さんはついてくる僕たちを容認してくれたというか、逆に恐縮している。

「私、天文部なんです。今日で正式引退なんですけど。天文部は今年、物理化学部の人に手伝ってもらって、けっこう頑張って太陽系の模型を展示したんですけど」持永さんは握っていたままの携帯を見る。「さっき部員から電話で『海王星が割れてる』って」

シュールな会話だなと思うが天文部では普通なのだろうか。しかし確かに、状況を自分の目で見なければどうしていいか分からない話だ。おそらく校舎同士を強引に繋《つな》いだせいで生じたのであろう五段だけの謎階段を上がってB棟に入る。

漫画研究会、マジック同好会、書道部。普通教室のあるA棟よりもB棟の方が「文化祭」らしい展示だったが、美術部手芸部生物部とややマニアックなためか廊下を歩く人は少なめだった。基本的には看板を出して客の来るのを待つスタイルなのだろう。教室前の広告も呼び込みもおとなしい。B棟二階の最奥に辿《たど》り着き、持永さんは「地学教室」の戸を開ける。戸のガラスには「天文部　自転する！　公転する！　1／100,000,000,000リアル太陽系」という、雑誌の「週刊　〇〇を作る」的な文句が書かれたポスターが貼られていた。

戸を開けると、「1-A」と書かれたオレンジ色のTシャツを着た眼鏡の女子がさっとこちらを振り返った。「部長」

「海王星どう?」

「駄目です。再生不能です。他の惑星とハレー彗星《すいせい》は無事ですが」

几帳面《きちょうめん》な口調でそう言う眼鏡の女子の傍らには、ポールに挿され、胸ぐらいの高さに固定された球体がある。ベージュで全面に砂漠のような模様があるからおそらく火星だろう。周囲には無愛想な岩色の水星や色とりどりでひときわ美しい手のひらサイズの地球、マーブル模様でひと抱えもありそうな巨大な木星がポールに挿されて浮いている。そして輪っかをつけて傾いた土星の後ろに青白いものがあった。あれがおそらく海王星だったものだろう。どういう素材を使ったのか透明感のある青さがガス惑星の曖昧さを見事に再現して綺麗だが、バレーボール大の海王星は左右それぞれが三分の一くらい割れてなくなっており、左と右から一回ずつ囓られたリンゴのような形になって辛うじてポールに挿されているという有様だった。はあ、という持永さんの溜息《ためいき》が聞こえた。

千歳お姉ちゃんが「修学館の文化祭は気合いが入っている」と言っていたが、この年、天文部の展示は確かになかなかのものだった。机と椅子が運び出されてがらんと広い地学教室の床に縦横無尽にレールとケーブルが敷かれ、太陽を表す電球を中心に同心円状の美しい軌道を描いている。レール上の車から生えたポールの先にそれぞれ星が挿されていて、今は停まっているが、土台の車が走ればちゃんと公転するのだろう。緑色の天王星がほぼ横倒しになり、真横からポールを挿し混まれる無理な形になっているので、ポールの軸自体も回転して自転する上、自転軸の傾きまできちんと再現しているのだと分かる。しかもポールに伸縮する機構が見える。つまりただ公転するだけでなく、公転軌道も正確に再現した3D的な動きをするのだ。力作である。発泡スチロールで作られたらしき小惑星帯も、急な楕円軌道を描いて太陽に近付いたり離れたりするハレー彗星もちゃんといる。

だが僕たちが入った時すでに、惑星は動くのをやめていた。廊下の奥にあるこの教室には文化祭の喧噪《けんそう》が届かないせいもあって、静まりかえった教室で本来は精密に動くはずの模型が止まっているというのはテーマパーク跡の廃墟を思わせ、ひどくもの寂しい感じがした。一番外側で停まっているポールの根元には、割られた海王星の破片が落ちている。

持永さんが髪をかき上げ、すっとしゃがんでそれを拾う。「……貼り合わせるのは無理か」

天文部員らしき眼鏡の女子が首を振る。「自転させたら遠心力で崩壊すると思います」

「あの」教室の隅から野太い声がした。「海王星だけ自転を止めて、公転だけさせるというのはどうでしょうか」

振り返ると、ドアでつながった隣の準備室から大きな男子が出てきたところだった。床のケーブルがまとめられて準備室に続いているから、あの部屋で太陽系を操作していたのだろう。出てきたのはフランケンシュタインを思わせる大男で、ぬっと出てきた、という感じがふさわしかったが、彼は遠慮がちだった。「……あの、できなくはないです。他の惑星は自転させて」

神々の会話だなと思うが、持永さんは首を振る。「でも、そもそも海王星が直せそうにないし」

「あの、接着剤とかで」大きな男子はまだ頑張る。「あの、だめなら新しく仮の海王星、作りましょうか。うちに3Dプリンタあるし。うち近いですから、今から走って帰ってすぐ」

「ありがとう。でも無理だよ。ポールと接続する部分は作れないでしょ」

大きな男子は悲しそうな顔でしょげてしまった。持永さんが眼鏡の天文部員を見る。

「安《やす》さん、海王星いつからこうなってたの？」

「分かんないです。私、こっちの……濱村《はまむら》さんたちに教えてもらったんで。壊れてる、って」

持永さんは別にきつい目つきで見たわけではないが、壁際のロッカーの前で縮こまっていた三人の女子は、弁解をするようにあたふたと言った。「二時過ぎに見つけて、一応安さんに教えとこうと思って」

壁についている時計を見る。今は二時半だから二十分と少し前のことになる。

「朝は九時半の時点で大丈夫だったよね。じゃ、その間に壊れ……」持永さんは海王星を振り返って言い直した。「……壊したのか。誰かが。これ、何かの事故で割れたんじゃないよね。人の手で壊してる」

僕は隣の三好と顔を見合わせた。そういえば、あの海王星の壊れ方はどうも、勝手に落ちて割れた、という感じではない。近寄って見てみると、どうやら透明のプラスチックのような素材でできている海王星は、カッターナイフか何かで切れ目を入れた後、そこに沿って割られているようだった。断面は荒いがまっすぐだ。だとすると事故ではなく、誰かが意図的に壊した「事件」ということになる。この太陽系は自動で動き続けるから、この部屋は無人だったのだろう。それはつまり誰かに悪戯をされる可能性があるということだった。

持永さんがなんとなく縮こまる三人にお礼を言うと、三人は「じゃ」「私たちこれで」とぼそぼそ言い、先を争うように出ていってしまった。安さんと同じオレンジ色のクラスTシャツを着ているから、彼女のクラスの友達らしいが、海王星の崩壊が「事件」だと聞いて、ごたごたに巻き込まれそうな不安を感じたのだろう。持永さんは溜息をつき、安さんに指示した。「入口のポスター剝がしといて。『展示は終了しました』って書いとこう」

安さんは割れた海王星をじっと見ていたが、悔しそうに頷いて廊下に出ていった。

持永さんは大きな男子に「小野《おの》君、せっかくシステム作ってくれたのに、最後まで展示できなくてごめんね」と謝った。「いえ」と首を振る彼の方が泣きそうだった。

「……ねえ、ところで小野君」持永さんは腕組みをして海王星をじっと見た後、準備室のドアの方を見る。「最後に海王星見たのって何時頃？」

小野君と呼ばれた大きな男子が答える。「……朝、先輩たちと一緒に起動した時です。その時は問題なく動いてましたよね」

隣のツルモが「ううむあの体格で『小野』か」と理不尽なことを呟いた。

「その後は、特に確認にも来なかったので」小野君はそれを悔やむように大きな体を縮める。「やっぱり僕、展示中ついていればよかったです」

「それはしょうがないよ。……じゃ、最後に見たのは私たちか」持永さんが壁の時計を見る。「九時半……一般開放が始まった後に誰かが入って壊したんだね。さっきの……濱村さんたち？　は、何も見てないの？」

「見てないそうです」安さんは悔しそうに言う。「私が制作に参加したからっていうんで見にきてくれたらしいんですけど、そしたらもう、こうなってたみたいで」

小野君がこちらを気にするようにちらちらと見るので、不審人物と思われることを気にしたか、ツルモが自分たちを紹介した。「いや俺ら、一般来場者です。ただの通りすがりです。この宇津木は持永さんの彼氏」

そう言われ、持永さんの方は彼氏がいるのを思い出したらしい。宇津木君に向かって手を合わせる。「ごめんたっくん。私、ここ閉めたりいろいろやることあるから」

「いや……いいけど。うん。分かった」宇津木君はあたふたと頷く。「じゃ、俺、こいつらと回ってるから」

「うん。ごめんね」

「いや、気にしなくていいから」

宇津木君は僕たちを促して地学教室を出る。彼女に何か一言声をかけてあげるとかしないのか、と思ったが、では何と声をかけるのか、と言われると僕にも分からず、とにかく廊下に出る。部外者が関わることではないかもしれない。

だが宇津木君たちについて廊下に出たところで僕は、廊下の奥で、天文部の安さんがしゃがみこんでいることに気付いた。思わず立ち止まる。安さんの手には戸から剥がされたポスターが握られ、くしゃりと潰されている。

宇津木君たちは行ってしまう。僕はその後を追いかけようとしたが、廊下が静かなせいで、安さんが呟いた声がかすかに聞こえた。

「……ひどい……」

振り返ると、安さんは顔を覆って頭を抱えてうずくまっていた。

「……せっかく、きれいにできたのに……」

呟く声が聞こえた。

確かに、地学教室の展示は見事だった。入ってまず目をひく木星の巨大さと地球の小ささは、太陽系って本当はこうだったのかという驚きを与えられる。太陽系にはハレー彗星やアステロイドベルトというものがいると初めて知る人もいるのではないか。自転と公転を正確に再現しているのは物理化学部の小野君の手腕かもしれないが、ここまで作り上げるには日々顔を突き合わせて相当時間をかけただろう。海王星が壊されたのが何時頃のことなのか分からないが、壊される前に動いているところを見たかった、と思う。

自分ももしここの天文部員だったらめちゃくちゃ落ち込むだろうな、と思う。だがどう声をかけていいか分からず僕が立ち止まっていると、安さんは僕に気付いたようで立ち上がった。ずず、と鼻を鳴らし、顔をぐいぐいと拭って眼鏡をかけ直す。「すいません。せっかく来ていただいたのに。こんな無様な展示で」

強い言葉を使うあたりに口惜《くや》しさが滲《にじ》んでいる気がした。「いえ、すごいいい展示でした。あれ、公転軌道の傾きとかも再現してるんですよね？」

「はい」安さんは頷いた。「そうなんです。そこ、こだわろうと思って。自転スピードは〇・二四日を一秒、公転スピードは一日を一秒で、各惑星の公転速度の違いとか、視覚的に分かるようになってるんです。さっきいた物理化学部の小野君がシステムを作ってくれて。本当は惑星間の距離も再現したかったんですけど、海王星とかまで教室に収めようとすると水星と金星とか軌道が近すぎてぶつかっちゃうんで、そこは壁に図を貼ることにして」

安さんは一気に喋る。やはり、こだわって作ってきたのだろう。悔しそうに言う。

「……ほんと、すみません。誰がこんなこと。そんなに海王星嫌いなんでしょうか」

そんなやつはいないだろうと思うが、そこは僕も気になった。あの海王星は故意に壊された。あそこまできっちりと壊すには時間も手間もかかるし、道具も用意しなければならない。そこまでして海王星を壊して、犯人は一体何がやりたかったのだろうか？

「何か心当たりってないんですか？」

僕が聞くと安さんは少し考えたようだったが、すぐに首を振った。「ないです。天文部も物理化学部も別に地味だし、ああまでして邪魔するほど文化祭的に重要な展示じゃないし」

部員の誰かに対する嫌がらせかと思ったがこれは聞きにくい。しかし安さんは自分で言った。「私たちのうちの誰かが嫌われてて嫌がらせ、とかなら、もっと他に簡単な方法がいくらでもありますよね。なんか廊下に『あやしきわざ』でもしておくとか」[*19]

それ本当に簡単ですか、と思うが、もっともな意見ではある。展示を壊すのだって、レールやポールの部分はかなり繊細な機械なのだ。そこを壊すなり、他の星も全部襲うなりすればもっと徹底的にやれる。

そう考えると奇妙だった。犯人はなぜあんなことをしたのだろう？

「……展示の内容って、学校外の人で知ってる人、います？」

ついそう訊いてしまってから、これはいかん質問をしたなと思う。案の定、安さんは首を振って鼻をすすり、はっきりと答えた。

「学校外どころか、ウチと小野君以外は知らないはずです。外部の人がウチの展示を見ていきなりやった、っていうのは考えにくいです」

そうなのである。地学教室は廊下の最奥だし、ここまで来る人は少ないから、こっそり入って誰も来ないうちに犯行を終えることは、時間的には可能だった。だがカッターで海王星を割る作業だって数分はかかるだろう。それを「たまたま来た外部の人間がその場の思いつきで」やるとは思えない。

だとすると、安さんは心当たりがないようだが、天文部内部の事情が絡んでいるのだろうか。僕は何か考えを巡らせる様子でブツブツと呟く安さんを横目で見た。呟きの中

＊19　源氏物語「桐壺《きりつぼ》」より。「廊下に糞尿《ふんにょう》を撒《ま》いた」というのは後の解釈であり、原文には「あやしきわざ（けしからんこと）」としか書いていない。しかし、えぐいことを考えるものである。当時は嫌がらせとしてそれほど特異なものではなかったのかもしれないが、紫式部《むらさきしきぶ》先生が現代にいたらイヤミスの書き手として人気になっていたかもしれない。

に僕の知らない固有名詞が入っているから、頭の中で容疑者を捜しているのかもしれない。しかしなあ、と思う。これは困った状況なのではないか。安さんはこのままでは終わらせたくないようだが、犯人捜しなどすれば天文部内の人間関係がどうなるか分からない。

だが、どうしたものかと考えていたら、「あっ、やっぱまだいた」という声がした。携帯を出したツルモが戻ってきていた。

「ツルモ」

「いや星川いなくなったから」

「あ、ごめん」そういえばツルモたち三人とバラバラになってしまっていたのだった。「みんな今どこにいる？　僕は……」

どうしようか、と思った。部外者は退くべきだ。だが安さんの様子を見ると、このまま消えるのも後ろ髪を引かれるものがある。気になって文化祭を楽しむどころではない気もする。

僕は安さんとツルモを見比べ、とっさに決心した。「ごめんツルモ。宇津木君たちと先に行ってて」

安さんが眼鏡を直してこちらを見るので、なぜか詫びの手つきをしながら隣の生物教室を指さす。

「あの、僕もちょっと、隣の生物部の人とかに聞いてみます。不審者がいなかったかとか。もしかしたら文化祭全体のセキュリティの問題かもしれないし」生物教室からは緑色のクラスTシャツを着た男子が出てきたところだった。「なんかほら、部外者の方がいろいろ訊いても後腐れないし。ツルモ、ってわけでごめん」

「いやいや、俺も手伝う」ツルモは安さんに親指を立てた。「犯人を突き止めてやりましょう」

「いや、ツルモ」

ツルモは携帯を出し、三好にメッセージを送っている。「俺も残るわ。星川一人じゃ大変だろ」

ああそういえば、と思った。普段は下ネタ王だが、たとえばクラス全員でカラオケに行ったとしたら、盛り上がっている三十八人より、何か落ち込んでいる一人の方を気にする。ツルモはそういうところがあるのだった。

もっともツルモは、僕の首にガシッと腕を回して囁いた。「それにあの子、おっぱいでかい」

4

「……はい。いえ、ありがとうございました。すいません変なこと聞いて」

僕が頭を下げると、作法室前で受付をしていた茶道部の人は笑顔で首を振った。「いいえ、お構いなく。それよりもうすぐお茶会始まりますのでどうですか？」

「あ……ええと。すみません、用事があって。……ありがとうございました」

話だけ聞いておいて申し訳ないなと思ったら、隣のツルモは「是非！」と拳を握って応じた。僕はツルモを肘でつつく。「別にいいよ？　本当に行っても」

反射的にイエスと答えていたらしきツルモは頭を抱えた。「しまった今捜査中だ！いやしかし茶道部、お茶会には可愛い子が来てるかもしれないし」

小声で言ったから目の前の人には聞こえていないだろうが失礼な奴だ。僕は「だが安さんのおっぱいも捨てがたい……やべえ『舞姫《まいひめ》』の主人公の気持ちがちょっと分かった」といささかずれたことを呟くツルモに携帯を見せる。「いや、とりあえず捜査の方はもういいから。安さんには一応これのことは言っとくけど、お茶会終わったら地学教室来て」

ツルモに肩を摑まれた。「すまん相沢《あいざわ》、恩に着る」

誰が相沢やねんと思うが、[*20]とにかく茶道部員に歓迎されてデレデレしながら作法室に入るツルモと別れ、地学教室に向かう。そもそもつきあってくれる必要がないところにつきあってくれたわけだし、安さんにたいした報告ができるわけでもない。僕たちは周囲の教室を回って不審者情報を探し、ついでに安さんと小野君が一緒にいたという友達を見つけて彼らの話の裏を取り、宇津木君にも午前中の持永さんの行動を聞いた。二人はトイレに行くとき以外離れておらず、五分も空白はなかったという返事だった。

となると、捜査にとって有力な手がかりは、僕が携帯で表示しているこれだけになりそうだ。野外ステージの音響が低音部だけどんがどんがと聞こえてくる廊下を端まで戻りながら僕は、修学館高校の掲示板が表示された画面を見る。さっきの茶道部の人が、この掲示板に手がかりがあることを教えてくれたのである。

地学教室には安さんと小野君が残っていた。部長である持永さんは教室を閉鎖するため職員室に鍵を借りにいっているらしい。僕はとりあえず安さんに携帯を見せたが、小野君もぬうっとやってきて（どうしてもそういう表現になってしまう）後ろから覗いてきた。

＊20　相沢謙吉。『舞姫』の主人公太田某の友人。『山月記』の袁傪《えんさん》、『走れメロス』のセリヌンティウスと並ぶ「国語の教科書三大ありがたい友人」の一人。

「不審者の目撃証言はなかったんですけど、修学館の掲示板にこういう書き込みがあったのを教えてくれた人がいました」

携帯に表示されている修学館高校の掲示板をスクロールする。文化祭の特設ページであり、「有志バンド2－C有馬組、そろそろ出るよ！」「演劇部のコント爆笑だった。午後三時半から最終回。必見」「正面入口のゲート倒れかかってるけど大丈夫？」といった文化祭の実況が賑《にぎ》やかに書き込まれている。その中に写真付きの書き込みがあり、僕はその画像をタップして拡大してみせた。

ID：jx05603pookd（登録名はありません）
天文部の展示。奇跡の惑星直列（12：06）

たまたま惑星が一列に並んでいる瞬間をとらえたのだろう。画像では小さくて見えにくいが水金地火木土天の各惑星と、どこも欠けてなどいない海王星が手前から奥に向かってずらり一直線に並んでいた。そしてそのことより、投稿時刻が重要だった。十二時六分。つまり、昼頃までは海王星も無事だったということになる。

「十二時六分。でも、これって……」安さんが呟いた。携帯をぐっと覗き込んでくるので腕が触れ、ツルモはやっぱりこちらにいた方がよかったのではないかと、僕はどうでもいいことを考えた。

「……この時までは海王星も無事だったみたいですね。だとすると、犯人が来たのは昼以降」

僕の携帯を安さんが受け取って覗き、さらに小野君に回す。小野君は呟く。「……昼ごろからは、僕はさっきまでずっと、物理化学部の友達と一緒でした」

「私もさっきの濱村さんたちと一緒でした。十一時……半頃から後はずっと」安さんも言う。

別にこの人たちを疑っているわけではないのだが、安さんは付け加えた。「部長も朝からずっと、あの彼氏の人と一緒にいたみたいです」

宇津木君は開場前に学校に来ていたと話していた。もっとも一応、途中で持永さんと一時的に別れた可能性もあるから、そこはあとで確認すべきなのかもしれないが。

「……この教室、誰でもこっそり入れたわけですよね？」

「はい。太陽系、準備室に置いた僕のパソコンで操作してるんで、一般公開を始める時に鍵をかけましたけど、こっちはもちろん」小野君が頷き、僕に携帯を返してくる。近くで見ると本当に大きいなと思う。

そうなると犯行時刻は絞られてくるわけである。十二時六分頃から、濱村さんたちが来た午後二時十分頃まで。この二時間の間に何者かが侵入し、なぜなのか分からないが海王星を念入りに壊した。

だが、それは間違いだった。ばたばたと足音が近づいてくると思ったら勢いよく戸が開き、制服の男子が飛び込んできたのである。

「すいません！　文化祭実行委員会の者です。天文部の方ですか？」

二人が頷くと男子生徒はせかせかと入ってきた。「部長さんですか？　いや違うか天文部の部長はあの髪の長い」

「私は1－Aの安です。こっちは1－……何組でしたっけ？　物理化学部の小野君。部長はいません」

「あ」男子生徒は小野君の大きさにちょっとあたふたとしながら言う。「じゃ、今でいいか。あの、実はすみません。実行委員の者が昼間、ちょっと手違いを起こしていたようで」

「手違い」

「はい」実行委員氏は私服の僕がいることに気付いてちょっと迷ったようだったが、安さんを見て気をつけをした。「実は昼頃、上の化学教室のガラスが割れたんです。それで我々実行委員が駆けつけて、鍵主の大友《おおとも》先生に頼んで一時的に化学教室を施錠して立ち入り禁止にしてもらった、はずなのですが」

実行委員氏は「はずなのですが」に力一杯アクセントをつけ、安さんに向かってがばと頭を下げた。「すみません！　大友先生、間違ってこの部屋に鍵をかけちゃってたんです。お客さんから報告があったので……おあっ？」実行委員氏は割れた海王星に気付いて変な声をあげたが、それについては迷った末「関わらないこと」に決めたらしく、再び同じ角度まで頭を下げて早口で続けた。「それで、さっき開けさせたんですけど、その間、部屋に入れなくなっちゃってたみたいで」

安さんがはっとして小野君を見る。小野君は僕を見た。

僕は実行委員氏のつむじを見た。どういうことだ、それは。

「あの、それって何時から何時頃までですか」

安さんが訊くと、実行委員氏は顔を上げないまま答えた。「十二時十分頃から、午後二時過ぎまでだそうです。ほんと、すいませんでした！」

ちょっと待て、と思い、思わず壁の時計を見る。画像の投稿がされていたのは十二時六分。犯行時刻はその後のはずだ。だがそのわずか四分後の十二時十分頃からずっと、この部屋には誰も入れなかった。となると。

「……じゃ、犯人は一体いつ海王星を割ったんですか？」

安さんが思わずといった声で口にし、実行委員氏がなぜかそれに反応してすいませんとまた頭を下げ、割れた海王星を指さした。「あの、すいません。あの、これですか？これは別に、ほんと、俺ら知らないんで。大友先生が間違えて鍵かけちゃってたらしい、ってさっき聞いただけなんで」

「あの、それ、分かりました。いいです。いえ、よくないですけど。今はいいです」実行委員氏のうろたえぶりが伝染した様子で安さんが言う。「あの、じゃ、大友先生に確認してきてもらえませんか？　鍵をかけちゃったのが正確に何分だったのか」

「はいっ、それはもう。大友、そこらをブラブラしてると思うんで」

教師をまるで自分の部下のように言い、なぜか木星を見て「うおっ、すげえ。うまそう」とスケールの大きいことを言いつつ実行委員氏は出ていった。逃げるように駆けていったため僕が思わず発した「ご苦労様です」の声は届いていない。

窓の外から野外ステージの重低音が響いてくる。廊下のむこうからは移動販売か何かの「わたあめいかーすかー」という叫び声が聞こえてきた。

……どういうことなのだろうか。投稿がされてから地学教室が施錠されるまで、たったの四分しかない。たまたまその四分の間に犯人が来て、四分以内に犯行を終えたとでもいうのだろうか。そんな偶然があるだろうか。それに、そもそも。

僕は割れた海王星の断面に指で触れる。けっこう厚いプラスチックであり、頑丈な球体だ。たった四分間でこれを三つに割るのは無理ではないか。

だが、安さんは携帯を出して言った。「一応私、掲示板に書き込みしてみます。『天文部です。12：06の書き込みをした方、天文部から素敵なプレゼントがあるので地学教室にお越しください』って」

「えっ」小野君が地学教室を見回す。「プレゼントって」

「何かでっち上げる。もうこうなったら、木星でも金星でも」安さんはすごいスケールのことを言いつつ、携帯から顔を上げない。「書き込みをした人に話を聞かないと。でも使い捨てのＩＤだし、たぶん出てきてくれないとは思う」

なるほどなと思った。犯人がもしこの「開いていた四分間」に犯行をしたなら、直前に地学教室を出たはずの画像の投稿者と廊下ですれ違っている可能性がある。もちろん直後に教室に来て鍵をかけた大友先生ともだ。なにしろ、地学教室は奥のどん詰まりにあるのだから。

それに、大友先生に話を聞ければ期待できることもあった。先生の言う「十二時十分頃」が実は十三分とか四分だったとするなら、犯人にはもう少し時間があったのかもしれないのだ。四分間だと難しいが、七分か八分あればかなりのことができる。僕はバスケの感覚でそう思った。実際、七分あれば二十点差を逆転することだって可能なのだ。海王星ぐらい割れる。

だが数分後、実行委員氏に連れてこられた大友先生が、その可能性をばっさりとゼロにした。

「……いや、正確には十二時十分より前でした。七分か八分頃だったかな。開けたのは二時五分頃です。ちょうど」

すいませんねえ、とのんびり頭を下げる大友先生を前に、僕たちは沈黙した。

犯行可能時間が増えることを期待していたのに、逆に減ってしまった。一分か二分では、絶対に犯行は不可能だ。先生は戸を閉めたり開けたりする際に教室の中を見てはいないそうだが、間違いなくこの部屋に鍵をかけたし開けた、とはっきり言った。

先生と実行委員氏が去ると、安さんは彼らが出ていった戸の外を見たまま、ぽつりと言った。

「……それなら、濱村さんたちが間違いだったのかな。二時過ぎ、じゃなくて、もっと後だったかも。それなら、二時五分頃からそこまでの間に犯人が来て……」

だが、その可能性もすぐに消えた。開いた戸からひょい、とツルモが顔をのぞかせたのである。

「ツルモ」

「生物部の人がいたからちょっと話、聞いたんだけど、気になることがあるから出てきた」

途中で出てきたらしい。「……よかったの?」

「たぶん。まあほら、参加者おばさんばっかだったし」

そんな勝手な、と思うが、ツルモはつつつ、と入ってくると安さんに言った。

「俺なりに聞き込みしてみたんだけど、生物部の人が茶会にいてさ。その人によると、二時前くらいから生物部はウミホタル発光ショーの呼び込みやってて、隣の生物教室の前に一人、ずっと出てたそうなんだけど」

確かに手前の生物教室には「残酷！　ウミホタル感電発光ショー」という看板があった。[*21]

ツルモは得意げに言った。

「その人が見てたって。二時前から二時半頃まで、地学教室に入った奴は一人もいない。犯行時刻が少し絞れたっしょ？」

地学教室が静かになる。

「ちょ、待った」僕は安さんと小野君を見る。「それっておかしいですよね？　だって……」

僕が頭の中をまとめるより先に安さんが言った。

「午前九時半の時点で海王星は無事でした。掲示板を見ると、十二時六分の時点でもまだ無事でした。しかも十二時七分か八分に大友先生がこの部屋の鍵を閉めて、二時五分頃までは誰も入れませんでした。そして二時前から二時半頃まではここに出入りした人はいないと、生物部の人も言っています。……でも、海王星が割られているのが見つか

＊21　ウミホタルは刺激を受けないと発光しないため、狙って発光させたい場合は電気を流す。

ったのは二時半頃です」

「えっ？　ん？　どういうこと？」ツルモにもようやく状況が伝わったらしい。

　それを安さんが言葉にした。

「絞りすぎて犯行時刻が消滅してしまいました」

5

　野外ステージの音響が途切れたせいだろうか。地学教室は急に静かになった。停止した惑星たちも、壁の掲示もそのままなのに、なんだかこの教室だけが、文化祭の喧噪から遠く離れた異世界に飛ばされてしまったような静けさだった。僕もツルモも、おそらくは安さんも小野君も、状況の不可思議さに思考停止した後、なんとかそれに穴を開けようと考えを巡らせているようだった。小野君は落ちつかなげに視線を彷徨《さまよ》わせ、安さんは口をかすかに開けたまま腕をだらんと下げ、それぞれ動かない。

　ベランダのすぐ下で屋台を出している山岳部のカレーの香りが、換気扇からかすかに入ってきた。カレーの香る太陽系は、静かな地学教室で海王星を失ったまま停止している。

　しかし、状況を打開するアイディアが何も浮かばないわけではないようだ。まず安さんが言った。

「たとえば、掲示板に画像を投稿したのが犯人自身だったとしたら」安さんは着ているTシャツの裾を摑んで言う。「確かに投稿があったのは12：06ですけど、もっと前に写真は撮ってたんじゃないですか？　たとえば十一時頃に写真を撮って、それから犯行をして、12：06になってから画像をアップすればいいわけですよね」

「いや……それなんですけど」僕もまずそれを考えた。だが不可能なのだ。僕は掲示板に表示された画像を拡大し、安さんに見せる。「この画像、後ろにあそこの時計、写ってますよね？　そこのとこ、よく見てください」

安さんは壁の時計を見た後、眼鏡を直して僕の携帯を覗いた。またくっつく恰好になったので、ツルモが「あっお前ずるい」と顔でアピールしてきた。こんな状況でもぶれない奴だ。

「……確かに、十二時五分頃、ですね」安さんが携帯を小野君に見せる。小野君が「うう」と唸った。

そう。画像には後ろの方に、壁にかかっている時計も写っているのだった。そして小さくではあるが、確かにその針は十二時五分頃を指している。

壁の時計を見上げる。あの時計にはみっちりと積年の埃がついていて、最近いじった跡はない。僕と同じことを考えたのか、小野君が壁に向かって背伸びをし、なんとそれで届くらしく時計を外そうとして、しばらく奮闘した後諦めた。つまり時計の針を操作したのでもないのだ。もちろん海王星の代わりに偽物を置いておいた、というのでもない。偽物を置いた上で、たとえば小型のカメラを設置して遠隔操作するなどすれば画像のでっち上げは可能だが、今度はその偽海王星を回収し、割れた本物をポールに挿し直す手段がない。

「画像が本物だってんならさあ」ツルモが言った。「鍵のかかった部屋に入らずに海王星、割れないかな？　遠隔操作の爆弾的なので」

小野君が言う。「そういうものの残骸は残ってなかったです」

安さんも言う。「そもそも、そんな方法をわざわざ使う理由がないです。大友先生が間違って鍵をかけたのは偶然ですから」

僕も携帯を見せながら言った。「画像を見る限り、惑星本体にもポールにもレールにも、何も異状はないしね」

結果的に三人から口々に否定される形になってしまったツルモは「そうっすね……」とうなだれ、木星の陰に隠れて恥ずかしそうに頭を掻《か》いた。「なんか今の俺、すげえ頭悪い人っぽくて嫌だ……」

「いや別にそういうわけじゃないんだけど」否定するばかりでなく自分も何か言わなくちゃなと思う。「じゃ、十二時七分か八分より後、鍵のかかったこの部屋に入る方法はないでしょうか？　たとえば合鍵ってありますよね」

「ここの鍵は大友先生が持ってます。準備室の鍵もそうです」安さんが首を振った。

「あとでまた聞いてみますけど、誰かが借りにくれば、大友先生はその時点で間違えて鍵をかけていたことに気付くし、そもそも先生は生徒に鍵を貸すより開ける場に立ち会う可能性が大きいです。誰かが鍵を手に入れてこっそり入るのは無理です」

　あらかじめ合鍵を、と言いかけてやめる。さっきツルモも言われた通り、大友先生が鍵をかけてしまったのは偶然なのだ。なのに犯人があらかじめ準備していた、というのはおかしい。犯人がたまたまこっそり合鍵を持っていて、それを文化祭当日に持ってきていた、というのもあまりに都合がよすぎる考えだろう。そんな偶然が起きるくらいなら、先生か濱村さんたちが盛大に時間を勘違いしていたという方がまだありうる。

「それに、外から海王星をああいうふうに割るっていうのはちょっと、必要エネルギーが大きくて……」

　小野君も遠慮がちに言う。確かに、海王星のあの割れ方は明らかに人の手で時間をかけてやったものだ。部屋のどこかの隙間から、というのは無理がある。

　僕は考える。それなら、大友先生が部屋に鍵をかけたとき、犯人がすでに中にいたとしたらどうだろう？　犯人はその後に犯行を済ませ、出ていった。

　だが停止した木星を見て、いや違うな、とすぐに気付いた。もしそうなら犯人は鍵を開けて出ていったはずだ。だが大友先生は間違いに気付いて午後二時五分頃に、確かにこの部屋の鍵を開けている。つまり鍵は閉まっていたのだ。

「ううむ」

僕は天王星を見ながら唸った。唸っても何も出てこない。

「掲示板の画像はいじれない。鍵がかかった後は無理。なら鍵が開いた後っしょ」ツルモがいいことを思いついた、という顔で木星の陰から出てきた。「大友先生が鍵を開けた後に犯人が来たんじゃないすか？　ベランダ側からこっそり侵入したから、生物部の人は気付かなかった」

「あの、ベランダ側の窓は全部、鍵がかかってたんで」

「そもそもベランダ移動すると超目立ちます。すぐ下で山岳部がカレー売ってるんで」

「それだったら普通に生物部が引っ込むのを待ってればよくない？　濱村さんたちが二時十分頃に事件に気付いたのだって偶然だし」

また三方向から言われ、ツルモは「ああ俺、超頭悪い」と言って頭を抱え、しゃがみこんだ。たまたまタイミングが重なったため、三人から次々に反論する形になってしまって申し訳ない。

「……じゃあその生物部員が犯人だったとか！」

「わざわざ呼び込みをすべき時間にいなくなって犯行をするんですか？　他にいくらで

もチャンスがありますよ」

安さんにとどめをさされ、ツルモは「うぎゃあ」と断末魔をあげて背中を向け、土星に話しかけた。「ヴィーナス様、俺、辛いです」

ヴィーナスは金星だぞと思うがつっこまないでおく。安さんもさすがにそこまで追撃をしては申し訳ないと思ったのか、「いえ、ありがとうございます。考えてくれて」と小声で言った。

再び地学教室が沈黙に包まれる。隣で「残酷！　ウミホタル感電発光ショー」が終わったらしく、数名のざわめく声と足音が廊下から聞こえてきた。すでに持永さんが戸に「天文部・物理化学部の展示は終了しました」という貼り紙をしているので、こちらには誰も来ない。

それにしても、本当に不可解な状況だった。海王星は確かに割られている。それなのに、割ることができる時間帯が存在しない。それなら、勝手にぱくりと割れたのだろうか。僕はひと気のないこの地学教室で、おもむろに三つに割れる海王星を想像した。中から雛《ひな》が出る絵が浮かび、ありえないな、と思った。

廊下から足音がし、戸が開いた。大友先生から借りたらしき鍵を持った持永さんが長い髪を揺らして入ってきて、僕とツルモを見ておやという顔をした。

それで僕たちも気付いた。僕たちは部外者だ。謎は解けないし、もうここにいるべきではないのかもしれない。ツルモと顔を見合わせ、「あ」「うん」と頷きあう。同じことに気付いたのか、安さんがばさりと髪を揺らしてお辞儀をし、顔を上げて眼鏡を直した。

「……あの、ありがとうございました。なんだか不思議なことになっちゃいましたけど、校外の人にここまでつきあってもらって。あの、まだ他の部とかの展示、やってますから」

持永さんが僕たちと安さんを見比べる。結局何も力になれなかったわけで、なんとなくばつが悪い。だがこれ以上ここにいても気を遣わせるだけかもしれない。掲示板に書き込みをした人も出てこないし、聞き込みはした。もう、できることはないのだ。僕たちは目配《めくば》せをしあい、ずっと前に味のなくなったガムを噛《か》むような気分でぼそぼそと挨拶をして廊下に出た。

生物部はウミホタル発光ショーが終わり、そろそろ店じまいらしく、立て看板が片付けられている。外からは「サービス価格でーす」「大幅値下げでーす」と、売れ残りを処分する必死の声が聞こえてくる。文化祭はそろそろ終わりに近付いている。

「……ああっ、結局安さんのアドレス聞けなかった」ツルモが悔しそうに唸った。訊ける雰囲気では確かになかった。

僕は閉まっている地学教室の戸を振り返った。このままでいいのだろうか。犯人は分からないまま、それもあんな不可解な状況のまま、安さんも小野君も、持永さんもこれから過ごすのだろうか。だが僕の力ではどうにもできない。何か方法はないものだろうか。

やっきそばいかーすかー、ひゃっくえんでーす、というひときわ大きな声が外から聞こえる。

「……いや、まだ分からないか」

僕は知っている。方法はあったのだ。僕だけのとっておきが。修学館の文化祭には昔、行ったことがあると言っていた。「久しぶりに行ってみようかな」とも言っていた。

僕はツルモから離れ、電話をかけた。

「……もしもし、お姉ちゃん？」

あとで振り返ってみれば、僕はこの時、初めて千歳お姉ちゃんを「どこかに誘う」ことができたのだった。自分の携帯でお姉ちゃんの携帯にかけたことすら、この時が初めてだったかもしれない。結局、当時の僕は、ここまでの口実がないとそれっぽっちの勇気も出なかったのである。

お姉ちゃんは「何かあった」とすぐに勘づいたのだろう。最初から話を聞く態勢で、僕が修学館高校での事件を話すと、がさがさ何かを支度しながら「詳しく話して」と言ってくれた。女の声、と無駄に耳敏《みみざと》く反応するツルモから離れ、お姉ちゃんに問われるまま、掲示板の画像を送信しながらこれまでの事件とその不可解さを説明すると、僕は言った。

「……お姉ちゃん、今から会えない？」

行くよー。いま支度してるとこ、と、お姉ちゃんはあっさりと答えた。電話口のむこうからがさがさ音が聞こえたのは、すでに出かける支度を始めてくれていたらしい。確かに、急いで来てくれれば一般開放時間の終了前には来られる。

僕は返事を聞いた後、「会えない？」などという言い方をしたことに気付いて勝手に鼓動を早めていると、お姉ちゃんはあっさりと言った。

――だいたい分かったから、どうしてこんなことをしたのか、やった人に聞いてみよう。

僕はあらためて思った。千歳お姉ちゃんは名探偵という、僕とは別の人種なのだ。

6

正門を入ったところでおーい、と手を振る千歳お姉ちゃんに、小走りで駆け寄る。涼しくなってきているせいか、シャツの上にカーディガンを羽織ってきたお姉ちゃんはTシャツや制服の高校生が行き交う中では一人だけすごく大人っぽく、どちらかといえば無造作な恰好なのに周囲からくっきり浮いて見えるほど目立っていた。もっともそう見えたのは僕だけらしく、隣のツルモは僕が誰を見ているのか分からずにきょろきょろしていたのだが。

「ありがとう。来てくれて」

駆け寄ると、お姉ちゃんは「ん」と頷いて校舎を見た。「懐かしいなー文化祭。まだ地学教室って開いてる？」

「地学教室は閉めたけど、一般開放はあと三十分くらいある」

たった三十分で解決できるのか、と不安だったのだが、お姉ちゃんは微笑んでツルモを見て「友達？　いつもみーくんがお世話になってます」とお辞儀をした。「おっ、ちょ、あ」とうろたえた上に「おい星川どういうことだ」と肘でつついてくるツルモに「隣の家の人」と小声で答える。

お姉ちゃんは電話で「だいたい分かった」と言っていた。こういうことで見栄《みえ》を張るような人ではないから本当なのだろう。今、歩きながら口許に手をやって何か考えているのは、僕たちに対して何をどう説明するかの手順を考えている、といったところだろうか。

お姉ちゃんは久しぶりに覗いた高校の文化祭が楽しいようだった。正門脇の案内所でパンフレットをもらい、校庭を歩く途中で実行委員から赤い風船をもらい、A棟の玄関前で移動販売のビスケットを買ってにこにこしながら歩いていく。大人だが父兄とも教員とも雰囲気が違うお姉ちゃんのたたずまいは、隣を歩く僕を落ち着かない気分にさせた。なんだか目立っているような気がして、僕は某国のお姫様を警護するSPの気分できょろきょろしながら、スリッパをぱたぱた鳴らして歩くお姉ちゃんを地学教室へ案内する。

幸いなことに、地学教室にはまだ安さんと小野君の他、持永さんもいて、三人はすでに壁の掲示を撤去し始めていた。それ以外にも何やら制服の生徒が二、三人ほど出現して作業をしているが、彼らは連絡を受けてやってきた天文部員だろう。

「あ、すいませんこの部屋はもう……」

振り返った持永さんを遮って僕が言う。「いえ、あの、ちょっとだけ……その、海王星のことについてお話ができないかと」

お姉ちゃんは首をかしげる持永さんにお辞儀をして微笑み、壁の時計を確認すると、言った。

「十分だけ、お邪魔していいでしょうか？　この部屋で起こった事件について、お話ししたいことがあって来たんです。誰がこの事件を、どうやって起こしたのか、分かりましたので」

いきなりそう言われても何のことやら分からないだろう。安さんと小野君が顔を見合わせ、部員たちは判断を任せる顔で持永さんを見た。その持永さんも目を丸くして驚いている。

「確認したいことがあるので、準備室の方を見せていただいてよろしいですか？」

持永さんもどうしてよいか分からないらしく小野君を見る。小野君も面食らった様子だったが、お姉ちゃんの服装とたたずまいに「大人の威」といったものでも感じたのか、とにかく「あ、はい」と頷いてくれた。

いきなりの闖入者《ちんにゅうしゃ》である僕たちが周囲の部員たちにどう映っているのか不安だったが、お姉ちゃんは準備室の扉に行き着くまでの間に土星の輪の精巧さに感激し、火星の微妙な公転軌道の傾きに感動し、地球を北極側と南極側からそれぞれ見て、展示を存分に堪能しているようだった。周囲の天文部員たちが呆気《あっけ》にとられながらも少し表情を緩めているのが垣間見えて、僕はほっとした。後ろを振り返るとツルモは安さんと何かを話しているようで離れていたが、構わずに準備室に入る。

ロッカーと棚が迫って狭い地学準備室には長机が置かれていて、その上のノートパソコンからケーブルが伸び、ドアの隙間から地学教室に続いている。お姉ちゃんはそのケーブルを挟まないように慎重にドアを閉めると、なぜかかたんと鍵をかけた。空気が遮断された感覚があり、狭い室内がぴたりと静かになる。

そしてお姉ちゃんは、まず小野君に訊いた。「このパソコンで太陽系の動きを制御してたんだよね。これ、君のだって聞いたけど、そう?」

小野君が頷く。

するとお姉ちゃんは、穏やかな表情のまま小首をかしげ、彼に尋ねた。

「……じゃ、どうして君はあんなことをしたの?」

小野君が動きを止めた。

お姉ちゃんは彼を見たまま、あくまで穏やかな声で言った。

「犯人は君だよね。だって、このパソコンで惑星の動きを操作できたのは君だけだから」

小野君がぎくりと身じろぎをする。僕はお姉ちゃんの話についていけない。それを見てとったか、お姉ちゃんは僕に言った。

「このパソコンは小野君のなんでしょ? しかも、システムの設計は君がやった。家から持ってきた自分のパソコンを学校に置いておくのに、誰にでもログインできる状態にはしないよね」

お姉ちゃんがパソコンに手を伸ばし、電源スイッチを押す。スリープ状態になっていたパソコンが起動し、「ログインパスワードを入力してください」というメッセージが出た。

「だとすれば、犯人は君しかいないことになるよ。犯人は掲示板にアップされた写真を撮るために太陽系の自転と公転を操作してる。それができたのは君だけなんだから」

千歳お姉ちゃんは特に強い口調で言ったわけでもないし、怖い顔をしているわけでもない。だがお姉ちゃんより三十センチ近く背の大きい小野君は、圧されたように何も言えないようだった。つまり、お姉ちゃんの指摘は当たっているのだ。

「お姉ちゃん」僕はたまらず聞いた。「犯人が自転と公転を操作した、ってどういうこと？　どうして分かるの？」

「あの画像そのものが動かぬ証拠なの」お姉ちゃんは答えた。「あの画像では、水星から海王星までがまっすぐ並んで『奇跡の惑星直列！』っていう状態だったよね。でもね、一番外側の海王星は公転軌道を一周するだけで164・8年もかかる。偶然他の惑星全部と一直線に並ぶなんて、現実にはありえないの。太陽系の全惑星が九十度の角度内に収まることですら百年に一度あるかないか。ぴったりまっすぐ並ぶなんて、宇宙開闢《かいびゃく》以来一度もない。地学教室の展示では、一日を一秒に縮めてたんだよね？　そのスピードで丸一日太陽系を回しても、約236・5年分しか惑星は回らない。たまたまあんな瞬間が訪れることとなんてありえないの。アップした本人があの画像を作るために、惑星の公転を一時的に止めたのでない限り」

小野君の顔色が変わった。自分の失策に気付いたのだろうか。お姉ちゃんは言う。

「公転を止めるならレールに何か細工をしてもいいのかもしれないけど、アップされた画像にはそれがなかった。つまりアップした人は、鍵のかかった準備室に侵入して惑星の公転を制御したっていうことになる。アップした人は名乗ってもいないし、使い捨てのIDだったんだし、面白半分でそこまではやらないよね。だとすればあの画像は、犯人が『十二時五分頃までは海王星も無事だった』って思わせるためにやったんだよ。ただ、何の理由もなく天文部の画像をアップしたら不自然だから『奇跡の惑星直列！』ということにした」

そういえば、結局画像をアップした人は出てきていない。

「……でも、天文部員なら惑星直列がありえないことくらいは知っているでしょう。つまり犯人は、太陽系の運行を操作できて、なおかつ惑星直列がどれだけ珍しいかを知らない人、ということになるの」

確かに、その条件に当てはまるのは物理化学部員の小野君だけだろう。

僕は思い出していた。安さんは「惑星直列」の画像を見たとき、何か言いかけてはいなかっただろうか。もしかして、あの画像がありえない状況だと気付いていたのかもしれない。

「いや、あの」小野君は顔を背けた。「僕、何も知らないんで」

小野君は僕たちに背を向け、廊下側のドアを開けようとする。その大きな背中にお姉ちゃんが言う。「認めないの？　掲示板の画像は、投稿者を割り出すこともできるよ」

「本当に知らないんで」

小野君は一切振り返らないまま出ていく。僕は追いかけようとしたが、お姉ちゃんが動かないので廊下までは出なかった。開け放されたドアが反動で戻ってきて、僕の目の前でかちゃりと音をさせて閉まる。

「お姉ちゃん」

振り返ると、千歳お姉ちゃんはふう、と肩を落とした。「……どうしてこんなことをしたのか、教えてもらいたかったんだけどね。部長さんたちには私たちから説明しようか」

「それは……するけど。いや、でも」僕にはまだ分からないことがある。「小野君は昼過ぎまで友達と一緒だった、ってはっきりしてるし……」

わざわざツルモと一緒に裏も取っている。しかし、お姉ちゃんは首を振った。

「それ、トリックだったんだよ。本当の犯行時刻は午前中。さっき言ったとおり、小野君は午前中に海王星を壊したけど、十二時五分頃にあの画像を撮ることで、犯行時刻をそれ以降だと思わせようとした。もちろん公転を操作するのも撮影も、携帯から遠隔操作でやったんだろうね。最初に駆けつけた時によく捜していれば、地学教室のどこかに、小野君が仕掛けた小型のカメラが見つかったはずだけど」

「トリック……」

戸惑う僕に、お姉ちゃんはゆっくりと説明してくれる。

「みーくん。落ち着いて考えて。そもそも、犯行が可能な時間帯がゼロなんていうことはありえない。現実に起こったことなら、必ず説明がつけられるはずだよ」

以前にも言われたことだ。僕は頷く。お姉ちゃんは出ていった小野君を追うつもりは全くないようで、くるりと僕に正対した。

「推理のポイントその一」

お姉ちゃんは人差し指をぴんと立てて言った。前も同じような台詞《せりふ》を言っていた気がするから今回はその三か何かのはずだが、そこはまあいい。

「『難問は分割せよ』。たとえば今回の場合、『犯行可能な時間帯がゼロ』が問題だよね。でも、そのまま考えてたんじゃ分からない」

「……そのまま？」

「だから問題を分析して分割するの。みーくんが『犯行可能な時間帯がゼロ』だって思ってるのはどうして？　そういう状況にしている要素は何かな？」

「……要素？」何か難しい話になってきた。「地学教室に鍵がかかっていたこと？」

「そうだね。あと『12：06にあの写真が撮られていたこと』とか、『生物部の人が廊下に出ていて、廊下を通る人を見ていないと証言していること』。つまり、『犯行可能な時間帯がゼロ』っていう問題は、それらのうちのどれか一つを解決する方法があればいいだけだよね」

「えっ。いや、でも……」だけだよね、と言われると可能に思えてしまうが、そんなに簡単なことだろうか。

しかしお姉ちゃんは、十センチほど身長で追い抜いた僕を見上げて言う。

「『地学教室に鍵がかかっていたこと』は、正確に言うと『十二時七分か八分の時点で、地学教室に鍵をかけたと大友先生が思っていること』だよね。それならもっと分割して、『大友先生に地学教室の鍵をかけたと思わせる方法』とか、『大友先生に、十二時七分か八分に鍵をかけたと思わせる方法』があればいい、っていうことになる。他も同じだよ。『12：06にあの写真が撮られていたこと』は、正確に言えば『12：05頃を指す時計が写っている写真に、割れていない海王星が写っているように見える写真を撮る方法』があればいいし、『生物部の人が廊下を通る人を見ていないこと』は、『生物室の前で呼び込みをしていた人に、十二時前から十二時半頃まで誰も通らなかったと思わせる方法』があればいいことになる」

「……なるほど」

それなら、何かありそうな気がする。言い方の問題に過ぎないはずなのだが、怪奇現象のにおいはさっぱりと消えていた。

「じゃあ、まずどのどの方法を探そうか？　『この犯人には余裕があったかなかったか』

を考えると、『地学教室に鍵がかかっていたこと』と『生物部の人が廊下に出ていて、廊下を通る人を見ていないと証言していること』は偶然だから、そこにトリックを仕掛けるのは難しいよね。だとすれば怪しいのは掲示板の画像。だから『12：05頃を指す時計が写っている写真に、割れていない海王星が写っているように見える写真を撮る方法』をまず考える」

頷く。確かにあの画像のあたりが一番「何かありそうな」気がする。

「さらに分割すると、この写真の『要素』は二つ。写っている時計が12：05頃を指しているように見せるか、海王星が割れていないように見せるか、どちらかができればいい。どっちかな？」

これが研究者の態度というやつなのだろうか。千歳お姉ちゃんはあくまで知的に冷静だった。いつもこうなのだ、と思う。お姉ちゃんにはいつも、僕より先が見えている。

「じゃあ、ここで『何でもいいから気になったこと、いつもと違うことを挙げていく』をやってみようか。そうすると、海王星の壊れ方が気になるよね。どうして犯人は海王星だけを、あんなに手間のかかる方法で壊したんだろう？　そこに何かありそうだよね」

そうだ、と思う。僕にもできる気がしてきた。最初は怪奇現象だったこの事件が、あとはちょっとしたアイディアがあれば解けるパズルにまで降りてきた。お姉ちゃんは何も特別なことはしていない。ただ論理的に、一つずつ考えを進めていっただけなのに。

「ああいう壊し方をしたのは、あの壊し方でなければならなかったから。他の壊し方では駄目だった——そう考えていくと、分かる気がしない？」お姉ちゃんは言った。「だから、犯人は太陽系の公転と自転を操作したの。みーくん、バスケやってるんならイメージできるんじゃないかな？」

「……あ！」

ようやく、気付いた。三つに割れた海王星。両側から齧られたリンゴのような形になった海王星を、もとの球体に見せる方法なら、ある。間近で見ればばれるだろうが、写真の後方、水金地火木土天、の後ろに映る程度なら。

僕は言った。お姉ちゃんが答えを言ってしまう前に、さすがに僕だってここまでヒントをもらえば分かる、ということを伝えたかった。

「……撮影する時、自転を超スピードにしたんだ。高速で回転していれば、こっそり欠けた形も完全な球形に見える」

「正解」お姉ちゃんは微笑んで頷いた。「だから犯人はあの壊し方しかできなかったの。北極や南極の部分が欠けてたら、回転させた時に完全な球形に見えないからね」

「……海王星を狙ったのは、写真を撮った時、一番遠くに来るから？」

「そうだね。それと、海王星は回転させても違和感のない模様をしているから」

水星・金星・地球・火星は「地球型惑星」だ。岩石でできていて、水星は岩のような、金星と火星は砂漠のような複雑な模様が全体にある。木星も、白と褐色の派手な模様をしている。いずれも、高速回転させれば止まっている時と模様が違いすぎてばれるかもしれなかった。その点、海王星なら青と白のまだらだけだから、まだ違和感が小さい。模様の点では天王星でもいいはずなのだが、こちらはおそらく自転軸が傾いていて横倒しになってるから、高速回転させると外れて飛んでいってしまう危険があったのだろう。土星にしても、高速回転させると輪が外れてしまう危険はある。高速で自転しても壊れず、かつ目立たないのは海王星だけだった。

浴槽の栓を排水口に落とすように、すとんと腑《ふ》に落ちる感触があった。謎は解けたのだ。

しかし、それでも一つ、分からないままのことがある。

「……じゃあ、小野君はどうして」

お姉ちゃんは答えず、廊下側のドアを開けて出た。

続いて廊下に出た僕は、行き止まりの窓のところでうずくまっている大きな人影を見つけた。お姉ちゃんがぱたぱたとスリッパを鳴らし、そちらに歩いていく。戸から顔を出した女子がそれを見て、何かまずいものを見てしまったかのように慌てて戸を閉めて引っ込む。

逃げ出したと思った小野君は座り込み、顔を伏せていた。最初に安さんがいたのと同じ場所だった。よく見ると、肩が時折震えている。大男がそうしている様は違和感があったが、もちろん大男だって泣く時は泣く。

お姉ちゃんはその前にゆっくりとかがんで、声をかけた。

「……展示が壊れれば、部長さんが来るから？」

小野君はかすかに頭を動かした。頷いたのだ、と分かった。

「どういうこと？」

僕が訊くと、お姉ちゃんは小野君を見たまま答えた。

「……確かめるつもりだった。展示を壊せば、持永さんは彼氏を連れて地学教室に来るかもしれない。もし連れてこなくても、それまで誰と一緒だったのか、訊ける流れになる」

僕は、うずくまったましゃくりあげている小野君の頭を見た。それは、つまり。

そういうことだったのだ。小野君は持永さんが好きだった。だが、持永さんにはすでに彼氏がいるのかもしれなかった。それを確かめるため、文化祭の一般公開日に緊急で彼女を呼び出す手を考えた。

「……でも、そんな。みんなの展示を壊さなくったって。もっと何か、別の……」

言いかけて考える。別のやり方が何かあっただろうか。持永さんを尾行して彼氏の有無を確かめる？　無理だ。見つかったらおしまいだし、そもそもこの人混みの中、特定の誰かを捜し当てることなんてできない。

三年生の持永さんと物理化学部の一年生である小野君に接点があったとは思えない。会う機会も話す機会も、普段はほとんどなかっただろう。それなのに好きになってしまったとしたら。

小野君の情況は僕にも想像がついた。物理化学部から小野君一人しか来ていないことを考えれば、物理化学部と天文部は普段、部活ぐるみで交流があるわけではなく、今回の文化祭は小野君にとって貴重なチャンスだったのだろう。だが制作が終わって公開日になってもまだろくに話せていない。このまま文化祭が終わればあとは撤去して、持永さんとは廊下ですれ違えば会釈を交わす程度の関係に戻るだけ。いつまでも文化祭が続いてくれればいいのにと思ったかもしれないが、それは無理だ。だから文化祭が終わる前に、話をするきっかけを作りたかった。おそらくはそういう理由もあるのだろう。

僕だったらどうするだろう、と考える。普段顔を合わせる機会すらほとんどない人。観察して彼氏がいるかどうかを確かめるとか、その人の周囲から何か訊き出すとか、そういうのはある程度接点があるからできることだ。となれば、自分の気持ちがばれることは承知の上で、自分から動いて近付くしかない。

それがいかに困難なことかは、僕もよく知っている。僕は小野君の前にしゃがむ千歳お姉ちゃんの背中を見下ろす。僕など、こんなに近いのに。毎週会う機会があるのに、自分の気持ちがはっきりとばれるのが怖くて、一歩も動けていない。

お姉ちゃんが体を起こすと、小野君はぐい、と目元を拭って立ち上がった。

「顔洗ってきます。……天文部の人たちに謝ります。全部話して」

顔を腕で覆ったままそう言い、小野君は僕たちの横を抜けてトイレに歩いていった。その大きな背中を見ながら思う。小野君は泣いているが、同じ場所で安さんだって泣いていた。被害者は天文部の人たちなのだ。何より好きなはずの持永さんに対して、どうしてあんなことをしたのか。小野君に弁解の余地はない。だが同時に、小野君の背中を見ていると、自分で自分の姿を見ているような感覚があった。

……あの背中は僕だ。

僕だって状況が違ったら、同じような何かをしたかもしれない。そしてそれが露見して、隠したかったことはすべてばれ、他人に迷惑をかけ、最悪の結果になっていたかもしれない。あんなふうになっていたかもしれない。なぜなら。

僕も言えていない。好きな人に好きだと。どこかに誘うこともできない。ほんの小さな半歩ですら踏み出す勇気が出ない。

がら、と戸が開き、ツルモが顔を出した。廊下の奥に誰もいないのを見て僕に訊く。

「あれっ？　いない。なあ星川、小野君はどうなったの？　ていうか準備室で何言ったの？」

「……解決したよ」

なんとか笑顔を作り、ツルモにそう言うのが精一杯だった。

7

僕はツルモと別れ、お姉ちゃんと並んで家路についた。駅まで歩き、電車に乗り、自分の町に戻り、また歩く。お姉ちゃんとはぽつぽつと会話をした。文化祭の感想とか、話題は少しだけあった。

だがその間、僕は一度もまっすぐにお姉ちゃんの顔を見ることができなかった。泣いている小野君の姿が額の中にずっしりと居座っていた。

住宅街に入る。日が落ちかけ、周囲の家並みが藍色に暗くなり始めている。街路灯の明かりがちらつき、一斉に点灯した。隣を歩くお姉ちゃんが、カーディガンのボタンを留めた。

……言わなきゃ。ずっと好きだった、と。

結果は分かっていた。そもそも最初から、うまくいく未来など具体的に想像することすらできなかったのだ。想像の中の千歳お姉ちゃんはいつも、少し寂しげな顔で優しく微笑んで、「ごめんね」と言う。八割方、現実でもその通りになると思う。そして八割はあくまで八割で、都合よく二割の方が出ることなど期待できない。

「……勇気」

呟いたのは僕ではなく、お姉ちゃんの方だった。下を向いて歩いていた僕は立ち止まって靴の爪先を見た。お姉ちゃんも立ち止まったようだった。日が落ちてきているのだろう。アスファルトの色が暗い。

「……わたしも勇気、出さなきゃね」

僕は思わず顔を上げた。お姉ちゃんはすっと動いて、僕の正面に来た。横から夕日が差していて、お姉ちゃんの頬が右側だけオレンジ色に染まっていた。

どういうことなのだろう、と思った。今、勇気とかそういうのは僕の問題のはずだ。

だが、お姉ちゃんは言った。「みーくん」

僕が応えられないでいると、お姉ちゃんは顔を上げ、僕をまっすぐに見上げた。こんなにまともに見つめあうのは初めてかもしれなかった。

「……私ね、好きな人がいるの」

お姉ちゃんは言った。「大学院の、同じ研究室に」

千歳お姉ちゃんが何を言いだしたのか、とっさには分からなかった。だが「研究室」

という、僕とは全く関係ない世界を表す単語が出てきたことで、これは自分の話ではないのだと理解した。これは千歳お姉ちゃんと、僕が知らない、千歳お姉ちゃんのまわりの誰かの話だ。

「今日、小野君を見て思ったの。やっぱり勇気、出さなきゃなって」お姉ちゃんは僕を見て、はにかんで小首をかしげた。「……応援してくれる？」

僕は事態が自分と関係ないところで進んでいることを知った。

そして思い出した。千歳お姉ちゃんだって人間である以上、誰かを好きになる可能性があったのだった。お姉ちゃんの周囲にはお姉ちゃんの社会があり、普段、お姉ちゃんはその中で生活しているのだった。週に一度訪れてくれる僕の世界は、そのごく一部でしかないのだった。

僕は言った。「……応援する」

「ありがとう」

お姉ちゃんはそう言って、僕の肩に手を添えると、においを嗅ぐみたいに、僕の腕にとん、と顔をくっつけた。「……ありがと」

お姉ちゃんはさっと身を翻し、マンションの玄関に入っていく。そこでもう一度僕を振り返った。僕がついてくるか確かめたようだったが、僕が棒きれのように突っ立っているのを見て、ちょっと手を振ると、そのままガラスドアのむこうに消えていった。

僕は道の真ん中にただ立っていた。顔の左半分に夕日が当たって、そこだけかすかに温かくなっている。夕日でも直射日光が当たればわりと温度が上がるのだな、と、そんなどうでもいいことをただ考えていた。

※

結局、僕はこの時に失恋したのだった。それまでの僕は、失恋とは「告白して断られること」だと思っていたが、現実の失恋は色々な形でやってくるのだった。そして失恋というものは実は輪郭や定義が曖昧で、「何をもって失恋」「いつ失恋」とはっきり決めることができないものなのである。

もちろん、現在の僕は知っている。告白して断られたというのは「失恋の入口」に過ぎず、失恋というものはその後、えんえんと、長々と、あしびきの山鳥の尾のしだり尾のごとくいつまでも続く。相手に他の好きな人がいると知った時なんていうのは失恋という時間の中の「大きめのイベント」に過ぎず、クリスマス前に設置されたイルミネーションが春までだらだらと続くように、失恋はいつまでも続く。時折相手を思い出しては、どうにもならない気持ちになるあの時間である。

当時の僕はまだそのことを知らないまま、ああ終わったな、と勝手に決めつけていた。

もちろんそのおかげで、「失恋の入口」のショックはそれほど尾を引くことなく、周囲に悟られることもなく日常生活に戻れたのだが。

　当時の千歳お姉ちゃんの気持ちも、しばらく後に理解した。お姉ちゃんは僕のことを嫌いなのではなく、弟のような存在として「好き」だったようである。僕の気持ちに気付いてからの間、お姉ちゃんがどこか申し訳なさそうな顔を見せることがあったのは、単に応えられないというだけでなく、「応えられないけど一緒にはいたい」という考えが我儘《わがまま》に思えたのかもしれない。週に一度の家庭教師の時間はお姉ちゃんの方も楽しかったようで、こうして気まずくなったせいでそれが終わってしまうかもしれないと心配だった、と、僕は後に聞いた。

　僕はこの日、おそらく人生で一番落ち込んだ。だが、この日が日曜日で、次の家庭教師の日まで一週間ほどあったことが幸いした。その間に僕は気持ちを立て直し、整理することができた。もともと格の違う相手に対する叶《かな》わぬ恋だったし、この時はまだ年齢的に大人と子供でもあった。千歳お姉ちゃんが僕のことを「男性として好き」だなどと思っていないことは、うすうす理解していた。もともと確定していた失恋がはっきりしただけに過ぎなかった。

　それらのことがまとまるまで、この日の夜は二時間半ほど風呂に入っていた。とっくに冷たくなった湯を追い焚《だ》きで温め、また冷たくなっては温め、と三度繰り返し、父親から「いいかげん出ろ。出ないと一緒に入るぞ」と脅される頃には、僕は無理矢理気持ちを切り替え終えていた。もともと存在しないものが存在しないとはっきりしただけ。あとは千歳お姉ちゃんの恋愛を全力で応援するのみだ、と決めた。それでもその晩は、暗い部屋で蒲団に入ると涙が出てきた。今日ぐらいは泣いてもいいかと思い、涙が出るにまかせているうちに眠ってしまった。翌朝、顔の皮膚が突っ張ってカピカピしていた。

その朝、僕は起きてすぐに決めた。もう子供ではないのだ。千歳お姉ちゃんを「お姉ちゃん」と呼ぶのはやめ、少なくとも口に出す時はちゃんと「千歳さん」と呼ぼう、と。あるいは失恋して髪を切る女の子がこういう気分なのかもしれない。もっとも現実にそんなことをする女子の話は聞いたことがなかったのだが。

とにかく僕はそれを実行した。次の家庭教師の時に僕が「千歳さん」と呼ぶと、お姉ちゃんは困惑したようだったが、もう子供じゃないし、と説明すると、納得したように微笑んだ。

対外的には「千歳さん」になった千歳お姉ちゃんの恋愛はというと、もちろんうまくいった。約一ヶ月後にその報告を聞いた僕はお姉ちゃんとハイタッチし、あれだけ優しくて知性があって綺麗な千歳お姉ちゃんなら当然だ、と誇らしく思うことで、ある程度衝撃を和らげることに成功した。「千歳お姉ちゃんが他の男のものになった」という、受け止めきれなかった分の衝撃は、また風呂の中で時間をかけて消化した。今度は二時間で出られた。僕は自分が強くなったと思った。少し大人になれた気もした。

つまりそれが甘い考えなのだった。僕は千歳お姉ちゃんへの恋にはっきりエンドマークがついたと勘違いして爽やかな気持ちでいたが、実際はまだ、「今はふられても」「もし何かチャンスがあったら」という気持ちがくすぶり続けていた。

そして炭火は熾《おき》になると驚くほど長持ちする。そのことを、僕はあの事件で思い知ることになる。

第四話

愛しているると言えるのか

炎というのはなんと美しいものだろうか。人工のライトとは違う朱《あか》い輝き。予測不能にうねり、のたうち、火の粉を散らしながら時折ばちばちと激しく爆《は》ぜる。常に噴き上げ流れていながら同時にその場に留《とど》まり続けてもいる不可思議なエネルギーのダンス。この世にあらざる別の理《ことわり》を持つ一個の生命体のようで、炎は一晩中見続けていても飽きない、と言われるのがよく分かる。だが。

風向きが変わり、急にちりちりとした臭いが鼻腔《びこう》と咽喉《いんこう》を毛羽立たせるようになった。暗くてよく見えていなかったが、相当な煙が出ているのだ。そして見とれている場合ではない。火災だ。崖の上のログキャビンが燃えている。

そこでようやく、僕はぞっとすることに気付いた。周囲を見回す。突っ立ってキャビンを見上げている米田《よねだ》さんに一場《いちば》さん。その後ろでは古久保《こくぼ》さんが眼鏡を外して煙にむせている。千歳お姉ちゃんは携帯を出していた。闇の中で液晶のバックライトが光って動いている。

周囲を見回し、声を出そうとして激しくむせた。

キャビンが燃えている。ここにいるのは五人。一人、足りない。

1

「ははははは。で？　古久保としては？　それで？」

「いや森口《もりぐち》君。俺は最近、ひざがしらがむずむずして」

「それはお前、もちろん『ひざがしらむずむず病』だよ」

「ぎゃはははははははは」

「ところで古久保。俺も最近、膝小僧がプルプルして」

「それは、あれでしょ。膝小僧プルプル病」

「ぎゃははははははははは」

「ていうかプルプルって。プルプルってねえよ。なんだよその膝小僧。コラーゲンが豊富かよ」

「そもそも膝『小僧』って。なんで膝だけ若いんだよ。なんで膝だけ人格、主張しちゃってんだよ。肘とか踝《くるぶし》に悪いだろ。ぎゃははははは」

「ぎゃははははは。え、でもなんか全体的に膝な感じの小僧、いないすか。永平寺《えいへいじ》とかに」

「ぎゃはははははははは」

「いねえよ。なんで寛永寺《かんえいじ》なんだよ。ぎゃははははははは」

まったく要領を得ないのは酔っぱらい同士の会話だからである。何かレトロな調子になるのは古久保さんが落語研究会だからだろうか。森口さんと古久保さんは爆笑しながらなぜか関節技をかけあい始め、どたんどたんと音をさせて寝技で戦い始めた。

酔っぱらいというやつは実に多種多様であり、分類して研究対象にできるし図鑑を作れば売れるのではないかと思う。陽気になって騒ぐ通常型から寝る休眠型、泣く劇場型、脱ぐ脱衣型にプロレスを始める近接戦闘型、挙げていけばきりがない。大学に入ってサークルの先輩たちの狂態に始めは驚かされた僕だが、今ではもう動じない。後ろの床の上で森口さんが古久保さんに腕ひしぎ十字固めをかけて古久保さんがギブギブギブと言いながら僕の座るソファをバンバンとタップしてきても、平然として向かいに座る千歳お姉ちゃんと缶チューハイを酌み交わしつつ「軌道エレベーターの実現性」という偏った趣向の会話をしていられる。僕はそれほど強くないがお姉ちゃんは全く顔色が変わらず、いわゆるザルとかワクとかいった存在のようだった。大学生になって初めて発見したことである。

古久保さんが森口さんの腕ひしぎを外してガードポジションに移行したようで、後ろからどたんと音がして床に振動が伝わる。お姉ちゃんがそれを振り返って男の子を育てる母親の顔で苦笑するが、よく考えてみれば一番はしゃいで戦闘中の二人が一番年上なのだよなとも思う。森口さんと古久保さんは共に博士課程でお姉ちゃんの一つ上、今年二十七歳（ならもう少し落ち着いてよさそうなものだが）だという。ソファの上に座り込み、千歳お姉ちゃんに甘えきった顔でもたれかかってにこにこしている一場さんも僕より一つ上の学部三年生。なんだか最年少の僕が一番落ち着いている。酔っぱらうと人は子供返りするのかなと思う。暴れてはしゃぐのも甘えてくっつくのも子供の特徴だし、短めのスカートがまくり上がってこちらが目のやり場に困っているのに一向、頓着する様子がない一場さんも違う形で子供みたいである。と思ったら一場さんが猫の物真似をして「ニィアァァァオ」と鳴いた。物真似が得意なのかあまりにリアルでちょっとぎょっとした。酔い方は本当に人それぞれである。

とはいえ、騒いでも全く構わない場所で酒宴、となれば騒ぎたくなるのも当然なのであった。総合格闘技をやめて今度は後ろのダイニングテーブルで空いたお酒の缶を積み上げ始めた森口さんは、父親が政治家な上に家も色々と経営しているらしいという相当な「いいとこのご子息」であるらしく、僕たちがいるのも森口さんの家が経営する系列のキャンプ場内にあるログハウス型キャビンである。さすがに携帯の電波は通じるが、とっくに日が落ちた今では周囲が真っ暗な山奥であり、今夜はもうここから出ないのだと思うと閉塞感と解放感が同時にやってくる。秋になると管理を兼ねてただで泊まらせてくれるため森口さんは毎年、夏休み後半に友人を誘っているとのことで、今年はなぜか学部生の僕も誘われた。九月の最終週、このあたりの山中はもうシーズンオフといっていいそうで、他のキャビンにも宿泊客はいない。夏のキャンプと冬のスキーが売りの山荘だが、春や秋でも色々と遊ぶ余地のある場所らしく、今日は到着後午後からバーベキューを始めてそのまま飲み、明日はパラグライダー体験をさせてもらえるとのことである。

よっしゃまだいける、という森口さんの声がする。後ろでチューハイの缶を集めているのは森口さんの古くからの友人であるという古久保さんで、お姉ちゃんから見れば理学研究科物性理論研究室の一つ先輩にあたる。森口さん自身は理学研究室と全く関係ない経済学部の博士課程だが、仲はいいらしく、毎年ここに呼ばれるのも森口さんの直接の友人というより、千歳お姉ちゃんのように古久保さんの研究室つながりで誘われた人が多いとのことである。向かいのソファで千歳お姉ちゃんにぴったりとくっつき、肩に頭を乗せて「フィィヤアァァオ」とまたリアルな声で鳴いている一場さんもサークルのつながりで物性理論研究室に顔を出しているうちに誘われたのだといい、胸が大きいのに胸元の開いた服を着ていたりして大ざっぱな色気をそこらにばちゃばちゃ撒いている人なのだが、誘った森口さん古久保さんは酒の空き缶を積み上げて遊んでいるから、特に下心があるわけでもなさそうである。

「星川君見ろ見ろこれ。すごくね？　うわ倒れる」

「ちょっと中身を残しといた方が安定しますよ」

「なるほどさすが理学部。古久保、水入れてこようぜ」

「いえ僕、工学部です。材料工」

現在、僕は大学二年生である。

たぶん千歳お姉ちゃんのおかげだと思う。理科と数学の面白さにはまった僕はお姉ちゃんのいる某大学を受け、一年半前に無事、合格していた。やってみたいことのジャンルがお姉ちゃんと違ったので工学部に入ったのだが、大学入学後は学科・サークル（SF研究会）共に理系の沼にどっぷり浸《つ》かり、考えてみれば高校時代とは全く違う生活になった。高校三年で引退してから一切バスケをやらなくなったのに食べる量が変わらなかったため筋肉が脂肪に変わり始め[*22]、一年次の秋から冬にかけて慌てて食事制限をしたこともあった。そしてその後は、地味で話の合う友人たちに囲まれて楽しく過ごしていた。

＊22　これは比喩表現であり、筋肉細胞が脂肪細胞に変化するなどということはありえない。スポーツをやっている、とりわけ中学高校で運動部にいると四次元胃袋のごとく食べるので、引退後に食事量を減らさないと凄《すさ》まじい勢いで太る。

とろりと回ってきたアルコールの感覚に身を委ねつつ、こんな酔い方で本当に明日パラグライダーなど操れるのかと思う。酒が残っていたら飲酒飛行で違法になるのではないのか。[23]「スカイツリー級」「ブルジュ・ハリファ級」[24]と騒いでいる森口さんと古久保さんはそれぞれ顔が真っ赤で分かりやすい酔っぱらいと化している。猫娘の一場さんは顔色が変わらないがお姉ちゃんへのもたれかかり方がひどい。酔うと他人にくっつく人っているよなと思う。

「はい、おつまみ追加。……あ、氷なくなったかな」

エプロンを着けて湯気をたてるジャーマンポテトの皿を持ってきたこの人が一番しゃきっとしているようだ。物性理論研究室では千歳お姉ちゃんの同期で――彼氏の、米田馳《はせる》さんである。

「ありがと。……あ、氷取ってくる。枝豆ももう解凍できたかな」

「任せた。……千歳、飲めてる？　ごめん何か一場さんがずっとのしかかってるね」

「大丈夫」お姉ちゃんはミィミィ言いながら絡みついてくる一場さんを肩から降ろしてソファから立ち上がる。「馳さん、ワインあるけど出す？　白だけど」

「サンキュ。残してもしょうがないから空けちゃおうか」

「うん」

なんか夫婦みたいに会話してるなあ、と缶チューハイをあおりながら思う。「馳さん」

か、とも思う。千歳お姉ちゃんがこの人に告白してつきあい始めたのは僕が高校生の頃だから、もう三年も前の話になる。研究室も一緒だし、この二人はその間、随分と長い時間を一緒に過ごしてきたのだ。そろそろ結婚するのかもしれない。

米田さんと初めて会ったのは高校二年の冬で、千歳お姉ちゃんから夕飯に誘われ、その席で一緒になったのだった。特に僕が同席するべき何かがあったわけではなかったから、お姉ちゃんなりに礼儀というか、なるべく早く米田さんを僕に紹介したかったのだろう。もう決着をつけたのだ、と決めた僕はつとめて平静を装っていたが、実際のところ、何を話したのかほとんど覚えていない。その後は何やかやで一度も会っていないから、今日こうして会うのが二度目になる。

エプロンを外して横のソファに座り、自分で作ったジャーマンポテトを自分でもりもり食べる米田さんを見て、意外だな、と思う。あの千歳お姉ちゃんが好きになるなら、もっと輝くような、金髪碧眼《へきがん》で北欧ヴァルコイネン王国の皇太子さま、のような規格外の美形だと思っていた。だが米田さんは外見的には「普通の人」だった。中肉中背の眼

＊23　ならないが、当然インストラクターに断られる。
＊24　アラブ首長国連邦ドバイにある、世界で最も高い建造物。高さは828メートルあり、窓掃除に三ヶ月かかる。

鏡で、清潔感のある佇《たたず》まいと落ち着いて知的な物腰はいい意味での大人に見えたが、何かオーラがあるわけでもなく、ただ同じ研究室にいるだけの、どこにでもいそうな普通の人だった。もちろん「千歳お姉ちゃんの彼氏がとても手の届かないような別世界の人であってほしい」というのは単に僕の願望に過ぎないのだが、それでも正直、初めてきちんと観察したお姉ちゃんの彼氏に首をかしげていた。千歳お姉ちゃんはどうしてこの人に恋をしたのだろう。この人のどこがそんなによかったのだろう。

だがお姉ちゃんから引き継いで米田さんと軌道エレベーターの話をしていると、ワインと枝豆を持って戻ってきたお姉ちゃんは、当然のようにすとんと米田さんの隣に座る。肩が触れそうな、平均的な女性ならパーソナルスペースとして家族や恋人以外の男性には侵入させない距離だ。それを見て僕の胸が短く疼《うず》く。二人がつきあっていることは研究室でも旅行のメンバー間でも公知の事実になっていて、それゆえ僕を誘ってくれたのはサークルのつながりで顔見知りだった古久保さんで、研究室を訪ねてその話をした時、お姉ちゃんの方は遠慮ゆえか微妙な態度だった。旅行中、千歳お姉ちゃんと米田さんは特にベタベタすることもなく気まずそうにすることもなく、そこが僕には救いだったが、皆でいると、こういうちょっとしたことがいちいち刺さってきていた。もう諦めて克服したつもりでいた僕には予想外の辛さだった。

後ろが静かになったと思ったら古久保さんが大の字になって寝ていた。素早いことに鼾《いびき》までかいている。森口さんはドアから出ていこうとしていて、僕は一応声をかける。

「森口さん、どこ行くんですか？」

酔っぱらいなのに夜、山の中を一人で歩いて大丈夫なのか。僕は腰を上げたが、森口さんは一服、と言って胸ポケットから煙草《たばこ》を出そうとし、胸ポケットになかったのか尻ポケットを探し、そこにもなかったのかパンツの中を探り始めた。

「いや、なんでそんなとこに入れるんですか」ダイニングテーブルの目立つ位置に載っている。僕は立ち上がってマルボロメンソールの箱を森口さんに渡す。「火事、気をつけてくださいね。ライター持ってます？」

「あるよ。……いや、ない。これでいいや」森口さんはバーベキュー時に使ったチャッカマン[*25]を取った。「煙草買い忘れたんだよな。酒も切れそう？　俺、ひとっ走り町まで降りて買ってこようか」

「いやいやいやいやいいです。ベロンベロンじゃないですか。やめてくださいマジで」

テーブルの上に置かれた煙草を認識できずにパンツの中を探るような状態の人が何を

＊25　「チャッカマン」は株式会社東海の商標で、点火棒とかディスポーザブルライターとか言うが正式名称ははっきりしない。アウトドア必携、手を近づけずにボタン一つで着火できる優れものである。

言うのか。僕は慌てて止める。後ろで米田さんも「駄目です」と加勢してくれた。森口さんは「ういー」と中途半端な返事をしつつ上体をゆらゆらさせながら出ていき、僕がソファに戻ると、横の窓のすぐ外から大声で〈ルパン三世のテーマ〉が聞こえてきた。それに続いて何やら大量の液体が地面に当たるびたびたびたという音が聞こえる。「おーとこにはー、じぶんのー、せーかーいがーある」自分の世界をキャビンの外壁にぶちまけないでいただきたい。

「うわあ……」

米田さんが頭を抱え、猫から人間に戻った一場さんが呟いた。「最低」

「……みーくん、ごめんね。森口さん、素面《しらふ》だといい人なんだけど」

「……いや、慣れてるから。酔っぱらい」

お姉ちゃんにそう答え、風呂に入ってくると断ってソファから立つ。ダイニングテーブルに高々と積み上げられていた酒の缶がぐらりと傾き、派手に倒壊した。

露天風呂のガラス戸を開けた途端、無数の虫の音が全方向からぶちあたってきた。高音中音低音摩擦音共鳴音、各々好き勝手に鳴らしているであろう音が混ざりあって何か全身で巨大な音の塊に突入したように感じる。ログハウスの中にいた時は通奏低音程度だったが、出てみるとやはり山の夜はすごい。

山中のわりに屋外の空気は暖かく、裸で出ても寒くはなかった。寒くても暖かくても熱い湯に浸かるのは心地《ここち》よい。畳んだタオルを横の岩に置き、アルカリ性単純温泉と言われてもどういうものなのかよく分からない湯に肩までゆっくりと浸かる。思わず「あー」と声が漏れるが、子供の頃にはなかった感覚だ。人はこうやっておっさんになっていくのだろうか。襟足が湯に浸るのも構わず夜空を見上げると、びっしりと光る白い星々の背景にうっすらと天の川が見えた。夏の大三角もまだいる。牽牛《けんぎゅう》と織女《しょくじょ》と、その間のデネブ。

手でぱちゃりと湯をかく。さっきの、米田さんの隣にすとんと座った千歳お姉ちゃんがまだ頭に残っていた。こんな些細《ささい》なことがここまで残るとは思っていなかった。

……つきあってもう三年。ずっと変わらず仲がいい。そんなに好きなのだ。米田さんのことを。

溜息をつくと、からからとガラスドアが開き、その米田さんが入ってきた。不意のことで、慌てて体を起こす。だが急いで出る理由はない。米田さんは僕の隣に浸かると湯で顔をがしがしとすすぎ、タオルを畳んで頭に載せた。

「……湯加減、ちょうどいいね」

「ちょうどいいです。このロケーション、冬だと猿とか来そうですね」

「だね。……酒、回らない？」

「大丈夫です。森口さんは一人で入るの、危なそうですね」

「明日の朝、入るだろうね。去年もそうだったし。さっき古久保さんと俺であの人のキャビンに連れてった。川も階段も危なそうだし」

「お疲れ様です」

「いやいや。瑞人君も知らない人ばかりで疲れただろ」

いえ、と首を振り、「瑞人君」と呼ばれたな、と思う。

「……お会いしたの、三年ぶりくらいですよね」

僕が言うと、米田さんは上を向いて年月を数えてから頷いた。「……そうだね。なんだかんだで。もうちょっとちゃんと挨拶しておくべきだったと思う」

それはつまり、千歳お姉ちゃんと結婚する予定があるということだろうか。米田さんは体を沈め、顎のあたりまで湯に浸かる。

「千歳の話には、ちょくちょく君が登場する。千歳は言わないけど、姉弟《きょうだい》みたいなもんなんだろうな、と思った」米田さんは湯気のたつ水面を見たまま言った。「大事な人の『弟』なら、もう少し話をしておくべきだったかな、って」

その話しぶりからなんとなく、米田さんのイメージが変わった気がした。研究者然とした眼鏡顔に反して意外にも声は太く、ちらりと見た限りでは体も均整がとれて筋肉がついていた。普段鍛えている感じの体だ。眼鏡をとると、目つきもわりと精悍《せいかん》である。

僕は目をそらして星空を見た。

……「大事な人」。この人は、はっきりそう言えるのだ。

僕は訊いてみた。「結婚するんですか？」

「んー」米田さんは湯に頭まで潜り、ざば、と水面を揺らして浮上し、顔を拭った。

「就職がちゃんと決まったら、プロポーズかましてみるつもりなんだ。千歳には研究続けてほしいし、俺、ちゃんと稼げるようにならないとな」

今この瞬間に決意しているようでもあった。他人にそのことを話したのは初めてなのかもしれない。

「……『かます』って」

「いやあ、勇気いるんだよ。ＯＫしてくれるかどうか分かんねえし」

こうして見ると、最初の堅い印象と違ってわりとワイルドというか、きちんと誠実な人だという気もする。

もともと僕にとっては終わった話だった。僕は星空を見上げ、天の川に紛れるデネブを探しながら言った。

「……応援してます」

そう言うしかなかったし、それがおそらく正解だった。

2

仰向けにされた瀕死の蟬《せみ》がもがくような音がしつこく続いている。開けざるを得なくなって目を開けると、暗闇の中で携帯が、主を呼ぼうと頑張って光っていた。ＬＥＤランプの緑の点滅、となるとたしか電話の着信である。ベッドから起き上がってヘッドボードに手を伸ばすと、隣で寝ていた古久保さんがううむと唸った。着信はなぜか森口さんからだった。なぜ僕に、と思いながら通話ボタンをスワイプする。

「もしもし、星川ですが」

今何時だと思って周囲を見ると、壁掛け時計の蓄光がかすかに残っていた。午前三時二分。宴会の片付けを済ませ、お姉ちゃんと一場さんが隣のキャビンに帰ったのがたしか一時前頃だったから、あまり寝ていない。つい声から、目上の人に対する丁寧さが抜けてしまう。「……どうしました？」

返答はなかった。電話口のむこうは静かだ。スピーカーに耳を押し当てるとかすかに、唸り声のような要領を得ない何かが聞こえてきた。

「……もしもし。森口さん、どうしました？」

やはり返事はない。そのかわり、続いていた音が大きくなった。やはり唸り声のようだ。森口さんの声のようだが、僕の応答とは無関係に続いている。そこに、ぎりぎりぎり、という堅い何かを押し当てるような音が入る。

「あのう、森口さん」

横で衣擦《きぬず》れの音がし、米田さんが声をかけてきた。「どうした？」

「いえ、森口さんから電話なんですが、要領を得ないというか」

隣のベッドの古久保さんも体を起こして目をこすっている。「寝ぼけてんのか、あいつ」

「そうっぽいですけど……」

電話口からはまだ唸り声のようなものが聞こえている。電話機を米田さんに渡すが、米田さんも首をかしげて古久保さんに渡す。古久保さんはしばらく聞いた後、米田さんと同じように首をかしげ、僕に携帯を返しかけて引っ込めると、いきなりスピーカーに怒鳴った。「森口！　おい森口。何やってんだ。起きろ」

古久保さんはしばらく携帯の音を聞いていたが、やれやれというジェスチャーをしてこちらに電話機を返してきた。その後ろで米田さんがベッドから降りる。

「米田さん」

「一応、見てこよう。急病か何かかもしれないし」

「今から？　大丈夫でしょ。ここ非常用ボタンついてるし」古久保さんが嫌そうに首を振る。「森口のとこ遠いし」

森口さんは一人で少し離れたキャビンに泊まっている。古久保さんいわく本人の希望だと言うが、肝心の本人は酔っぱらっていて、宴会後半、酔い潰れた森口さんをそこまで連れていったのは古久保さんと米田さんだった。

「全員で行く必要もないんで、俺、行きます」米田さんはもう立ち上がっている。「一応」

僕も行きます、と言ってベッドから出ると、古久保さんももぞもぞとついてきた。連なって梯子を下り、宴会の残り香がなんとなく漂う静まりかえったリビングを抜ける。米田さんが「外、たぶん寒いから」と言うのでパーカーを取って羽織ったが、ドアを開けて出てみると確かにすっと空気が冷えていた。真っ白な月が出ていて思ったより明るい。虫の音もすさまじいままで、単純に音響だけで比較すれば夜の山は繁華街と同レベルで賑やかだった。

森口さんが一人で泊まっているキャビンは僕たちと女性陣の泊まっているところから離れており、小川にかかった吊り橋を渡って斜面を登った崖の上だった。僕は途中でつっかけていた靴を履き直し、携帯の懐中電灯アプリを灯して進む二人に続く。足下は思ったより湿っており、泥の上に積もった落ち葉が踏みしめるとずるりと滑った。

「……森口さん、なんでこんな離れたとこで寝たがるんですか?」

僕が聞くと古久保さんが答えた。

「あいつ歯ぎしりすごいんだよ。それと寝言。昔、皆で旅行に行った時、寝言をネタにされて恥ずかしかったらしくてさ。それ以来頑なに一人だけ別室に泊まる。……っと。摑まらないと危ないな」

吊り橋は三人で渡るとかなり左右にも揺れる。僕も携帯をポケットにしまい、ロープを摑んだ。米田さんが振り返る。「それと、崖の上のあそこは朝日が綺麗なんだそうだよ」

「起きられないんじゃ」

「昨年はばっちり起きて、画像送ってきた」

酔っぱらいの生態は謎である。

吊り橋を渡って斜面を登ると、崖の上に四つほど並んでいるキャビンのシルエットが現れた。崖下に僕たちのいたキャビンが見え、さっき出てきた時からずっと点っていたらしい人感センサー式のライトがぱっと消えたところだった。確かに崖上のこちらの方が眺めがよさそうだ。話によるとすべてツイン仕様とのことだったから、カップルのデート向けなのかもしれない。三人で森口さんのキャビンの位置を確かめ、ドアをノックする。

「森口さん。来ましたよ。米田です」反応がないと分かり、米田さんは強めにノックを続けた。「森口さん。大丈夫ですか。起きてください」

やはり反応はない。玄関脇のライトは点灯したが、窓は雨戸が閉まっているため、中の明かりがついているかどうかも分からなかった。古久保さんが森口さんの携帯に電話をし、出ねえ、と呟いてドアノブを捻るが、ドアには鍵がかかっていた。

僕は米田さんに声をかけて玄関のステップから飛び降りた。「こっちからじゃ聞こえないのかも。窓の方から呼んでみます」

「落ちないように気をつけて」

「はい」

崖までは少し余裕があるが、足を滑らせないよう携帯で照らしながら慎重に窓側に回る。雨戸は頑丈な金属製で、叩くと重い音がした。「森口さん」

古久保さんがやってきた。「駄目か？」

「駄目です。……どうします？」

「どうするっつってもなあ」古久保さんは雨戸に手をかけて動かそうとするが、こちらも動かない。「……まあ、きっちり鍵かける程度の余力はあったんだからいいか」

米田さんにバツ印を作ってみせる古久保さんに続いて玄関前に戻る。

「大丈夫でしょうか。さっきのがもし、急病とかのSOSだったら……」

「だとしてもここには床近くにSOSボタンがついてるしな」古久保さんは諦めたよう

に言った。「だいたいＳＯＳなら一一九番とか、履歴で俺とかにかけるだろ。たぶん酔っぱらってたか寝ぼけてたんだろ」

そういえば、携帯で聞いた音は歯ぎしりのようだった。僕は念のためもう一度かけ直してみたが、やはり森口さんは出なかった。

米田さんが腰に手を当て、眼鏡を直して言った。「……まあ、ドア破るわけにはいかないですしね」

最初に見にいこうと言った米田さんがそう言ったことで、なんとなく退却する雰囲気になり、僕たちは崖の下にある自分たちのキャビンに戻って寝直した。

この時にもう少し粘っておけばあんな結果にはならなかったのに、と、今でも思うことがある。だが、冷静に考えて無理だった。米田さんの言うとおり、あとはもうドアを破るぐらいしかできることはなかったのだ。この時点でその判断は無理だった。

結果的に、この時電話で聞いた呻き声が、僕が聞いた最後の森口さんの声、ということになった。キャビンのベッドにもぐりこんだ約二時間後、僕は再び電話で起こされる。

そして事件の発生を知る。

3

携帯が振動している。夢か、という疑いなどまったく問題にしない規則的で現実的な振動だ。僕は眠りから強引に自我を引っぺがし、目を開けた。振動が止み、もしもし、とやりとりをする古久保さんの声が聞こえる。ああ古久保さんの携帯か、と思って再び目を閉じたら、すごい力で揺すられた。

「おい星川君起きろ。ちょっと起きろ」

すでに起きていたのでぱっと体を起こす。僕を起こした古久保さんは電話をしていて、先に起こされたらしい米田さんがベッドから出たところだった。

室内は夜の黒に薄明の青が少しだけ混ざり始めていた。気持ちの不穏なざわつき方と混ざり、その色は妙に印象に残った。不思議なことに、僕は今でも、部屋の中がこの色になるとこの時のことを思い出す。

「米田さん」

梯子に向かう米田さんに声をかけるが、米田さんは誰かと電話で話し始めていて、ただ振り返って手を振っただけだった。「待て」なのか「来い」なのか分からないが、古久保さんがそれに続いたので僕も梯子に向かい、二時間前と同じようにパーカーを引っつかんで外に出る。虫の音はまだ賑やかだったが、空の色は端から淡くなり始めていて、気の早い鳥の囀《さえず》りが金星の光る空に響き渡る。

「古久保さん」

背中を引っぱると、古久保さんは電話口に何かを言ってから振り返った。「河原《かわら》に来いって。やばいらしい」

何が、と聞き返す間もなく走り出した古久保さんに続く。河原への斜面は草が伸びていて、夜露に濡れた草に足を取られそうになる。もう携帯で照らさなくも足下はうっすら見えていた。斜面を降りながら、前方に明け方とは違う色の光があることに気付いた。それに何か、煙の臭いがする。

斜面を降りて視界が開け、僕はそれを見た。

小川の対岸、崖の上。二時間ほど前に見た森口さんのキャビンが燃えていた。

火事。

最初に認識できたのはその単語だけだった。屋根と壁にいくつかの大きな炎がへばりつき、キャビンを貪るように焼いている。壁面の丸太は半分以上焦げ茶色に炭化し、揺れる炎にばちりと爆ぜて火の粉を散らしている。壮絶な光景であり、一瞬、美しいと思った。だが。

「古久保さん、電話は」

「駄目だ。つながらない」

古久保さんと一場さんが話している。その隣では千歳お姉ちゃんが電話をかけている。敬語だから、おそらく一一九番だろう。そこでようやく僕も気付いた。

ここにいるのは五人。一人、足りない。

森口さんは、と尋ねようとして、まさに古久保さんが今、それを確かめようと電話しているのだと気付く。お姉ちゃんと一場さんが古久保さんたちの携帯にかけてきたのは、二人が森口さんの番号を知らなかったからだろう。

米田さんがお姉ちゃんの横に行く。「千歳。消防は」

お姉ちゃんが電話口を押さえて首を振る。「五十分はかかるって」

「くそっ」

米田さんは燃えるキャビンと後方を見比べ、ぱっと身を翻して駆け出した。

「馳さん」

「見てくる。千歳は消防とそのまま電話しててくれ」

斜面を登りかけた米田さんは、僕たち全員の指揮をする必要を感じたらしく、一人一人を見た。「一場さんは一応、管理棟に電話を。古久保さんと星川君はキャビンに戻って、消火器と……一応水も、ペットボトルか何かに入れて持てるだけ持ってきてくれ」

古久保さんと顔を見合わせて頷く。そうだ。ただ突っ立っているわけにはいかない。

こんな山の中まで消防車はすぐには来られない。シーズンオフの夜間は管理人さんも麓の自宅にいると言っていたから、電話がつながってここに来てくれるのは消防車より遅いかもしれない。

「千歳、古久保さんにキャビンの鍵を。そっちにも消火器があるはずだ」

お姉ちゃんは電話しながらジャージのポケットを探り、キーホルダーのついた鍵を古久保さんに投げる。

「それから、崖下にあまり近付くなよ。崩れてくるかもしれないから」

そう言うなり、米田さんはもう駆け出して斜面の上に消える。僕は一瞬ぼけっとしていたが、古久保さんに腕を叩かれてはっとし、斜面を駆け登った。

女性陣のキャビンに向かう古久保さんと別れ、自分たちのキャビンに土足で上がって消火器を出す。二つ設置してくれているのがありがたかったが、両方抱えるとそれで腕が埋まってしまった。迷った末、水の方は古久保さんが持ってきてくれることを期待して消火器二つを選択する。消火器ってどこを持つんだっけ、と迷いながらとにかく外に出ようとし、揺れたボンベの角で臑《すね》を打つ。だがうずくまっている時間はない。

僕は米田さんに驚いていた。いきなりこの状況であんなに落ち着いていて、それどころか僕たち一人一人にきちんと指示まで出せるというのは、かなりすごい。吊り橋のところで、消火器と二リットルペットボトルを両手に提げた古久保さんが追いついてきた。

「古久保さん」

「星川君、急げ」

言われて駆け出し、吊り橋が揺れてふらつく。ロープに摑まろうにも両手が塞がっている。

「駄目だ。慎重に渡りましょう。……森口さんは、電話には」

「つながらなかった。まさかあんなに周りが燃えて、そのまま寝てるってことはないと思うけど……」

古久保さんがそこで黙った理由は僕にも分かった。森口さんは相当酔っぱらっていたのだ。

河原の方から「森口さん」と大声で呼ぶお姉ちゃんの声が聞こえてくる。脱出した森口さんが付近にいる可能性を考えたのだろう。

意外と重い消火器をぶら下げ、バランスを崩しながら林の中を走ると、崖上のエリアに入って視界が開けた。それと同時に強烈な煙のにおいが鼻孔をつく。煙の中心、森口さんのキャビンに駆け寄り、古久保さんの真似をして消火器のピンを抜く。キャビンの陰から米田さんも出てきた。

「米田さん、森口さんは」

「呼んだけど応答がない」

キャビンの近くは暑かった。米田さんは顔を拭おうとし、眼鏡をしていることに気付いて外した。その手が煤《すす》で真っ黒になっている。「消火器、一つくれ。火の勢いがそこまでじゃない。消せるかも」

ピンを抜いた消火器を米田さんに渡しながら思う。炎の勢いは確かに弱まり、光より煙がたくさん出ている。だが、火が点いてからかなりの時間が経っているはずだ。ここまで燃えたとなると、中にいる人間は、すでに。

激しく消火液が吹き出す音がした。古久保さんが、一番大きな屋根の炎に向かって消火器を使っている。熱と白煙に消火液の噴気が混ざる。僕もホースを外し、壁を焼いている炎の一つに向かってグリップを握った。予想外の反動とともに消火液が噴き出し、視界が真っ白になる。

「……消えた！」

すぐさま次の炎を探して移動する。米田さんと古久保さんは二人で屋根の炎を狙っている。消火器の効果は予想以上だった。消せるかもしれない。

「……いけるぞ！」

米田さんが怒鳴った通り、消火器が空になり、お姉ちゃんと一場さんが駆けてくる頃、炎はあらかた消えていた。やった、と思う間もなく、米田さんはペットボトルを開けて頭から中身をかぶる。

「米田さん」

「窓は雨戸が閉まってて駄目だ。ドアを破って入る。外で待っててくれ」

「そんな」

それを聞くと、米田さんが置いたペットボトルをお姉ちゃんが取り、頭から水をかけ始めた。

「袖をしっかり濡らして、頭を低くして。物はどれも熱くなってるから、絶対に素手で触っちゃ駄目」

「ちょっ、お姉ちゃん」

「千歳」

「消火器を貸して。ドアを破らないと」

お姉ちゃんは古久保さんから消火器を奪い、玄関に回る。止める間もなかった。煙の中でお姉ちゃんは消火器を振りかぶり、ドアに打ちつける。

「俺がやる」

米田さんが自分の消火器を振りかぶり、体を捻って思いきりドアにぶち当てると、焦げた木片を飛ばしながらドアが内側に倒れた。お姉ちゃんが袖で口許を覆って中に飛び込む。

もう、突っ立ってはいられなかった。僕はペットボトルに残った水を頭からかぶった。

袖を濡らそうとしたら空になってしまったが、構わずに身をかがめて玄関に飛び込む。煙であっという間に視界が狭まり、目が鑢《やすり》をかけられたように痛んだ。つまずいて転びかけ、一歩一歩慎重に歩かないと、と思い直す。煙を吸い込まないよう、袖をひたすら嗅ぐことにする。

煙の隙間から垣間見えるキャビン内は、意外なほど原形をとどめていた。リビングの手前側にあるベッドは真っ黒く骨組みだけになっていて、片側の壁は真っ黒になり、半分ほど燃えた天井も隅の一部が崩れて、夜明けの空のグラデーションがのぞいている。だが建物そのものはどこも崩れることなく残っていた。片側だけがひどく燃えたらしく、反対側の壁はわずかに焦げているだけで、床の感触も堅かった。

だが燃えた側はひどかった。絨毯は燃え滓《かす》になり、テレビ台は熱で溶けたようになり、ソファも黒く焦げて変色したスプリングの残骸が剝き出しになっている。まだらに焦げた室内は凄惨そのものだった。

そして、僕は森口さんを見つけた。

リビングの一番奥、角の壁際。炭化したソファの陰に、真っ黒になった脚のようなものがちらりと見えた。米田さんが立ち尽くし、お姉ちゃんはその傍らに膝をついている。

「……米田さん」

米田さんはこちらを見て目を見開き、何かを言いかけて煙を吸い込み、激しくむせた。

「米田さん、森口さんは……」

「星川、古久保さん、を」米田さんはむせながら言い、僕の後方に怒鳴った。「一場さん。古久保さんを外に出してくれ」

振り返ると、玄関のところに古久保さんがいた。米田さんが僕の脇を抜け、一場さんに引っぱられている古久保さんを外に押し出していく。

「おい、米田。まさか」

「いいです。とにかく出てください。あとで」米田さんがむせながら怒鳴る。「あとで説明します。今は、出て」

僕は不意にお姉ちゃんが心配になり、隣に膝をついた。そして見た。

おそらく火元であろう、床板の真っ黒に焦げた部分。携帯と何かの燃え滓が落ちている。

そこに手を伸ばすような姿勢で、人間の死体が一つ、仰向けに転がっていた。体の半分が黒く炭化し、残りの半分は黄色く変色した、森口さんの最期の姿だった。

4

「……火元は？」

「焼けててわかんないですけど、携帯と……何かの燃え滓が落ちてました。よく見てないけど、たぶん、吸い殻かも」

「煙草の火……か。しかし、なんで……」米田さんはキャビンを振り返る。「……なんで逃げられなかったんだ」

「お酒の缶がかなり落ちてました。たぶん……酔ってたんだと思います」

答えると、米田さんははあ、と強く息を吐き、顔を覆って疲れたようにしゃがみこんだ。「なんでこんな……」

僕にも、分からない。

事故、ではあるはずだった。森口さんは昨夜キャビンに戻り、おそらくはひと眠りするかした後、缶チューハイやハイボールを何本も立て続けに飲み、泥酔状態になった。その状態で煙草を吸い、火の始末を忘れて絨毯を焦がし、火災を起こした。そして酔っていたため逃げられず焼死した。おそらく、そういうことだった。

顔を押さえてうずくまっている米田さんにどう声をかけていいか分からない。森口さんとは僕は昨日が初対面だが、米田さんはそうではない。一場さんも千歳お姉ちゃんも。それに、呆然として土の上に座り込み、膝を抱えて肩を震わせている古久保さんはそれどころではないだろう。だが僕は、自分はどう反応するのが正しいのか、と悩んでいた。昨日が初対面の人の死で、米田さんや古久保さんを差し置いておいおい泣くのは変だ。

かといって全く平然としているわけにもいかない。素直に混乱していればいいのだろうか。というより、そもそもそんなことで悩んでいるというのは、だいぶ冷たいのではないか。昨夜は一緒に飲んでいたのに。

風向きが変わり、煙がこちら側に来るようになったので、僕は体の向きを変えた。火は消えており、煙も減ってきたようだが、かわりに消し炭のにおいが強くなってきた。

僕が気持ちを決めかねている理由はおそらく、失火の原因そのものだった。火災報知器も鳴っていたはずである。それなのに逃げられないほどしたたかに酔っぱらった挙句、煙草の火の不始末とくれば、これは第三者が見たら十人中十人「自業自得」だと言うだろう。煙草の火の不始末は、放火に次いで出火原因の第二位なのだ。だが。

「……俺が。俺が、あのとき……」

古久保さんの声が嗚咽《おえつ》で途切れる。一場さんがどうしてよいか分からないといった様子で、その背中をさすっている。

そうなのだった。今日の午前三時頃。僕たちは一度、ここまで来ている。あの時に無理矢理にでも中に入っていれば。せめてもっと外で騒いで、森口さんを起こしていれば。

そう考えると、僕にも後悔の涙が湧いてくる。

消防はまだだろうかと思う。火自体はもう消えているし、この結果はさっき、千歳お姉ちゃんが電話で報告した。だが来てくれれば少なくとも、この場を消防署の人たちに明け渡してしまえる。あとは事件関係者として、プロの大人たちにされるがままになっていればよくなるはずなのだ。煙の中、僕はそれを待っている自分に気付いた。携帯を見る。あと十五分くらいで来るだろうか。

お姉ちゃんの姿がないことに気付いて周囲を見回すと、お姉ちゃんは袖で口許を覆い、軽くむせながらキャビンの玄関から出てきたところだった。さっきから何度か、一人で室内へ出入りしているようだ。僕はそちらに歩いていった。

「お……千歳さん」そういえば、ここまでは「千歳さん」と呼んでいたのに、非常事態では「お姉ちゃん」に戻っていたのだった。それに気付く。「現場、もう入らない方がいいんじゃ。いきなり崩れるかもしれないし……」

「うん」お姉ちゃんはなぜか、何か考え込む様子で口許に手をやっている。「……みーくん、馳さんと古久保さん、昨夜はどうしたっけ？」

「……米田さんは僕と一緒に風呂に入ってた。その前に、米田さんと古久保さんがキャビンに森口さんを連れてったんでしょ」さっき、同じようなことを訊かれている。何が気になるのだろうか。「その後、僕と米田さんと古久保さんはほぼ同時に寝て、三時過ぎ頃、森口さんからの電話で起きた。そこで一度、ここまで来て……入れないし反応がないから戻った。あとは僕は、一場さんからの電話で起こされるまで寝てた」

それを答える僕の気持ちを気にしてくれたか、お姉ちゃんは僕の頭に手を当てて「ごめんね。ありがと」と言った。

「……何か気になるの？」

「私と一場さんは一緒に帰って、一場さんが大浴場に行って、四、五十分で帰ってきてから一緒に寝た。それが十二時四十五分頃」お姉ちゃんは口許に手をやったまま呟く。「……私たちのところには森口さんからの電話はなかった。私が五時頃、火に気付いて、一場さんと一緒に河原に降りた……」

そこから先は僕も知っている。しかし、お姉ちゃんは何を悩んでいるんだろう。「千歳さん。あとは消防署の人が来たら、任せれば……」

だが、お姉ちゃんは僕を見た。「そうはいかないかもしれないの。みーくん、来て」お姉ちゃんは甲に煤のついた手で僕の手を握り、玄関の方に引っぱっていく。振り返ったが、うずくまる米田さんも、泣いている古久保さんとそれを慰める一場さんも、僕たちの方を見てはいなかった。

「お……千歳さん」

何がどうした、と訊こうとしたが、お姉ちゃんは黙って僕を現場に連れていく。薄暗いキャビンの中、強烈に炭のにおいがするリビングに上がり、お姉ちゃんはようやく振り返った。

「みーくん、もう一度……大丈夫？」

遺体を見せるつもりなのだと気付くまでに時間がかかった。しかし、お姉ちゃんはさっきから何度も見ている様子である。頷くしかない。

「森口さんはここに帰ったあと、またお酒を飲んで泥酔して、煙草の火の不始末による失火で亡くなった」お姉ちゃんはそう言いながら奥に進み、それ以上行くと森口さんの遺体が見えてしまうな、と思う位置を何の躊躇《ちゅうちょ》もなく越える。「……んじゃ、ないかもしれないの」

「えっ」

驚いてお姉ちゃんの顔を見た拍子に、隅の壁際に転がる森口さんの遺体も見えてしまう。だが最初に間近で見たせいか、特に衝撃はなかった。

「ねえ、みーくん。私は自分が直接、刑事事件に巻き込まれたのは初めてなの。だから冷静に判断ができていないかもしれない。だから、みーくんの目で見て、どう感じるかを聞かせて」

「どうって……」いや、それよりも。「……『刑事事件』？」

お姉ちゃんは頷き、ぱっと髪を舞わせてむこうを向いた。「まず、あの窓。玄関は分かるけど、あの窓も雨戸が閉まってて、内側から鍵までかけてあった。どうして、酔った森口さんはわざわざそんなことをしたのかな？」

お姉ちゃんが指さす窓を見る。窓枠周囲は真っ黒に焦げ、窓ガラスも熱で割れてなくなっているが、金属製の窓枠と雨戸はそのまま、飴色のマーブル模様をつけながらもしっかりと残っている。確かに鍵はしっかりかかっていて、駆けつけた時も開けられなかった。

しかし、「どうして」と訊かれても、と思う。「……そうする習慣だったのかも」

「翌朝早くに起きて朝日を見るために、わざわざ自分だけここに泊まったのに?」

お姉ちゃんはこちらの答えを予想していた様子である。僕は考えた。確かに、雨戸を閉めてしまうと真っ暗になり、時間感覚がなくなる。早起きするにはいささか向いていないのだが。

「……でも、それこそ酔っぱらってたから、そのこと忘れてたのかも」

「……うん。そうだね」

お姉ちゃんは頷き、直接触らないようにか、引っぱって伸ばした袖越しに、床に落ちている酒の缶を拾い上げた。「じゃあ、これはどうかな?」

お姉ちゃんが缶を差し出してくる。受け取るには森口さんの遺体の真横に行かなくてはならないし、缶を素手で触らないよう僕もパーカーの袖を引っぱらなければならない。だがお姉ちゃんは、僕も当然そうするものと思っているようだった。となれば、ぐずぐずしてはいられない。

缶は半分ほど黒く変色していたが、ラベルはなんとか読めた。「……これ?」

「それ、昨日買った記憶ある？」

「……え？」

当然買ったのだろう、と思うが、お姉ちゃんは首を振った。「私の記憶にはないの。こっちのハイボールは買った記憶があるけど、全部飲んだはず。そのチューハイは買ってなかったはず」

「えっ……」

缶を見る。「いや……僕はそこまで覚えてないけど」

「それなら、その底を見て。製造年月日」

言われた通りに缶の底を見る。一部変色してはいたが、「０９０３」という数字が読めた。九月三日。缶入りのお酒は一年は保《も》つので、特におかしな日付ではない。

だがお姉ちゃんは言った。「製造年月日が違うの。夜、私たちが飲んでたのはみんな九月十七日か十六日だった。なのにここに置いてあるお酒は二週間も早い」

「……そうなの？」

僕は当然、そんなものを見てはいなかった。だがお姉ちゃんは昔からわりと、そういう誰も見ていないところを見ていることがある。そして一度見たものはまず忘れない。

「私たちは昨日、お酒はまとめて買ったはずだよね。なのにここに置いてあるものだけが、製造年月日が二週間も違う。私たちが買い物をしたお店には、製造年月日が二週間ほど違うお酒が一緒に並んでたことになるけど、これって偶然かな？」お姉ちゃんは僕の目をまっすぐに見る。「しかもたまたま、ここにあるお酒だけが全部、二週間早い方だった。これも偶然かな？」

答えるまでもなく、そんな偶然は確率的にありえない、とお姉ちゃんの目が言っている。それを聞きながら僕は、周囲の空間が突然、一斉に何か魔的なざわめきを始めたように感じた。焦げた壁の丸太。充満する煙のにおい。焼け落ちた天井の穴から差す光。何かが騒いでいる。

「それって、つまり……」

「森口さんはたまたま雨戸をしっかり閉めていた。私はたまたま記憶違いをしていて、ここにあるお酒に見覚えがなかった。私たちはたまたま製造年月日が二週間違うお酒を一緒に買ってきて、そのうち森口さんが飲んだお酒だけがたまたま全部、二週間古い方だった。森口さんが死んだ時に、このすべてが『偶然』起こる確率ってどのくらいかな？」

お姉ちゃんは、足下にある森口さんの遺体を見下ろしている。僕は考える。当然、すべて偶然そうなった、と考えるのは無理だ。お姉ちゃんもそう思っているから言った。

焦げた床のにおいがつんと鼻をつく。……だが、偶然でないとすると。

「……どういうこと？　何が起こってるの？」

「作為があった。『火元』に見える煙草の吸い殻や、泥酔する原因になったように見えるお酒の缶は誰かが置いた。失火に見えるように」

僕の中で、森口さんの遺体の横にすっと現れ、缶や吸い殻を置いて立ち去る黒い人影のイメージが広がった。イメージの中には脚と下半身しか出てこなかったが、ひどく無慈悲で冷酷な存在だということは分かった。

……森口さんの死体を横目にそれをした人間がいる。つまり。

「これは、失火じゃなくて……」

僕はその後に続く単語が不吉すぎて躊躇《ためら》ったが、お姉ちゃんは言った。

「殺人事件。泥酔しての失火に見えるように、森口さんはたぶん、アルコールを注射されたか何かで動けなくされて、火をつけられたの」

お姉ちゃんはそこで視線を上げ、僕の方を見た。自分の推理に自信がない、という顔ではなかった。結論そのものを認めるのに抵抗があるのかもしれない。

だが、論理的には確かにそうなる。それでようやく僕にも、お姉ちゃんがさっきから現場を出たり入ったり、不可解な行動をしている理由が分かった。

……いや、殺人事件ということは、つまり。

僕の驚愕が顔に出たのだろう。お姉ちゃんは小さく頷いて僕に顔を寄せ、囁く声になった。

「昨夜ここに宿泊客がいることを知っていたのも、まして森口さんがあそこに一人で泊まることを知っていたのも私たちだけ」

お姉ちゃんは口許に手をやったまま、玄関の方に目配せをして言った。

「……森口さんを殺した犯人が、私たちの中にいる」

5

現実感がなかった。真っ黒に焦げたキャビンの壁も、炭化して骨組みだけ残しているソファも、足下にある森口さんの焼死体も。装飾性がすべて灰燼《かいじん》に帰してモノクロの骨格が剝き出しにされた火災現場はあまりにも悪夢的すぎて、僕はさっきから嗅いでいる煙と煤と焼死体の臭いも、薄暗い悪夢世界の臭いなのだと納得していた。そのくらいに考えなければとても冷静ではいられなかった。

森口さんを殺した犯人が、この中にいる。

それはフィクションの中の言葉であり、現実で耳にするとしたら「フィクションのパロディとしての冗談」という文脈でなければならないはずのものだった。だが今は現実にそういう状況なのであり、それを発した千歳お姉ちゃんは笑ってもふざけてもいない。口許に手をやったまま、こちらに視線を向ける。

「……みーくん、昨夜、見たことを話して。森口さんが……ううん、ここに来た時から全部」

僕は素直に従った。いきなり未知の悪夢世界に放り込まれてはどちらに進めばよいのか見当がつかず、お姉ちゃんの言う通りに後をついていくしかなかった。お姉ちゃんは「それは何時頃？」「それは誰が言ったの？」と質問を挟みながら、思慮深いいつもの表情で聞いていた。

途中で、古久保さんの嗚咽《おえつ》が外から聞こえた。お姉ちゃんはそれにかき消されないよう声を大きくしかけた僕を制して、小声で話せる距離にくっついてきた。

しばらくぶりに間近で見るお姉ちゃんの肩と頬のあたりに囁き声を落としながら、僕も考え始めていた。森口さんは失火に見せかけて殺された。では、怪しいのは誰か——昨夜一緒に飲んでいた人たちを相手に、知人の死後すぐにそんな考えに没頭する気になったのはたぶん、千歳お姉ちゃんにくっついて囁きあっているせいだろう。小さい頃、何度かこうして、ほんのささやかな秘密の悪戯《いたずら》を共有したことがあった。悪戯とはまるで違う重さの話をしていながら、僕が思い出しているのはそれだった。そしておそらく内心では嬉しかったのだ。自分たちの中に犯人がいると気付いた千歳お姉ちゃんは、他の全員を捨てて真っ先に僕だけを「助手」に選んでくれた。

だが、話し終えた僕がしばらく待ってから「何か分かったの？」と訊くと、お姉ちゃんは髪を揺らしてかぶりを振り、「不可解だね」と答えた。

「……不可解？」

「状況から考えると、不可能なことなの。空間的にも時間的にも」

時間的、の方は分からなかったが、空間、と言われて僕は周囲を見回し、気付いた。

「……そういえば」

この目で見たし、消火時もそれに困らされた。その上に今、お姉ちゃんに話して聞かせたのに忘れていたことだった。

……この現場は「密室」だ。

焦げた壁をぐるりと見る。もちろん今ではドアが破られ、天井の隅も焼けて崩落し、隙間ができている。だが事件発生時は密室だった。このキャビンは昨日ちらりと見た女性陣のキャビンと同じ構造のツインで、僕たちの寝ていた、メゾネット構造になっているファミリータイプとは違って平屋である。人が出入りできるのは玄関ドアと窓が二ヶ所のみ。スキーシーズンに使うためもあるのか気密性は高く、隙間と言えばあとは天井付近と浴室に、カバーの閉まった換気扇があるくらいなのである。そして僕は、古久保さんや米田さんと一緒に確かめている。昨夜、玄関ドアも鍵がかかっていたし、二ヶ所の窓も雨戸が閉められ、きちんと施錠されていた。今は熱で窓ガラスが割れているが、閉ざされていることに変わりはない。雨戸はもとよりドアも、合鍵がなければ中から鍵をかけるしかない。

「……ここの鍵は」

僕が囁くと、お姉ちゃんは僕からすっと離れ、森口さんの遺体に手を伸ばして腰のあたりを探った。焼死体に躊躇なく触れるお姉ちゃんにはさすがに驚いたが、腰のあたりから、見覚えのあるキーホルダーと財布が出てきて、あっと思った。素材のせいなのかポケットに入っていたからなのか、財布は角が炭化しただけでほぼ原形をとどめている。そして財布には金属製のキーホルダーがついており、まだらの飴色に変色しているものの、そこについているキーは判別ができた。いくつかのキー、おそらく車と森口さんの自宅のものの他にもう一つ、キャビンの鍵がついていた。

しゃがんで顔を近づける。確かにこのキャビンの番号が刻まれているし、昨日、森口さんがここに来た直後、管理人さんから受け取った鍵をすぐにこのキーホルダーにつけているのを見てもいる。鍵をなくさないための習慣であるらしく、その時は「ああなるほど。でも僕はああいうキーホルダーのつけられる財布持ってないしな」と思ったのだ。

それも思い出した。

「……大丈夫？」

お姉ちゃんから心配そうに囁かれ、森口さんの遺体に顔を近づけすぎているからだと気付いた。大丈夫だと伝えるために手を伸ばして、焼けて変色したキーを引っぱってみる。つけたり外したりはそう簡単にできなそうだし、確かに遺体と一緒に焼かれている。つまり鍵はずっと、被害者である森口さんが持っていたのだ。

「……合鍵は？」

「管理人さんは持ってるはず。あとで確かめよう」

「これが偽物だって可能性は」

「それもあとで確かめるし、警察も鑑定すると思う。それに、偽物だとしてもすり替えるチャンスはなかったと思うの。私も真っ先に死体に駆け寄ったし」

お姉ちゃんはてきぱきと答え、「死体」という単語を頓着せずに使った。僕は顔を上げて雨戸を見る。確かに、ここに踏み込んだ時は僕もすぐ後ろにいた。隙間はないし、雨戸の鍵を糸などで外からかけることも不可能だ。

「確かに、無理だね。空間的に……」

「時間的にも不可能なの。みーくんたちは森口さんから電話を受けてここに来たあと、キャビンに戻って一緒に寝てたんだよね。私もその時にはとっくに寝てた」お姉ちゃんは炭の格子と化しているベッドを見た。「私と一場さんは一緒のベッドでくっついてたから、どちらかがこっそり起きればばれちゃう。みーくんたちだって、夜中にこっそり起きて、森口さんを殺してベッドに戻ってくる、なんてできないでしょ？」

一場さんは結局ベッドの中で一晩中、千歳お姉ちゃんにくっついていたらしい。その光景を想像しかけたが、無論それどころではなかった。確かに僕たち三人も並んで寝ていた。誰かがこっそり起きたくらいではばれないかもしれなかったが、梯子を下りた時点でぎしぎしとだいぶ音がする。こっそりやるのは無理だし、現に三時頃、僕の携帯がマナーモードで振動しただけで、隣の古久保さんは起きていた。

つまり、僕たち五人は就寝後、犯行の機会がなかったはずなのだ。

「確かに、これじゃ時間的にも無理……」

言いかけて考える。本当にそうだろうか。犯人はこれだけ容疑者が限定される状況で殺人を犯したなら、何か相当周到に準備をして、そう見えるような仕掛けをしたのではないか。例えば。

「……でも、そういえば火元がここだからって、犯人が中に入って火をつけたとは限らないよね？」僕は遺体の傍らに落ちている、液晶が茶色く変色して割れた森口さんの携帯を指さした。「たとえばこの携帯と着火剤を使えば、遠隔操作で外から火をつけるとか、できない？」

言いながら考える。可能だった。携帯をスイッチにして、たとえば本体のバッテリーが異常発熱するとか、接続した装置が火花を発するとかいったシステムくらいなら学生でも作れるだろう。着火剤を置いておけばそれだけでも火種にはなるはずだし、火力はガソリンを入れた紙袋でも置いておけば補える。素材に気を遣えば、焼けた跡に不審なものが残らず燃え切ってしまうようにもできるかもしれない。僕は床に伸ばしかけた手を引いた。この炭を警察が分析すれば、何か不審なものが出てくるかもしれない。警察が来たらそれも頼まなければならない。

「……森口さんの携帯にあらかじめスパイウェアを仕込んでおけばタイマーにもなる。それなら、ベッドの中からでも火をつけられる」発想がつながっていく。僕は早口になって言った。「そう考えれば、僕たちが聞いた昨夜の『森口さんの呻き声と歯ぎしり』も作り物だったかもしれない。今はアプリで本人の声そっくりに作れるし、何かの機会に録音した森口さんの声を基にすれば。……あの時点で森口さんはすでに死んでて、僕たちは『密室である』ってことを確認させるために呼び出されたんじゃないの？」

「たぶん、そうだと思う。……でも、そうすると問題があるよね」

お姉ちゃんはすぐに言った。家庭教師の時の喋り方だな、と思った。

「ここに残っている偽装の吸い殻と缶。それに鍵がかかっている玄関のドアと雨戸。みんな、このキャビンの中にいないとできないの。これはどうしようか？」

「犯人は森口さんと一緒に飲むふりをして、薬とかを飲ませたんじゃないの？　その後、森口さんに外から電話をかけるとかで、玄関の鍵をかけるように言って……」

興奮して言いかけたところで煙にむせて言葉が途切れる。それがきっかけになり、僕は続きを言えなくなってしまった。頭の中で、自分の推理の現実性を検討してみる。

犯人は森口さんの携帯にスパイウェアを仕込んだ。そして昨夜、すでに酔ってぐったりしていたはずの森口さんをなんとかして起こして訪問し、飲み直すふりをして酒の缶を置いた。ここまではまだいい。森口さんがリタイアしてから就寝までの間なら、僕たち全員、一人になった時間があった。

だがここからが問題だった。犯人は雨戸まで全部閉め、森口さんの携帯を発火装置と接続し、吸い殻を床に捨て、ここを辞した後、森口さんに中から玄関のドアを閉めてもらわなければならない。そんなことができるのだろうか？　この推理によると、すでにかなり酔っていたはずの森口さんは犯人が呼ぶとすっと起きて迎え入れ、犯人と少しだけ飲んだ後、犯人の言いつけ通りに玄関の鍵をかけ、雨戸の鍵も何の疑いもなくかけたままにし、発火装置と燃料袋に接続されている携帯電話や、絨毯の上になぜか出現している、誰がいつ吸ったのかも分からない不審な吸い殻にはまったく手を触れずにすぐ寝るか意識を失い、携帯の横に都合よく倒れてくれた、ということになる。そして火がついても起きて逃げるなりＳＯＳを出すなりせずに行儀よく焼け死んでくれなければならない。あまりに無理があるのではないだろうか。もし失敗すればすぐに自分にも容疑がいく。酒の缶や吸い殻まで周到に用意していた犯人が、こんな被害者頼みの、確実性の低い計画をたてるとは到底思えない。これなら崖から突き落とした方がましなくらいではないか。それに昨夜、森口さんの就寝後、僕たちは一人になる時間があったとは言っても数十分程度だ。電話をしにいったりトイレに行ったり風呂に入ったり。一番長かった一場さんでも四、五十分だし、なにせ酔っぱらっているから、三十分くらいでお姉ちゃんが大浴場を見にくる可能性もある。だがこの現場に往復するだけでも十分はかかる。その上でまず森口さんを起こして中に入れてもらい、怪しまれないように一通り飲んで雨戸等を閉め、発火装置や吸い殻を仕掛けて帰る。これは時間的にも無理ではないか。お姉ちゃんの言っていることが僕にもようやく理解できた。確かに時間的にも不可能だ。

小学校の頃から何度も、不可解な事件をすっぱりと解決してきてくれた千歳お姉ちゃんが、口許に手をやったままずっと悩んでいる理由がようやく分かった。小学校の頃の「シンカイ」騒動は、閉鎖された公園から消えた、という「空間」の問題だった。中学校の頃のキーロギング事件も、どうやって朝宮先生の席に携帯を仕掛けたか、という「空間」の問題だったし、高校の頃の海王星問題も密室状態の地学教室に入るか犯行時刻をずらすかという「空間または時間」の問題だった。だが今回は「空間」的にも密室な上、「時間」的な余裕もない。そして何より、キーロギングや器物破損どころでない本物の殺人事件である。本来は警察が取り組むべき事件で、名探偵の千歳お姉ちゃんといえども手に余るのではないか。

その時はそう思った。だが実際はこの時すでに、お姉ちゃんはもっと先まで進んでいた。不可解の先にある現実的な領域にまで。

　お姉ちゃんは再び床に膝をつき、遺体の横の、絨毯のまだ燃えていない部分をそっと撫でた。

「……この部分、なぜか不自然に燃え残ってる」

　僕はお姉ちゃんの手が触れているあたりを見る。そういえば、そうだった。すぐ横に火元があり、そこは真っ黒に炭化して穴が空きそうになっているのに、その一角だけはかなり綺麗に残り、床板どころか絨毯まで残っている。

「それに、最初に見た時、このあたりは少し湿っている気がした。……犯人が、燃えないように水を撒《ま》いたのだとしたら」

　床の死体を見ていたお姉ちゃんは視線を上げ、頭上の隙間から夜空を見て目を細めた。何か確信していることがあって、それを口にしていいかどうか検討しているのだと僕にも分かったが、その内容には全く見当がつかなかった。床の燃え残った部分。犯人はこの部分だけを燃えないように細工したのだろうか。だとしたら、それは一体なぜだ。

　お姉ちゃんは言った。「……たぶん、私の推理は正しい」

6

「……じゃあ次にちょっと確認したいんだけど、昨日、どんなお酒買ってきたか、答えられるかな？　このタブレットの画像にある中で、『昨日、買ってない気がする』っていうやつを選べる？」

「……すいません。これと、これは覚えてるんですけど、あとは」

「いや、いいよいいよ。それじゃもう一回、聞かせてくれるかな。君はこのキャビンで皆と一緒に飲んでたわけだよね。それで……？」

　天然パーマの大きな頭と鮮烈なカーマインレッドのネクタイのせいで「ネクタイをしたブロッコリー」に見える刑事さんは、同じことを何度も確認してきた。でたらめに証言している人間を見抜くため、刑事は同じ質問を、言葉を換え、思い出したようなタイミングで何度もする。小説やドラマで知っていたことだが、本当だった。

「……それから、午前三時……何分かに、携帯が鳴って起きました。その時には……」

　昨夜からのことを説明しながら、後ろでメモを取る若い刑事さんをちらりと見て考える。こういう質問がされるということは、警察も他殺の可能性を本気で検討しているということだ。さっき千歳お姉ちゃんが外で話をしているのが見えたが、このブロッコリー刑事、もとい勝野《かつの》刑事が「買った酒の缶の銘柄」や「森口さんの普段吸っていた煙草の銘柄」などまで質問しているということは、お姉ちゃんの指摘はある程度、警察にも受け入れられたということになる。そして、こうして男性陣のキャビンに一人ずつ入れられて証言をさせられているということは、僕も容疑者の一人ということなのだろう。これは実質的に取り調べだ。

　お姉ちゃんと話してから十数分後、消防車とパトカーがほぼ同時に現場に到着した。もっとも現場になった森口さんのキャビンまでは車が入れなかったため、消防の人はホースを長々と延ばし、警察の人は駆け足でえっほえっほと現場に来た。その時すでに目に見える範囲で火は消えていたが、消防士さんいわく「目に見える火が消えた」と「鎮火」は違うのだそうで、中の燃えたがれきを搬出しての残火処理というものがこれから必要になるらしい。ただ警察としては現場保存もしてほしいわけで、双方の現場責任者らしき人が早口で話し合いをしていた。結局、まずは警察の初動捜査、残火処理はその後、ということで、僕たちはこうして話をしている。古久保さんが心配だったが、そこはもう、プロたちに任せるしかなかった。

「……で、僕と米田さんと古久保さんで、消火器を使って……」

　勝野刑事は基本的に無表情で、時折目元を緩めもするのだが、話している間、その視線は喋る僕の目や喉元をぴったりと照準したままだった。警察から容疑者にされる怖さというのが身にしみたが、その一方で、警察は謎をどうするつもりなのだろうと思った。現場は密室。僕たちには犯行にでる時間もなかった。そこについての解決の兆しは一切見えない。

実質的に取り調べであっただろう質問が終わり、立ち上がった僕は、勝野刑事に訊いてみた。「……森口さん、やっぱり失火じゃないんですか」

勝野刑事はんー、と唸って答えた。

「まさにそこを調査中なんだ。一応、亡くなった方がいるとなると、消防だけじゃなくて警察の仕事になるからね」

「なるほど」

要するに、捜査対象者に話せることは何もないらしい。僕は玄関から出た。太陽はもう完全に上がりきっていて、冷えた空気もどこかに散っている。木の向こうに上がっていた現場の煙も消えていた。キャビンの周囲では警察車両と消防車がそれぞれに回転灯を回し、作業服を着た人たちが忙しげに動き回っている。白いヘルメットのが消防署の人で、帽子を被《かぶ》っているのが警察署の人だろう。無線で話す人、ホースを延ばす人、巻き取る人、新たに来た車を誘導する人。プロの人たちは迷いなく働いている。その光景には確かに「あとは任せておけば然《しか》るべきところに収まるだろう」という安心感があるが、今はその安心感に身を任せてしまってはいけない気もしている。

後ろから若い刑事が出てきて、今度は米田さんがキャビンに招き入れられていく。見回したが古久保さんと一場さんの姿はなかった。古久保さんはあの状態で警察の取り調べなど受けて大丈夫なのだろうか。

お姉ちゃんは少し離れたところでスーツの刑事さんと何か話していたが、何か断りを入れるようにして離れ、隣の、女性陣のキャビンに入っていった。俯いていたので気になり、僕はそちらに急ぐ。刑事から声をかけられた。

「あ、君」

「あの、お……千歳さん、どうかしました？」

「ああ君、星川瑞人君か」近くに来ると背が高い刑事さんはお姉ちゃんが入っていったキャビンを見て、僕を見下ろした。「いや、ちょっと気分が悪くなったと言うから、休んでもらってるんです」

そういえば、お姉ちゃんは僕たちが取り調べをしている間も、刑事さんたちと一緒に現場を何度も出入りしていたようだった。煙はほとんど消えていたが、焼死体を見て火災現場の空気を吸い続けていたら体調も悪くなるだろう。

「僕、一緒についてます」

そう言ってキャビンの玄関をノックし、鍵が開いているので上がる。

ドアを閉めて靴を脱ぐと、大勢のごつい大人たちが動き回る外の喧噪が、ばたん、と遮断された。耳を澄ますと外の声と壁掛け時計の音はするが、きいん、と耳鳴りがするほど室内の空気は止まっていた。一場さんはおらず、お姉ちゃんは奥のベッドに座っていた。

「……お姉ちゃん、大丈夫？」

千歳さん、と呼ぶことにしているのになあ、と思いながら声をかけると、お姉ちゃんは顔を上げ、僕の姿をみとめるとゆっくりと立ち上がった。防寒のため羽織っている見慣れたカーディガンの裾が、ベッドに未練を残すように動いて持ち上がる。

「……みーくん」

お姉ちゃんは僕の目を見なかった。重くてそこまでしか上がらないかのように、視線を僕の足下から動かさない。

さすがに疲れたのだろう。千歳お姉ちゃんは体力がある方だが、早朝に叩き起こされて火災に直面し、それが殺人事件であると知り、森口さんの焼死体を調べて推理していた。僕も同行してはいたが、皆と初対面の僕と、同じ研究室だったり何年も顔見知りだった人たちを疑わなければならなかったお姉ちゃんでは精神的な疲労度も違うはずだ。

「大丈夫？　寝てて。それとも何か飲んだ方がいい？　備え付けのコーヒー、まだ飲んでない？」

「いい」

お姉ちゃんは首を振った。「ありがとう。それより……」

僕がそばに寄ると、お姉ちゃんは僕の袖を摑み、とん、と腕に額を当ててきた。

お姉ちゃんの体温が腕から伝わってくる気がする。前にもこんなことがあった、と思った。壁掛け時計の針がこちこちと鳴っている。

お姉ちゃんが、大丈夫、と呟いたのがかすかに聞こえた。

それが僕に言ったのではなく、自分に言い聞かせているのだと気付いた。あの千歳お姉ちゃんが、こんな様子を見せるのは初めてだった。疲れたのだろうか。何かあったのだろうか。

だが、たった数秒でお姉ちゃんはいつもの声に戻ると、顔を上げて言った。

「みーくん、お願いしていい？」

「うん。……何？」

「ここに人を呼んでほしいの。……馳さんを」

その名前を聞いて、僕は一瞬、身勝手にも胸が痛むのを感じた。お姉ちゃんは疲れている。そしてそういう時にそばにいてほしいのはやっぱり、僕ではなく米田さんなのだ、と。

だが、そうではなかった。お姉ちゃんは言った。

「馳さんに話を聞かなきゃ。……どうして森口さんを殺したのか」

7

米田馳さんは僕同様、上がってきて千歳お姉ちゃんを見た時、最初は「大丈夫か」と心配した。だがお姉ちゃんの纏《まと》う空気がとても弱った人間のそれではないと気付き、戸惑う様子で僕と彼女を見比べた。

「千歳……」

「確認するね」

お姉ちゃんは米田さんをまっすぐに見ていた。すっと背筋を伸ばし、感情を見せず、明快で論理的な、名探偵の顔になっていた。

「……森口さんを殺したのは、馳さんだよね？」

米田さんが目を見開く。

二人の間に立つ僕は、この人の表情の変化を一瞬も見逃さずにしていようと決めた。僕はまだお姉ちゃんの推理を聞いていない。探偵の役に立てることといったら、ちゃんと犯人を見ていることぐらいだ。

米田さんは突然のことで意味が分からない、というように目を見開き、それから僕に視線をやり、僕がそちらをじっと見ていることに気付くと、またお姉ちゃんに視線を戻した。だが眼鏡を直して「どういうことだ」と訊き返す声は、僕の予想していたよりだいぶ落ち着いているように見える。

「森口さんは失火じゃない。あなたは薬物か何かで森口さんを動けなくして、お酒の缶と吸い殻を置いて、携帯電話を改造した着火装置で、外からキャビンに火をつけて殺した」

お姉ちゃんは米田さんをじっと見て、面接で喋るみたいに一語一語はっきりと発音した。これで正しいか、と問うているようだった。「それが分かったの。昨夜から今朝未明、犯行ができたのはあなただけだったから」

米田さんはそう聞いても取り乱したりはしなかった。ただ、視線を壁の時計に移し、かなりの間、そのまま沈黙していた。眼鏡の奥の瞳は時折揺れたが、動揺しているのかどうかすらあまり表情からは分からなかった。むしろ、長い時間をかけて何かを整理しているようだった。

「……昨夜、確かめたけど」米田さんがまたお姉ちゃんに視線を戻す。「森口さんのキャビンって、出入口は全部、鍵がかかってたんじゃなかったっけ？　それに火元は室内だって聞いたけど」

その答えを聞いた瞬間、僕は全身から力が抜けるのを感じた。だらりと下げた両腕が脱力して下がり、そのまま抜けてしまいそうだった。

本当にそうだったのだ。「あなたが犯人です」と突然指摘されて、うろたえもせずこんな言葉を返すのは犯人ぐらいのものだ。つまり、本当にこの人が。

「確かに」お姉ちゃんも僕と同じことを理解したのか、一度視線を落とし、しかし気丈に米田さんを見返す。「現場は密室だったし、昨夜、私たちが一人で行動できたのはせいぜい三十分くらいで、犯行の時間はなかったはずだった。でも、それは……」

お姉ちゃんがまた言葉を切る。すべて言わなければならないのか、と米田さんを責めているようでもあった。

「トリックだった。私は、最初からおかしいと思ってた。森口さんの携帯を遠隔操作して、夜中にみーくんの携帯に電話をかけて呼んだ。それはいいの。現場が密室であることを証言させれば、森口さんの死は事故だったっていうことになりやすい」お姉ちゃんは言う。「でも、そもそもどうして『焼死』なんて方法を選んだのかが分からなかった。森口さんを殺すだけなら崖から突き落として、酔って勝手に落ちたんだ、っていうことにしてもよかったはず。だから、『キャビンに火をつける』っていうこと自体がそもそも、トリックに……自分のアリバイを確保するために必要なんだと思った」

米田さんは何も言わずに話の続きを待っている。お姉ちゃんがぐっと拳を握ったのが見えた。

「もう一つ、現場には不審な跡があった。火元のすぐ横のはずなのに、死体の近くの一部の絨毯だけが燃え残っていたの。私の気のせいかもしれないけど、死体発見時にはその部分は少し湿っていた」

　そうだった。お姉ちゃんはそれも言っていた。当然、犯人がそうしたのだ。

「それで、分かったの。現場を燃やすのが手段だっていうなら、方法がある。現場は確かに玄関も雨戸も中から鍵がかかっていて密室だった。でもそれは昨夜、みーくんたちが見た時までの話。火災が発生した後は、天井の一部が燃えて崩れ落ちて、隙間ができていた」

　お姉ちゃんは言う。声を荒げるでも震わせるでもなく、冷静なままだ。

「キャビンが燃えて、森口さんの焼死体が見つかった。だから私たちはてっきり、森口さんはキャビンの火災で焼死したんだと思った。でも、それがトリックだったの。あなたはキャビンが燃えるずっと前の段階でキャビンの窓を割って侵入し、森口さんを拘束した。それから彼の携帯に発火装置をつけると、彼を外に運び出し、奪った鍵で雨戸と玄関の鍵をかけて、どこか別の場所で焼き殺した。それからみーくんたちを電話で誘導して現場に来させ、密室であることを確認させた後、携帯の発火装置でキャビンに火をつけ、火災を起こした」

　窓を割って侵入、という言葉で、ああそうか、と思った。「時間」の問題はたいしたことではなかったのだ。窓を割って侵入し、森口さんをすぐに拘束するなら、そう時間はかからない。雨戸自体は燃え残るとしても、窓ガラスは絶対に熱で割れるから、犯人が割った痕跡は隠れる。

「そしてあなたは朝、『現場を見てくる』と言って一人になると、キャビンの近くに隠しておいた森口さんの焼死体を抱えて屋根に上がり、先に燃え落ちた部分から室内に入って、焼死体を置いて脱出した。あとは普通に、消火活動に参加すればいい」

研究者の目つきでお姉ちゃんの話を聞いていた米田さんは、何かを検討するようにぶつぶつと言い、それから呟いた。「……千歳、すごいな」

「キャビンで皆が寝ている間は、こっそり起きて出入りすればばれる可能性が高い。犯人が森口さんの死体を動かすチャンスは『火事が発生して皆が出てきたあと』しかない。その時に一人だけになる時間があったのは……」

僕の脳裏に、鮮明に記憶が蘇《よみがえ》る。そうだった。米田さんはすごく冷静で、僕たちに消火器を取りに戻るよう指示をし、自分は一人で先に現場に向かった。十分は余裕があったはずだ。キャビンに梯子をかけ、死体を担いで上り、天井の崩落部分から梯子を降ろすか、ロープで死体を下ろして屋根から下りる。危険だし体力もいるが、屋根の端は地面から二・五メートルもない。上がるのはさして大変ではなく、森口さんの遺体を現場近くに置いておけば時間的にも可能なはずだった。昨夜風呂で見たこの人の体なら、体力的に充分可能だろう。

そして、現場の状況もそれを裏付けていた。死体があったのは奥側の隅の壁際。屋根が燃えて隙間ができていたのはその真上。犯人は、あの隙間から死体をまっすぐ降ろすだけでよかった。あるいはその部分だけ先に燃えて隙間ができるように、油か何かを含ませておいたのかもしれない。

「被害者が室内で燃えたはずなのに、床の、死体を置いた部分がまわりと同じだけ黒焦げになっていたら不自然だから、そうならないように事前に水を含ませておいたんだよね？　でも水が思ったより蒸発しなくて、死体付近の一部だけ床が燃え残ってしまった」

「……いや、すごいよ。千歳」

米田さんは、いつの間にか俯いていた。声も震えてかすれている。「まさか、千歳がこんな……」

「馳さん」お姉ちゃんは、最低限の声で静かに言った。「……認めるの？」

米田さんはまた沈黙した。僕は自分の心臓が、内側から叩くようにばくばくと鳴っていることを自覚した。もし米田さんが襲いかかってきたら、今度こそお姉ちゃんを護らないと、と思い、息を吸おうとした。気道が狭まっていて、喉がひゅっと鳴った。

「……一つ、聞きたいけど」お姉ちゃんの推理を聞いた米田さんはさすがに衝撃を受けたようで、声がかすれている。「それ、無理がないか？　天井だけうまく燃えて穴が開いてくれないと駄目なんだろ？　遠隔操作で火をつけたのなら、犯人は近くにいて、火を消すこともできないだろ。もしキャビンが全焼して倒壊しちゃったら、『天井の隙間』どころじゃなくなるんじゃないのか？」

「現場はログハウスだから」お姉ちゃんは即答した。「ログハウスというのは、イメージよりはるかに火に強いの。確かに木材は燃えるけど、丸太は火がついても表面が炭化するだけで、その時点で火が消えるから、芯まで燃えることはまずない。だから仮にログハウスが火災で全焼しても、大抵の場合壁はそのまま残って、天井だけがなくなる。窓やドアも倒れずに残るから、『鍵がかかっていた』と確認できる状況になる。このトリックには都合がいいの」

「でも消火する時、俺が一人になったのって偶然だろ」米田さんは再び口を開いた。「あの時はたまたま俺が一人になったけど、誰かがついてくる可能性も大きかった。そうなれば失敗だろ。そんな危険な計画ってありなのか？」

「私がたまたま火事に気付いたからああいう状況になったけど、本当は朝、現場が完全に燃えてしまってから、あなたが第一発見者になるつもりだったんでしょう。『内側から鍵のかかっている火災現場』さえ残れば、あなたとしては充分だった」

米田さんは返す言葉をなくしたようで、口を少し開けたまま沈黙した。

そして、ふっと力を抜いてうなだれた。

「……さすがは、千歳だな」

「米田さん」

僕は、何も言わないではいられなかった。「本当にあなたが……？　どうしてですか？」

「それは、言えない。今は」米田さんは眼鏡を外すと、鋭い目で僕を見た。「でも、俺が森口……を殺した」

さん、とつけようとしてやめたようだった。

その米田さんの背後でドアが開いた。

「認めたね」

玄関から入ってきたのは勝野刑事と、僕の取り調べの時に後ろでメモを取っていた若い刑事の二人だった。「米田馳。昨夜から今朝未明にかけて発生した殺人、死体遺棄、および現住建造物放火事件について、君から話を聞きたい。警察署まで同行してくれるかな？」

米田さんはお姉ちゃんを見たが、お姉ちゃんはまっすぐに米田さんを見返しているだけだった。さっき、僕が頼まれたのだ。米田さんを呼び、同時に勝野刑事をこっそり外で張り込ませ、会話を聞かせてほしいと。

米田さんは諦めきった顔で深く息を吐くと、刑事二人に左右から挟まれ、ゆっくりと歩いて出ていった。

訊きたいことはいろいろあった。なぜ森口さんを殺したのか。なぜお姉ちゃんの話をすんなり認めて抵抗しなかったのか。……なぜ、お姉ちゃんという存在がありながら、殺人犯になんてなったのか。

一つも訊けなかった。お姉ちゃんも黙っていた。米田さんはこちらを振り返らないいま、玄関から出ていった。

ドアが閉じ、空気が詰まったような静けさが室内に戻る。こつこつ、と壁掛け時計が動いている。

僕は動けないまま、閉じられたドアを見ていた。本当に、米田さんが森口さんを殺したのだ。火災現場にいた先刻よりもさらに現実感がなく、本当にそうなのか、そもそも殺人事件自体が嘘なのではないか、と心の隅で繰り返していた。

その自問を、お姉ちゃんの声が打ち切った。

「……みーくん」

隣を見ると、お姉ちゃんが拳を握って俯いていた。

「……私ね、子供の頃から友達に『名探偵』って呼ばれてたの。身のまわりの小さな事件とか、けっこう解いたりして。でも自分じゃ、そんなつもりなかった。みんなが見落としてることに偶然気付いたり、ちょっとものの見方を変えたりするのが得意なだけだ、って。アニメや小説の中の『名探偵』みたいに、殺人事件を解いたり、なんて、できるわけがない……って」

お姉ちゃんの声が湿って震えていた。

「だって、ああいう人たちってすごく冷たいでしょ？　まわりで何人ひとが死んでも、犯人が知っている人でも、ぜんぜんぶれないで、論理的に推理して。……私は現実の人間なんだから、そんなの絶対にできるわけないって思ってた。なのに……」

お姉ちゃんは俯いたまま肩を震わせ、カーディガンの袖で目元を拭った。

「私……本当に名探偵だった」

お姉ちゃんの声が揺れている。少しも誇らしそうではなく、まるで自分で自分を嫌いだ、と言っているようだった。

「……お姉ちゃん」

「私、すごいね？　素人《しろうと》のくせに推理なんかして、犯人を呼び出して自白させちゃったよ？　逮捕されたら殺人犯になっちゃうのに。何やってるんだろうね？　つきあってたのに」

途中から涙声になったのが分かった。千歳お姉ちゃんが泣いていた。

突然のことで、僕は自分の体が空洞になったように浮き足立ってしまった。あの千歳お姉ちゃんが泣いている。お姉ちゃんなのに。僕が小さい頃から、どんな時でも強く賢く、冷静で、なんでも知っていて、見上げるほど大人だった千歳お姉ちゃんが。

当たり前だろう、という声が聞こえた。自分自身の内部の声だった。

確かに当たり前なのだ。泣かない人間などいない。

千歳お姉ちゃんは人間だ。ただ優れているだけの。千歳お姉ちゃんは大学院生で、科学と犬が好きな女性で、生身の人間である。僕は今まで、この人を一体何だと思っていたのだろうか。テレビの中にいるようなヒーロー。絶対無敵の名探偵。来てくれればたちどころに事件解決の超人だと、そう思っていたのだろうか。

そうではないのだ。名探偵にだって趣味があり、好きな音楽や嫌いなタレントがあり、お腹を空かせてお菓子でごまかす時があり、億劫《おっくう》で蒲団から出たくない日があるはずだった。なのに、そういえば僕は彼女のそういう普通な部分を一つも見たことがない。とりわけ、ネガティヴな部分を何一つ知らない。記憶のどこを浚《さら》っても、出てくるのは優しい笑顔か知的な真顔のどちらかで、彼女が何かに不満を言ったり、あれが嫌いこれに腹が立つと愚痴を言ったりする絵が全く浮かばない。勉強の合間に無駄話は随分したはずで、普通に喋っていればネガティヴな内容が出てきて然るべきで、現に僕はわりと色々、学校のあいつがムカついたとか読んだこの漫画がつまらなかったとか、特に気にしないまま口にしていたのに。

その気付きは、千歳お姉ちゃんが泣いているという事実よりも衝撃だった。物心ついた時からずっと、十数年もの間、一緒にいた。正直なところ、ぽっと出の米田さんなんかより僕の方がずっと彼女のそばにいると思っていた。何でも話せる関係だと。

違った。何でも話していたのは僕の方だけだ。お姉ちゃんはいつも聞き、僕に話しても僕が楽しくならなそうな話題は避けていたのだ。偶然のわけがない。常に気を遣ってくれていたのだ。十数年もの間、ずっと。

……僕は、馬鹿だ。

お姉ちゃんは手の甲で顔をごしごしこすりながら泣いている。泣き顔を隠し、しゃくり上げるのも洟《はな》をすするのも隠そうとはしているようだったが、どうにもなっていなかった。

「……絶対、外れてると思ったの。違うって言ってくれると思ってた。なのに」

もう隠そうとしなくていいと思う。大声で泣きわめきたいに決まっている。恋人が殺人犯だった。その可能性に気付き、目をそらさずに推理した。普通、できないことだ。

我慢せずもっと泣いてほしいと願った。顔が見えるのがいけないのだと思い、僕は千歳お姉ちゃんの肩を引き寄せて抱きしめた。大声を出しても響かないように、胸の中に押しつけるようにする。

「あの人、人殺しだった。つきあってたのに。……好きだったのに」

抱きしめられても言葉を続けようとしていたお姉ちゃんは、そこからもう嗚咽になってしまい、子供のように僕のシャツを摑んで泣きじゃくった。抱き寄せた背中が温かい。肩が小さい。小学校の頃、見上げていた千歳お姉ちゃんは、いつの間にかこんなに小さくなっていた。

僕はただ抱きしめていることしかできなかった。彼女にどう声をかけていいのか分からなかったし、そもそも声などかけていいのか分からなかった。どうすれば泣きやんでくれるのだろうと思う一方で、泣きやんでも辛さは変わらないのだから泣いてくれた方がいいのだろうかとも思った。つまり、何も分からないのだった。

だが僕はこの時、確かに意識していた。千歳お姉ちゃんが、腕の中で泣いている。僕がお姉ちゃんを抱きしめている。うんと子供の頃に抱きしめられたことはあったけど、こんなふうにして抱きしめたのは初めてだった。

そして確かに考えていた。大好きな人が悲しんでいるのに、こんなことを考えているなんて、自分でも認めたくない。だが嘘をついても自分の醜さが増すだけだから、きちんと白状しなければならない。僕は確かに考えたのだ。「これで米田さんはいなくなった」と。

米田さんがいなくなれば、次は絶対に僕のはずだった。現に今もこうして抱きしめているのだし、と。

僕は自分を軽蔑する。今の自分は最低のクズだと断言できる。自分のことしか考えていない。世界で一番大切な人の、こんな大きな悲しみにすら共感できない。最低だった。泣きじゃくる千歳お姉ちゃんを抱きしめながら、僕は自分の醜さに戦慄していた。こんな人間は死ねばいいいと思った。米田さんの罪を被って、殺人犯として最低の一生を送ればいいいと思った。

だが、そこで気付いた。

……「罪を被る」。

ふと思いついたことがあった。

米田さんは誰かの罪を被ったのではないか。真犯人を知っていて、だがそいつが森口さんを殺そうと考えた事情に共感して、あるいは責任を感じて、真犯人を護るために嘘の自白をしたのではないか。

そしてこの時――薄暗いキャビンで、泣いている千歳お姉ちゃんを抱きしめているこの時、確かに僕の中で何かが覚醒していた。

……米田さんの態度は不自然だ。

僕は思い出した。さっきお姉ちゃんが推理を話した時、米田さんはとぼけることもなく、そんな反応をしたらますます怪しくなる、というような予定調和的な、見え見えの反論をしてみせた。なぜそんな態度を取るのか、そういえば少し引っかかっていたのだ。

なぜなら、これは推理小説でもドラマでもなく現実だからだ。現実では、素人の女子大生の推理で警察の動きが百八十度変わるなんてことはありえない。警察だってさっきの時点でまだ、事故と殺人の両方を同じくらいの可能性だと見ていたはずなのだ。それなら、米田さんはとぼけるだけでよかった。そんな推理小説みたいなトリックより、普通に失火の方がありうるだろう、と笑えばよかった。実は全く論理的でないそういう反論の方が、現実では効果的なのだ。あんなに周到な準備をし、手の込んだトリックを用いてまで容疑を逃れようとした人間が、名探偵に真相を語られた程度であっさり白旗を上げて自白するなんておかしい。どんな手を使ってでも犯行を隠そうとしたなら、どんな手を使ってでも言い逃れをするはずだ。小さな事件でも軽い犯罪でもない。ばれたら殺人犯で一生が台無しなのだから。

それなのになぜ、米田さんはあんなことを言ったのか。あの人が誰かの罪を被ろうとしていたなら説明がつく。つまり彼は、お姉ちゃんに「自分がこれから警察にどう『自白』すればいいか」を教えてもらいたかったのだ。お姉ちゃんの説明をちゃんと聞いておかないと、自白したくせに「自分の犯行」の詳細を答えられない、ということになりかねない。

……そうだ。千歳お姉ちゃんが好きになるほどの人なら、こちらの方がふさわしい。

そして米田さんが犯人でないなら、真犯人は別にいるのだ。

それはまだ、お姉ちゃんにも話せない推理だった。なぜなら当の彼女が推理した通り、この密室を破るトリックは米田さんにしか実行不可能だからだ。現時点で、米田さんが犯人でないと言い張るのはあまりに無理がある。何か別の人でも可能な、別のトリックを推理しなければならない。

……それでも。

心が燃えていた。僕は一分前までの自分を反省した。思えば僕はずっと、小学校の時からずっと、千歳お姉ちゃんに与えてもらうばかりだったのだ。謎を解いて不安を消してもらった。勉強を教えてもらった。人知れず困っていることを察してもらい、優しく寄り添ってもらった。もらってばかりで、僕の方からお姉ちゃんに対して何かを差し出した記憶がない。こんな関係で、彼女のことを愛していると胸を張って言えるだろうか。この世で一番大切な人だとどうして言えるだろうか。

僕は、泣いているお姉ちゃんの背中をもう一度引き寄せた。僕がどうしたいかではない。彼女が一番幸せになるにはどうすればいいかを考えなければならない。

そしてそれはもう決まっている。お姉ちゃんの推理が間違いで、米田さんは今まで通り何の罪もない素敵な人で、お姉ちゃんと一緒にいられればいいのだ。そのためにどうすればいいか？　たとえば米田さんを説得して、殺人容疑について否認に転じてもらえば、警察も別の線を考えるかもしれない。だがそれは望み薄だ。米田さんは自ら罪を被った。研究者としての将来があり、お姉ちゃんという恋人がいるのにだ。よほどの決意だったはずである。僕ごときが説得しても、あるいはお姉ちゃんに説得してもらっても、翻意する可能性は低い。お姉ちゃんを説得に向かわせることも今は困難だろう。

それなら、どうすればいいか？　決まっている。確実な道は一つしかない。僕が推理して、本当のトリックを暴き、真犯人を見つけ出す。僕も名探偵になればいいのだ。

ずっと千歳お姉ちゃんと一緒にいた。隣で名探偵の推理を見ていた。やり方は知っている。僕にだってできるかもしれない。

僕は抱きしめる腕に力を込めた。そしてたぶん生まれて初めて、本気で神様に祈った。

神様。僕はこれから死力を尽くします。体力も知識も頭脳もすべてつぎ込んで、真相に辿り着くためならどんなことでもします。すべて捨ててもかまいません。

……だから神様。どうか彼女に幸福を。

第五話

初恋の終わる日

1

「接見……禁止？」

「ええ。裁判所からね、そういう命令が出るんです。ですので弁護士さんじゃないと許可できません」

窓口の警察官はにべもなく言うと、こちらを上目遣いで窺うようにしながら「すみませんね遠いところをご足労いただいたのに。でも裁判所の決めることなんで、こちらではどうもできませんから」と言った。こちらへの気遣いは一割か二割で、僕が怒りだして揉めたら面倒だ、と思うがゆえの態度だ、というのが露骨に伝わった。

「あの、ですが……」

ここで引き下がったら何をしにはるばるここまで来たのか分からない。自宅から現場を管轄するこの警察署まで、特急とローカル線とバスを乗り継いで片道三時間半かかっているのだ。「お電話した時は、米田馳《はせる》さんがこの署にいますからって回答でした。受付でもこちらに来るように言われたわけで」

「いや確かにね。面会の受付はここなんですけどね。でも接見禁止命令が出たらうちではどうしようもないんですよ」

だったらなぜ電話の時点でそれを教えてくれなかったのか。しかも玄関のところの総合受付でもそのことに触れず、ここまで来させてから追い返すとはどういうことなのか。そもそも調べたところ、接見禁止命令は逃走のおそれや証拠隠滅のおそれがある時にこれを防止するための制度だということだった。米田馳さんは逃走もしなければ自白していて証拠隠滅のおそれもない。一体何を根拠に接見禁止命令を出しているのか。

言いたいことは山ほどあったが、引き下がるしかなかった。ここで粘っても米田さんと会えるようにはならないし、警察と険悪になったら今後の捜査にも支障をきたす。そうなってしまってからでは、仮に僕が真相にたどりついたところで推理を聞いてもらうこともできないだろう。僕は腰を曲げ、窓口の中年警察官に伺いをたてた。「あの……ちなみに、接見禁止が解除されるのって、いつごろ……」

「それもこちらでは分かりません。裁判所が決めることですから」

「解除されたかどうかって、どこで確かめればいいでしょうか」

「こちらに問い合わせてください」窓口の警察官は、おそらくどんな用件で来た人にも同じように渡しているであろう、この警察署の電話番号リストを出した。「ここに留置管理課の番号もありますから」

これでもう用は済んだとばかりに黙る窓口の警察官にありがとうございましたと頭を下げ、片道三時間半を無駄にされたのになんでこっちがお礼を言わにゃならんのだと釈然としないまま留置管理課を後にする。一階、正面玄関入ってすぐのロビーで長椅子に座り、免許更新や道路使用許可など、平和な用件で来ている地元の人たちを眺めながら、僕は腕を組んだ。米田さんと面会はできない。では、どうすればいいか。

ログハウスのキャビンで米田さんが逮捕、正確に言えば任意同行に応じてから、四日が過ぎていた。

僕たちは事件の日、夜まで現場とこの警察署に留め置かれて何度も取り調べを受けたが、夜中にようやく解放された。古久保さんは署の人が紹介してくれた地元のホテルに泊まり、残りの三人はそれぞれ親が迎えにきてくれて自宅に帰った。大学の授業は来週からであり、僕は両親に気遣われながら、三日間を家で過ごした。千歳お姉ちゃんに携帯で連絡を取るとか、家を訪ねてみるとかも考えたのだが、どんな顔で何を話していいか分からなかった。

僕の目標はとりあえず米田さんの容疑を晴らして釈放させることだ。そのためには、まず何を措《お》いても米田さん本人に会うことが第一だった。僕の考えたとおり誰かの身代わりになったのだとしたら、米田さんを説得すれば彼は否認に転じるだろうし、真犯人の名前も分かる。無論、お姉ちゃんの推理が正しくて米田さんが犯人だという可能性も大きかったが、その場合でも、とにかく米田さんに会ってから決めればいいと思った。彼が任意同行に応じてから四日、途中で逮捕に切り替わってから三日が過ぎていたから、今日の午後あたりから一般の面会も可能になるはずで、電話でもそう聞いていたから単身、はるばる事件のあったこの町まで戻ってきた。

だが、いきなりつまずいてしまった。これから、どうすればいいか。警察は捜査情報を絶対に他人に漏らさないし、警察官でない僕は現場に入ることもできない。捜査のしようがない。

となれば、切り札を使うしかなかった。僕は立ち上がると、トイレに向かう廊下の自販機で炭酸飲料を買い、それを持ったまま財布から名刺を出した。取り調べの時に渡された、勝野刑事の名刺だ。携帯の番号が書いてある。

——はいもしもし。どちら様ですか？

「いきなりお電話してすみません。ログキャビンの事件でお会いした星川瑞人と申します。今、お電話よろしいでしょうか？」

——ああ、先日はお世話になりました。体調の方は大丈夫ですか。

お姉ちゃんの指示で一見困難な殺人事件の「犯人」を逮捕できたのだ。人口の少ないこのあたりでは殺人事件自体がそうそうないはずで、だから所轄の刑事はもっと高揚しているかと思ったが、勝野刑事の声は予想より平静で、どちらかというと元気がなさそうに見えた。

「おかげさまで。……ええと」

どう切り出すか迷った。しかしこの刑事は、米田さんを連れて出る時に一瞬、お姉ちゃんを気にする様子を見せてくれたのを覚えている。信用していい人のはずだった。

「あの、僕……実はまだ、事件のことでお話ししていないことがありまして。あとで思い出したんですが、かなり重要なことだったかもしれない、と」

――おっと。それはわざわざ、ありがとうございます。

事件関係者からそういう話が出たのに、僕が予想したほど勝野刑事は食いついてこなかった。もう「関係者の証言」など必要ない状況になっているのか、職業柄、感情を出さないようにしているのか。僕の嘘がばれているのでないといいのだが。

「それでですね、お電話ではちょっと話しにくいので、どこかで直接お話しできたらと思うのですが、お時間をいただけないでしょうか？」

はったりだった。事件に関して、こちらから提供できる「重要なこと」などもう何もない。ただ単になんとかして勝野刑事に会ってもらい、できる限り捜査情報を引き出すのが目的だった。なんなら、嘘の目撃証言を喋ってもかまわない。場合によっては明確な捜査妨害になるし、その場合、僕は犯人蔵匿《ぞうとく》罪とか証拠隠滅罪になりかねない。だがこの時の僕は、それでもいいと思っていた。何でもすると決めたのだし、「何でもする」とはそういうことだった。

どうか食いつけ、と祈った。実際のところ、僕も知っていた。現実の刑事というのは組織で動くもので、スタンドプレーは決してしない。ミステリーで名探偵の相方が「警部」なのは現場指揮者、つまり、ある程度自分個人の判断で動ける現場のトップという立場だからだ（もちろん現実の現場のトップは捜査員たちの動きを把握して指示する役割であり、名探偵と並んで歩いている暇などないのだが）。いち刑事が探偵と組んで勝手に捜査活動をするなんていうことは、少なくとも日本ではない。だから、勝野刑事が独断かつ単独で動いて僕と接触してくれることなど、なかなか期待できない。分の悪い賭けだった。

だが、勝野刑事は意外にも、すんなり承諾してくれた。

——分かりました。今、ご自宅ですか。

「いえ、警察署のロビーです」

勝野刑事は一瞬沈黙した。驚いているようだった。それから言った。

——なら、午後六時半……いや、七時までこちらにいられますか？　もし大丈夫なようでしたら、駅前にガストがありますから、そこでお話を伺いたい。場所、分かりますか。

「分かります」

なんと、承諾された。もちろん捜査情報を聞き出せるかはまだ分からない。だが少なくとも話を聞いておくべきだ、という判断はされたのだろう。もちろん勝野刑事は捜査本部に戻った際、僕と接触したことを皆にばらすだろうが、捜査情報さえもらえればこちらとしてはそれでもいい。

僕は心の中でガッツポーズをし、電話をしながら頭を下げた。「ありがとうございます」

僕は拳を握った。何でもしてやる。刑事に嘘をつくぐらい、何でもない。

さすがに田舎《いなか》だなと思う。駅前で唯一の食事処《どころ》であるガストはファミリー層で満席に近く、しかしその賑やかさは、こっそり刑事と会うには好都合に思えた。僕は七時十五分前に来たが、勝野刑事は二分だけ遅刻してきた。探偵などは調査対象者に会う前、わざと遅刻してきて、先に来た相手を店の外から観察して情報を得るというが、刑事もそういうことをするのだろうか。

僕はドリンクバーしか頼んでいなかったが、勝野刑事は食事もおごってくれるらしい。捜査費かと聞いたら笑って自腹だと答えた。「まあ、君の話の内容次第では捜査費が出るかもしれないけどね」

このブロッコリー顔では目立ちすぎて捜査に支障を来《きた》すな、と思うが、それは僕が心配することではない。

「……率直にお話しします。事件がどうなったのか、気になっています。なんせ親しい友人の彼氏を、僕たち自身の手で自白させて逮捕させたわけですから」

　お姉ちゃんのことをどう表現するか、迷っている場合ではなかった。先に置かれたサラダを脇によけ、民間人の協力で犯人逮捕につながるという異例の事態は僕たちのおかげなのだぞ、とプレッシャーをかけながら、勝野刑事に言う。「米田馳さんの様子はどうですか？　彼が犯人で間違いないという見立てですか？」

「んー」勝野刑事はもじゃもじゃ頭をがりがりと掻いた。「捜査情報は話せないんだけどね。……まあ、今のところはどちらとも、ね」

　葉が落ちるのではないかと余計な心配をしてしまう。

「司法解剖、しましたよね？　その結果はどうだったんですか？　森口さんは薬物を飲まされていたんですか。あと、肺の中も見たわけですよね」

「へえ。……よく知っているね。たいしたもんだ」

「調べましたから」

　僕は法医学の本を買い、警察捜査について調べ、付け焼き刃でもないよりはましだと、ここ三日間でできる限りの準備をしていた。火災現場から出た死体が「焼死」なのか「他の原因で死んだあと焼かれた」のかは、たとえば肺の中に煤を吸い込んでいるかどうかなどで区別ができるらしい。

「司法解剖の結果はまだ下りてきていない。……というより、私は所轄のいち刑事だからね。今の君なら知っていると思うけど、殺人事件のような重大事件の場合、県警本部が主役なんだ。私たち所轄の刑事課員は知らないことも多いんだよ」

「……でも、事故になりそうなのか米田さんの殺人になりそうなのか、ぐらいは」

「本当のところは上の人が決めるからね。……君の証言が影響を与えそうなものなら、もしかしたら県警本部の人を紹介した方がいいかもしれないけど、そこのとこはどうかな？」

注文した和風ハンバーグのプレートが来た。勝野刑事のカレーも同時に来たので、僕はフォークを取り、じゅわじゅわと肉汁の弾《はじ》けるハンバーグの誘惑に黙って身を任せることにした。

肉を咀嚼《そしゃく》しながら考える。予想したことだが、手強《てごわ》い。何も教えてくれないし、訊いても無駄そうな空気は作るし、それなのに結果としてこちらだけが喋るようにもっていかれる。

「僕は事件の夜、ある人が一人であることをしているのを見ました。森口さんが一人になった直後です」僕は作り話をした。「……ただ、それが事件に関係あるかどうか分からないし、どんな意味があるのかも分からない。だからまず米田さんに会って、あれがどういうことだったのか聞いてみたいんです。別に事件には関係ないことかもしれないのに下手に話したら、誰かに迷惑をかけるかもしれないので」

　勝野刑事は頷きながらカレーを食べている。

「今日も、そうしようと思って伺ったんですけど、なんか留置管理課でいきなり接見禁止って言われて」

「来る前に電話で確認した？　……そうか。そりゃ、すまなかったね」

　勝野刑事はあくまで平静なまま、ただカレーを食べ、失礼、と言ってドリンクバーに立ち、なぜかメロンソーダをなみなみと注《つ》いだグラスを二つ持ってきた。「どうぞ」

「……ありがとうございます」カレーと和風ハンバーグになぜメロンソーダなのだと思ったが、ありがたくいただく。「接見禁止って、いつ解かれるんですか？」

「うーん……私たちは、そこはどうもね。状況が変わってすぐ解けることもあるけど」勝野刑事は口の中が痛くならないのかというくらいの勢いでメロンソーダを一気飲みし、カレーを食べる。「一応、どんな感じのものを見たのか概要だけでも教えてくれないかな。でないと本部に取り次いだもんか、それすら判断できない」

　鉄壁だった。嘘の「証言」を餌に、バーターで捜査情報を訊き出そうと思ったが、やはりプロの刑事は甘くない。もちろん、勝野刑事が何も知らないように振る舞っているのも嘘ではある。所轄の刑事課員だって捜査本部の捜査員なのだから、捜査情報が全く下りてこない、などということはありえないはずだった。まして勝野刑事は「被疑者」の米田さんを逮捕して「自白」を取るという役割を演じているのだ。だが、そんなことはおくびにも出さない。事前に警察のことを色々調べていなかったら、諦めて降参しているところだった。仕方ない。少し強硬手段に出ることにする。

「調べたんで知ってますけど、接見禁止って逃走とか証拠隠滅のおそれがある時だけですよね？　米田さんは否認もしてないし、なんでなんですか？」

僕は体を起こして周囲をちらりと見回してみせ、他の客が周囲にいることをアピールした。必要であればここで大声で揉めてもいい。警察署の名前を出して騒げば、勝野刑事は多少なりとも困るだろう。「やばくないですか？　ご家族と弁護士、怒らないですか。準抗告とかされるんじゃ」

「んー。まあ、そういうのは本部の人が決めるからね」勝野刑事はカレーを食べながら、さらりと言った。「で、君の目的は米田馳さんの容疑を晴らすことかい？」

口に含んでいた水を思わず噴き出しそうになった。

駄目だった。押してもくすぐっても反応がない。それどころかどうも、こちらの意図は最初からすべて読まれていたらしい。

当然といえば当然だった。僕は二十歳そこそこのただの学生。相手はプロの刑事だ。むこうはきちんと米田さんに「さん」づけをして話す余裕すらあるのだ。

「米田馳さんは、協力してくれた波多野千歳さんの彼氏だったね」勝野刑事はスプーンで何やら大きな野菜をどかしている。ニンジンが嫌いらしい。「波多野千歳さんは、君の……？」

「大事な人です。世界で一番」ようやくはっきり言えた、と思う。「だからあの人の好きな人も助けたい。あの人自身がした推理が本当に穴がないのかどうか、検証したいんです」

勝野刑事はテーブルの真ん中あたりを見ている。

「申し訳ありませんが、捜査で得た情報を一部、教えていただくことはできませんか。もちろんよそには絶対に漏らしませんし、あなたから聞いた、ということも言わない。迷惑はかけません。代わりに、僕の見たものをお話しします。重要な証拠になるかもしれないものです」

こちらの思惑がばれている以上、まわりくどいやりとりをこれ以上しても無駄だった。それなら裏取引だ。勝野刑事個人の功名心に訴える。

だが勝野刑事は、呆《あき》れたような顔でふう、と、カレーのにおいのする息を吐いた。

「大事な人のため、か。すごいな、君」

勝野刑事はすっと立つとドリンクバーに行き、ゆっくり時間をかけて、なぜかまたメロンソーダのグラスを二つ持ってきた。

「……なんでこれなんですか？」さっきのをまだ飲み終わっていないのになぜこんななみなみと注いで持ってくるのだ。グラスを取ると、炭酸が弾けて噴き上がるせいで手が湿っていく。

「大人がメロンソーダなんて自販機で買うの、恥ずかしいだろ？　ここなら堂々と飲める」

なぜ僕にもメロンソーダなのかと訊いたのだが、勝野刑事は微笑んだ。

「普通ね、一般市民ってのは警察官を怖がるもんなんだ。下手に揉めたくない、睨《にら》まれたくない、とね。……君みたいな態度をとるのは大変な勇気がいることだ」勝野刑事はメロンソーダのグラスを取り、なみなみと注がれているそれをこぼさずに器用に飲んだ。

「星川君、宿は取ってるね？　ちょっとこの後、ドライブをしよう」

そして、僕の前のグラスに自分のグラスを、こつ、と軽く当ててきた。

2

駅前を離れてしまうとすぐ真っ暗で、林と農地の間を走りつつ一定間隔で街路灯の白が過ぎていくだけになる。気付きにくいほどなだらかながら上り坂が多くなってきたことや行く手の闇の中にうっすらと山の稜線《りょうせん》が見えることから、市街地を離れて山方向に走っていることは分かるのだが、どこに連れて行かれているのかはまだ判断できなかった。とはいえ、まさかこれから殺されて山中に埋められる、ということもないだろう。

僕はこっそり深呼吸して無用な心配を払った。パトカーではないが、僕が乗っているこれはどうやら捜査車両というやつでもあるらしい。犯罪には使うまい。

「悪いね。人前ではしにくい話になるから」勝野刑事はブロッコリー頭を揺らし、安全運転できちんとハンドルを握りつつ言う。「……ところで星川君、君は『男の約束』というやつをしたことがあるかい？」

「子供の頃、父と一度」

「じゃあこれが二度目だ。私は君を信用して、捜査情報その他を話す。部外者に漏らしたことがばれたら、私は処分される。一生出世はできなくなるだろうな。つまり私は自分の一生を賭けて君に話をするってわけだ。だから絶対秘密にしてほしい」

「もちろんです。ご迷惑はおかけしません」やはりこの人を選んでよかったと思う。

「男の約束です」

「了解した」勝野刑事は頷き、手を伸ばしてグローブボックスを探りながら、だしぬけに言った。「本件は殺人だ。司法解剖の結果、被害者である森口将紀《まさき》の肺からはわずかに煤が検出された。被害者は火災発生時、瀕死で動けない状態でありながら生きていたとみられている。直接の死因は広範囲の熱傷と一酸化炭素中毒。つまり焼死だな。死亡推定時刻は九月二十二日午前一時から五時頃まで。外傷も毒物も検出されなかったが、幸運にも腕の一部が第三度熱傷でとどまっていて、そこに不自然な注射痕があった。どうも拘束された上にアルコールを注射され、急性アルコール中毒で動けなくなっていたところに火をつけられたらしい」

やはりお姉ちゃんの推理は正しかったのだ。「だとすると、米田さんがその犯人だっていうことに？」

「なんといっても本人が自白してるからね」

勝野刑事はガムを出して一粒口に放り込むと、包みを僕に差し出した。いい歳してなぜグレープ味のフーセンガムなのかは措いておいて一ついただく。

「だが、今のところなぜか、自白以外に証拠が出てない。指紋も何もね。それに米田馳自身が、動機については口をつぐんでいる。そこが問題なんだ」

「僕も調べました。ネットだけなんで、本当かどうか分からないんですけど」捜査本部員ならとっくに知っているであろうことだ。全部勝野刑事に言わせることもないだろうと判断した。「森口さん……森口将紀って、父親が与党の大物でしょう。森口正美《まさみ》」

「調べてたか。たいしたもんだ」勝野刑事はガムを噛みながら運転している。勢いよく噛むと頭が動くのか、噛むのに合わせて頭の巻き毛がヘッドレストにこすれ、しゃりしゃりと音をたてている。「森口正美。現在は肩書きなしだが、数年前まではずっと与党の幹事長候補だった。有力者ってやつさ。経産大臣の右腕でね。現在でも一応は、将来の首相候補の一人として名前が挙がる」

「その息子が殺人事件の『関係者』として報道されるのは望ましくない。それどころか、もしその殺人に『もっともな』動機があった場合、『息子の不品行』としてスキャンダルになる。犯人にそれをばらされたら政権が揺らぐ」僕は溢れてくる唾液を飲み下しつつ続きを言った。ガムはベタっと甘いグレープの味がした。「だとしたら接見禁止、公判開始までずっと解けませんよね？」

「解けないね」

現在のところ、事件はほとんど報道されていないと言っていい。発生翌日の夕方のニュースで「ログキャビン火災　大学院生が死亡」という内容は報道されたが、死亡した「大学院生」の名前も出なければ、「出火の原因を調べています」とアナウンスされただけで、殺人事件の疑いなどは一切言及されなかった。事件か事故かがまだグレーだという扱いで、だから警察が発表を控えているのだろう、というぐらいに思っていたのだが。

「とすると、マスコミが何も報道しないのも……」

そういうことだったのだ。単に「失火」であっても、森口将紀の名前が出るのは「まずい」。ましてそれが殺人事件かもしれないとなれば、スキャンダルを恐れる有力者の立場に「配慮」して、マスコミが不自然に沈黙することはありうる。そして接見禁止にして、米田さんが「余計なことを言う」のを封じることも。

「でも、それってアリなんですか？　本来なら釈放されるべき人を勾留し続けるなんて明らかな人権侵害ですよ。警察・検察どころか裁判所までグルになって」

「アリなわけねーだろ。こういうのはな、正しい日本語で言えば『腐敗』ってんだ」勝野刑事は前を向いて安全運転のまま雑な口調になった。「否認事件でもないのにいきなり本部の連中が出てきて、抱え込んで何一つこっちに下ろしてこなくなった。異例だよ。『有力者の家』が絡んだ途端に異例づくしの特別扱いだ。それがこの国の水準なのさ」

勝野刑事が、話してくれるはずのない捜査情報をすんなり話す気になってくれた事情が分かった。森口将紀自身に何かあると分かった瞬間から、県警本部の最優先事項は事件の解決でも冤罪《えんざい》の防止でもなく「偉いセンセイに火の粉がかからないように事件を処理すること」になったのだ。そして勝野刑事にはそれが腹立たしくてならない。

「……だとしたら勝野さんは、正義の味方ですね」

「とんでもない。俺は普通の公務員だよ。公務員ってのは国民全員の奉仕者であって、一部のお偉いさんの奉仕者じゃない。腐敗に加担する奴の方が公務員としておかしいんだ」勝野刑事はウインカーを点け、丁寧に徐行して車を脇道に入れた。「だが好都合なことに今、本部の連中は逮捕中の被疑者につきっきりで、現場の保存は所轄に任されてる。俺たちがちょいとお邪魔したところで誰も何も言わない」

車が暗い道を上っていく。現場に向かっているのだとようやく気付いた。

どうやら、勝野刑事は協力してくれるらしい。だが僕は、思っていたより状況が困難だと知った。被害者の森口将紀に「殺されるような事情」があるなら、米田さんが本当に彼を殺したということも充分考えられることになる。そして捜査も難しい。今の状況では、米田さんとの接見は永久にできないし、起訴後の公判そのものが闇の中で処理されるかもしれない。米田さんが口封じに「留置場内で自殺」させられる、などということは、さすがにないと思うが。

県警本部。政治家。裁判所。検察。これまで別世界のものだと思っていた「権力」が、僕の前に立ちはだかっている。これが「事件」というやつなのだと思った。殺人という、本物の重大事件。こんなものに立ち向かうのか、と思う。だが、圧倒されている場合ではない。何でもすると決めたのだから。

夜の山の虫の音は相変わらず津波のようで、現場のキャビン群は事件時と同じ暗闇だというのに、なんだかずいぶんと時が経って様変わりしてしまったように見える。入口はドラマなどで見る「ＫＥＥＰ　ＯＵＴ」のテープで封鎖されていたが、勝野刑事の顔パスで僕も入れた。怪しまれたとしても別に構わない。現場から何か手がかりさえ得られれば。

「事件時の、いわゆるアリバイについては君たちから何度も聞いたわけだが」車から出したライトで足下を照らしつつ、勝野刑事が先を歩いていく。「どう見ても米田馳君以外に犯行ができたとは思えないぞ。何か知ってるのか？」

「いいえ。……すみません」僕は白状することにした。「ただ何か、見落としていることがある気がするんです」

半ば以上その答えは予想していたのだろう。勝野刑事は肩をすくめただけで、先に吊り橋を渡っていった。ごつごつと無遠慮な足取りに吊り橋が揺れる。僕はロープにつかまった。

実際に、状況は困難だった。現場は密室。そしてそれを解決する推理はすでに示されている。それを否定するとなると、名探偵である千歳お姉ちゃんを相手に勝たなくてはならないということになる。僕なんかにできるのだろうか。

さすがに今では鎮火したらしく、キャビンからはもう、注意して嗅がないと焦げたにおいはしなかった。床のどこが燃えて脆《もろ》くなっているか分からないから、と言われ、ライトで足下を慎重に照らしながら一歩一歩、室内へ進む。勝野刑事は言った。

「現場は確かに、まあ推理小説なんかで言うところの密室だった。このドアも鍵はきちんとかかっていたし、窓ガラスは割れているが雨戸も内側から鍵がかかっていた。鍵の焦げ方や変形の具合からして、火災発生時には確かにかかっていたらしい」暗くてよく見えないが、勝野刑事は包み紙にガムを包んでいるらしい。「私としては君と波多野さんと容疑者が踏み込んだ時、誰かがおかしな挙動をしていなかったか思い出してもらいたいところなんだけどね」

すり足で室内へ上がる。「……そういうのは、特には」

鍵がかかっていることは複数人で確かめたから、玄関ドアや雨戸を動かないようにしておいて、鍵がかかっているように見せかける、という方法も無理だ。では燃えた後でないと現場への出入りは絶対にできないのだろうか？　だとすれば、やはりトリックは、お姉ちゃんの推理したとおり「よそで燃やした死体を火災で開いた隙間から入れた」ということになる。

携帯の懐中電灯で壁を照らす。焦げて毛羽立った丸太の表面が光の中に浮かびあがる。千歳お姉ちゃんの推理したトリックを、そっくりそのまま別の人が実行できないかと考えてみる。だがたとえば事件の夜、古久保さんがベッドに身代わり人形を置いてロフトの窓から抜け出し犯行をした、などというのは無理がありすぎる（そちらの方がよっぽど目立つ）し、一場さんはお姉ちゃんのベッドで一緒に寝ていたというからもっと無理だ。どう考えてもこのトリックが実行可能なのは、火災発生後に自ら一人になった米田さんしかいない。

携帯で床を照らしながら歩く。もちろんもう床に死体はなく、白いテープで描かれた輪郭と化している。確かに床が一部、不自然に燃え残っている。千歳お姉ちゃんの推理が頭に蘇る。何から何まであれが正しい気がしてくる。

そもそも現場に残された不自然な点も、お姉ちゃんの推理を裏付けているのだった。燃え残った床は「死体の下に来る部分の床板があまりよく燃えていると不自然になるため、そうならないように犯人が濡らしたから」だし、犯人が手間とリスクを承知でわざわざ火をつけた理由もトリックのためだということになる。事件時の不自然な点がその推理と合致する。

僕はテープの横に立ち、携帯のライトを頭上に向けた。これもそうだ。「寝ぼけて煙草の火の不始末で失火」を起こしたはずの被害者の死体が、ベッド付近ではなく隅の壁際にあった。その理由は、その真上に屋根が燃えた隙間があるから。犯人は燃えている現場内で、ベッドの方まで死体を動かす余裕がなかったのだ。これもまた、お姉ちゃんの推理が正しいという証拠だった。

あらためて現場を見ると、お姉ちゃんの推理は本当に鉄壁だった。証拠による裏付けまであるのだ。別の推理をすることなど無理ではないか。

そう思ったのを、頭を振って否定する。考えるのをやめてはならない。千歳お姉ちゃんも昔、僕にそう教えてくれた。暗闇の中で深呼吸をし、口許に手をやって死体のあった場所にしゃがむ。

お姉ちゃんは推理の仕方を教えてくれた。一つ目。まず注目すべきは、「犯人に余裕があったかなかったか」だ。本件においては充分に余裕があった。この時期ここに宿泊することは恒例だったというし、僕以外は全員、昨年も参加し、被害者の行動パターンを知っている。そして被害者は昨年と同じように、一人でこのキャビンに泊まった。犯人からすれば、充分に手の込んだトリックが準備できる。

そして二つ目。「何でもいいからおかしいと思った点を挙げる」。これはさっきの通りだ。わざわざ現場を燃やしたこと、なのに火元付近の床が一部燃え残っていたこと、屋根の燃え落ちた隙間のちょうど真下に死体があったこと。

三つ目は「難問は分割せよ」だ。「密室の中の被害者にアルコールを注射して焼き殺す方法」と考えていては何も浮かばない。密室なのは玄関ドアと雨戸に内側から鍵がかかっていたから。それなら、玄関ドアと雨戸に鍵がかかっている状態で、室内からポケット内の財布のキーホルダーにしっかりとここの鍵がつけられた焼死体が出てくればいいのだ。

唇に自分の爪の感触が感じられる。脳細胞が急速回転しているのが分かる。

「……被害者の持っていた鍵ですが、キーホルダーから一度外されて、死体と一緒に燃えたように偽装されてたってことはないですか？」

「……ああ、それか」頭上から勝野刑事の声がする。「残念ながら、鑑識はそこも確認したよ。鍵は確かにこのキャビンのものだったし、財布はポケットに入った状態で、鍵はキーホルダーについた状態で、一緒に燃えたとみられるらしい」

「合鍵は……」

「もちろん管理人に確認した。鍵は厳重に管理されていたし、まず無理だろうね。同様に、錠前開けの技術でなんとかしたっていうのも、鍵のタイプからすれば困難らしい」

その通りだろう。事件時は犯人にとっても時間的余裕がない中での一発勝負になる。もっと確実な方法を選んだと考えるべきだ。

それなら……。

言いかけて、言葉が続かなかった。思いつかない。というより、どう考えてもお姉ちゃんの推理の方に収束していってしまう。当然だった。小学校の頃から、僕には怪奇現象としか思えないあれこれの謎を、千歳お姉ちゃんは鮮やかに解き明かしてきた。だが今はその千歳お姉ちゃんが相手なのだ。普通に考えて、ワトソンがホームズの上をいくなんて無理に決まっている。

そして、お姉ちゃんに教えてもらった推理法を試しても無意味だ。教えた本人がその推理法を用いて結論を出しているのだから。それなら、何か別の観点を自分で見つけなければならない。

何か、別の。それ以外の考え方を自分で探さなくては。

絶対に無理だという袋小路の感覚があった。頭が熱かった。さっき夕飯を食べたばかりなのに空腹感があった。勝野刑事もいつまで待っていてくれるか分からない。だが集中し続け、考え続けなければならなかった。何でもすると誓った以上、一秒たりとも気を抜くことはできない。

　僕は視線を上げた。四日前と同じように、屋根の隙間から星が見える。視線を落とした。目が慣れて、死体のあった付近が燃え残っているのが分かる。

　それを見て、待てよ、と思った。これはお姉ちゃんの推理を裏付ける証拠、だと思っていたが……。

　燃え残った範囲が少しおかしいのだ。お姉ちゃんの推理の通りなら、燃え残るのは死体の真下を中心になっていなければならない。だがよく見ると、位置が少しずれている。死体の周囲ではあるが、範囲も広すぎる。これは死体の下の部分を燃やさないようにするためというより、むしろ……。

　そしてこの時、僕は初めて経験した。パズルのピースがはまる感覚。方程式が解ける感覚。左右から掘っているトンネルが開通する感覚。どれでもいい。とにかく、それまでばらばらだったすべてが急速にエントロピーを収束させ、一斉に同じ方向を向く感覚だった。

　僕は立ち上がった。

「……勝野さん。一つ、お願いしたいことがあります」

「ん」勝野刑事は組んでいた腕をほどいた。「何か思い出した？」

僕は言った。

「いえ、思いつきました。本当のトリックも、犯人も」

僕は勝野刑事に、宿はキャンセルして大学に戻る、と伝えた。今から戻ると日付が変わる頃になってしまうだろうが、こうしている間も米田さんが拘束され続けている以上、「遅いからまた明日」とは言えない。僕が推理を話し、これから犯人と大学で会う、と伝えると、勝野刑事は「ちょっと待て。今、県外に出るって係長に報告する」と慌て始め、しかし大学まで車ではるばる送ってくれると言った。僕は「自宅に寄っていいですか」と頼んだ。千歳お姉ちゃんはまだ起きているだろう。

3

深夜零時を回っていたが、大学のキャンパスにはちらほら人影があった。遠くからは外で飲んでいるらしき人の声も響いてくる。

自分の大学だから、夜中のキャンパスは何度も見たことがある。春の花見の時は芝生にビニールシートを敷いてキャンパス内の桜を愛《め》でたし、近くのアパートに住んでいる友人と夜中まで飲んだ後、「外で飲み直そうぜ」という話になって夜中にやってきたこともある。アルバイト帰り、サークル棟に寄ったことも何度もある。真夜中でも安全で充分な照明があり、静かで、外界と区別されたリラックスできる広大なホーム。それが「自分の大学」のキャンパスだった。夜中、自由に出入りしていると、大学生ってなんて自由なんだ、と思う。

「……なんだか不思議な気分だね」

隣を歩く千歳お姉ちゃんが言う。「みーくんと一緒に、うちの大学を歩いてるなんて。……入学式の時も言ったけど」

「僕も不思議だよ」お姉ちゃんは慌てて着替えて出てきたわけだが、隣でこうして見るとやっぱり綺麗で、同じ大学の学生として並んで歩いているということが嬉しかった。「でも、僕にとっても『うちの大学』だから。もう子供じゃないし、先輩と後輩」

もう「千歳お姉ちゃん」ではないと思う。その呼び方は僕にとってずっと、一方的に与えてくれる相手への甘えの象徴だった。優しい千歳お姉ちゃん。助けてくれるし、甘えさせてくれるし、いつも僕の様子を窺っていて、困っていたらすぐに気付いてくれる千歳お姉ちゃん。もう、そうではないと思う。今度は僕が彼女を助ける。そしてこれからは、片方が困っていたらもう片方が助けるという、対等な関係になれるかもしれない。もしこれがうまくいったら。

僕たちはキャンパスの中央広場の真ん中、大学創立に関わった某偉人の胸像のところに向かっている。犯人をそこに呼び出した。逃げるかもしれないと思ったが、犯人は承諾した。逃げる方が容疑が強まると踏んだか、それとももう、さして逃げ続ける必要を感じていないのか。何の罪もない米田さんが今も収監され続けているというのは、犯人にとっても予想外で、罪悪感があるのだろう。

銅像の横には街路灯があり、夜も光が当たっている。そのおかげで遠くからでも見えた。来ている。

千歳お姉ちゃんが——千歳さんがそれに気付き、窺うように僕を見る。僕は頷いてみせた。

静まりきった真夜中のキャンパス。暗くて広大な芝生の中に、そこだけぽつんと光る街路灯の白。その下で顔を上げ、何をするでもなくただ気をつけをして立っている彼女は、何かひどく非現実的な存在に見えた。だが彼女は現実の殺人犯だ。僕は声をかける。

「夜中に呼び出してすみません。一場さん」

一場さんは無表情で僕と千歳さんを見比べた。用件についてはざっと伝えたが、事件時も僕たち二人が何かやっていて、結果、米田さんが逮捕されたということは見ていたはずである。あるいはこの人も、その時点である程度は覚悟を決めていたのかもしれない。

「現在、米田馳さんはまだ警察署の留置場に収監されています。容疑者として」僕は言い、一場さんを見た。「本当はあなたがあそこにいるべきですよね」

千歳さんは僕の隣で、口許に手をやって考えていた。僕は彼女に対し、「真犯人が分かったから会いにいく」と伝えただけだ。だが一場さんは現に来ている。そのことで千歳さんもまた、一度出した結論を全力で再検討し始めたのだろう。思案する彼女の口から呟きが漏れる。「……でも、一場さんは火災発生後、一人になってはいない……」

「その必要はなかったんだ。犯人が用いたのは、千歳さんが推理したのとは別のトリック」その犯人本人がここにいるので、直接尋ねることにする。「……ですよね？　一場さん」

一場さんは目を細めて僕を見る。千歳さんではなく僕の方が喋りだしたことが予想外だったのかもしれない。

「この事件には不審な点がいくつかありました。そもそも犯人がわざわざ火をつけたこと。火元付近の床が不自然に燃え残り、千歳さんの証言によれば火災後にやや湿っていたこと。森口さんの死体がベッド付近でなく、ソファのむこう側の隅、ちょうど屋根が燃えて隙間ができている部分の真下にあったこと」

一場さんは千歳さんの推理を聞いていないから、その点については初めて指摘されたのだろう。屋根の隙間、という言葉に反応して、少し驚いたようだった。

「それらから、千歳さんはある推理をしました。犯人はあらかじめ殺害していた森口さんの死体をキャビンの外で燃やし、火災発生後に室内に運び込むことで、室内で焼死したように見せかけたのではないか、と。だとすれば犯人は、火災発生後に一人になった米田馳さんしかいなくなるわけですけど」

千歳さんは自分で考えるより僕の話を聞くことを優先したようで、こちらをじっと見ている。大丈夫なのかと心配するとか、疑うとかいった表情ではなく、純粋に聞きたがっているようだった。たぶん、この知的好奇心こそが彼女の中核なのだと思う。

「ただ、そう考えてみると不自然な点が一つありました。この推理によると、犯人は火災発生後に森口さんの死体をキャビン内に移動させるだけでなく、火災発生前にあらかじめ森口さんのキャビンを訪ね、アルコールを注射して彼を抗拒不能状態にし、焼き殺さなければなりません」

僕は喋りながら、一場さんの表情を見ていた。「アルコールを注射」という言葉にも反応したな、と思う。やはり明るいこの場所に呼び出したのは正解だったようだ。

「問題は、その時間が犯人にあったかという点です。確かに事件の夜、森口さんは早い段階で潰れて現場に移動していますから、その後僕たち全員に、一人になる時間がありました。森口さんのキャビンを訪ねて窓を割って侵入、彼を拘束してアルコールを注射し、運び出して焼き殺すとなると三十分はみないといけませんが、そのくらいは全員、一人になる時間がありました」

大きな蛾が飛んできて街路灯にぶつかった。遠くから、外で飲んでいる学生たちの歌が聞こえてくる。〈ルパン三世のテーマ〉であり、殺害される直前、酔っぱらった森口将紀もこれを歌っていたなと思い出す。

「ですが、米田馳さんが犯人だとすると、一つおかしなことがあります。彼はあの晩、僕と一緒に風呂に入っているんです。それも僕のすぐ後から、追いかけるように入ってきた。……まあ、ちょっと話をするためだったんですけど」

千歳さんの教えてくれた推理法。それをもとに、僕も自分の推理法を考えてみた。容疑者が絞られているなら、一人ずつ丁寧に洗っていくのはどうだろうか、と。一人一人の行動を追い、その人の「特殊性」つまり、他の人と行動が違ったり、持ち物や能力の違う点を洗い出していき、その中から犯行に有利そうなものを探していくのだ。

たとえば米田さんは、千歳さんも指摘したとおり、火災発生後に自ら一人になっている。消火活動では指揮を執り、いち早く、僕たちの動きをある程度コントロールできる立場になった。古久保さんはどうだろうか？　彼は他の人と比べてずっと被害者と親しく、その行動パターンを知っていたし、被害者も油断していただろう。また、誰がどのキャビンに泊まるか割り振ったのは彼だ。

では、この一場さんは。……すぐには何も思い浮かばなかったのだが、米田さんが僕と一緒に風呂に入った、と思い出した時、一緒に見つけた。彼女は最後に、、、風呂に入った。

それが彼女の「特殊性」だ。

そしてこの三人の特殊性を並べ、それらがトリックのために必要だったと仮定して、一人ずつ犯行方法を考えてみる。米田さんの「火災発生後に一人になった」という特殊性は、やはり千歳さんの考えたトリックにつながる。古久保さんの「誰がどのキャビンに泊まるか割り振った」という特殊性が重要だとすれば、たとえば僕たちのキャビンと被害者のキャビンの位置関係とか、就寝後のアリバイにトリックを仕込む余地がありそうだ。だが古久保さんの割り振り方は何も考えずにやればその通りになるだろうという自然なものだった。

それなら一場さんの「最後に風呂に入った」という特殊性は、何かのヒントになるだろうか。僕はそれについて考えた。そしてそれは直接にトリックを示唆するものではなかったが、米田さんが犯人ではないと考える根拠になった。

「僕たちは皆、一緒にいました。好きなタイミングで三十分ほど確実に一人になれて、しかも誰も不審に思って探しにきたりしないような状況というのは、実は難しいです。思いつくのはトイレか入浴ぐらいですが、全員飲んでいましたから、三十分もトイレに行ったまま戻ってこなかったら、誰かが様子を見にくる危険が大きい。つまり、自然に一人になる口実なんて入浴くらいしかないんです」

そして一場さんは最後に入浴した。つまり、後から他の人が大浴場に来る危険がなかった。宴会の間、ずっと酔って千歳さんにくっついていたのも、入浴を最後にするための演技だろう。あんなに酔っぱらっている人に「風呂入ってこい」とは誰も言えないからだ。

「米田さんが犯人なら、恰好の口実である『入浴』のチャンスをわざわざ潰すのはおかしいです。古久保さんも僕たちより先に、一番に風呂に入っています。最後まで風呂に行かず、他の人が見にこなそうなタイミングを待っていたのは一場さん、あなただけなんです」

一場さんは目を細めて僕を見ている。その表情で分かった。彼女にはもう、あくまで否認するというつもりはないようだ。

かわりに口を開いたのは千歳さんだった。

「でも、みーくん。一場さんは火事の間、私とずっと一緒にいたよ……？」

「それでよかったんだ。一場さんはあの時点でもう、やるべきことはすべて終えていた。夜中、遠隔操作でキャビンに火をつけた時点で」

「……っていうことは、森口さんの死体は移されたりしないで、最初からキャビン内にあったの？」

さすがに理解が早い。口頭で一回説明しただけで何の補足説明もいらないというのは、地味ながらすごいことだと思う。

「この事件の特殊性は、現場が燃えていたこと。現場は密室だったけど、燃えた後は隙間があった」

僕がそこまで言うと、千歳さんは目を見開いた。「……あ！」

「うん。気付いたんだ。それなら現場の一部を先に燃やして穴を開けておけばいい、って」

一場さんが観念したように目を閉じる。大きな蛾がさっとその前を横切って飛び、暗闇に消えた。

「一場さんは現場のキャビンを二度燃やしたんだ。風呂に入ると言ってキャビンに向かい、窓を割って侵入。森口さんをスタンガンか何かで拘束した後、腕の血管にアルコールを注射して動けなくさせた上で、屋根の隅に火をつけた。火は通常、上方向に向かって燃え広がるものだし、千歳さんも言っていた通り、ログハウスは丸太の壁より屋根の木材の方がはるかに燃えやすいから、屋根の一部が燃えて隙間ができても、壁の損傷はそれほどひどくなかったはずだ。一場さんはそれを一旦消火した後、被害者の体の横に携帯を使った発火装置を仕掛け、内側から玄関と雨戸に鍵をかけると、自分は屋根の隙間から脱出した。あとはただ待っているだけでいい。二度目の火災も一度目のそれと同じあたりから始まるから、一度目の火災で燃えた跡を塗り潰して全体に広がる。僕たちが火災に気付いたのはその後だった」

そう考えてみると、おそらく犯行時刻は僕たちが「森口さんの電話」で呼び出され、鍵がかかっていることを確認するより前だったということになる。あの時、屋根に異状がないかまで慎重に確認していたら、すぐにトリックに気づけたのかもしれなかった。だが常識としてそんなことをする人間はいないし、真夜中の闇の中では、多少屋根付近が焦げて変色していても分からなかっただろう。

千歳さんは深く息を吐いた。

「……私、勘違いしてたんだね」

彼女は確かに「不審点」を見つけていた。そもそも犯人が火をつけた点から始まり、床の一部が燃え残っていた点と、死体がなぜか、燃えて隙間ができた部分の真下にあった点だ。彼女はそれを「トリックのため」「死体の下の床が他同様に燃えてしまうのを防ぐために水を撒いたから」「死体を穴からまっすぐに降ろしたから」と読んだ。しかし実際は違ったのだ。火をつけられた理由についてはその通りだったが、床が燃え残ったのは「一度目の火災を消火したさいに濡れた」ためだったし、死体が隙間の真下にあったのは、「屋根の隙間の部分が確実に燃えてくれるよう、火元をその真下に設定した」からだ。

これで推理が成り立つ。密室の謎を解き、しかも米田さんが犯人でないという推理が。そしてそれは、千歳さんの推理より事実によく合っている。

「……他殺だってすぐに見抜かれたから、正直、驚いてました。でも、波多野さんは頭がいいから、それもありうるかなって」一場さんは僕を見た。「……まさかもう一人、そんなことができる人がいたなんて」

普通はいないだろう。火災で人が、それも数時間前まで一緒に飲んでいた人が死んで、そこから「犯人捜し」をして「トリック」を解き明かそうとする人間など。僕も自分にそんなことができるとは思っていなかった。千歳さんに育てられたのだろうと思う。何事が起こっても冷静に論理的に、感情を排除して物事に対処する態度は、この人から学んだ。

「……森口将紀に何をされたんですか?」

彼女が話しやすいよう、被害者を呼び捨てにしてみる。だが一場さんは首を振った。

「何もされていない。私自身は」

僕が想像したのはレイプだった。金や権力を用いた揉み消しが最も横行しているのがそれだからだ。だが一場さんが口にしたのは「危険運転致死」という罪名だった。

「まさか……」最後の晩、飲んでいた森口将紀の様子を思い出す。「飲酒運転……?」

「四年前、森口将紀は飲酒運転で事故を起こし、当時七十代だった男性一名を殺害しています」一場さんはニュース原稿を読むように言った。「目撃証言やタイヤのスリップ痕、それにナンバー照会で確認した車両に残った痕跡などから、警察は一度は森口将紀を逮捕しました」

飲酒運転による死亡事故。悪質性においては殺人と大差ない。だが当時、そういうニュースがあっただろうか。

「ですがその後、なぜか警察は森口将紀を釈放し、以後、事件については被疑者不明のまま、今でも未解決扱いです。おそらくもう捜査なんてしていないでしょう。私たちには何も知らされていませんけど」

「被害者の男性っていうのは……」

「隣に住んでいたおじいちゃん、です。私にとっては」一場さんはそこで初めて、感情を隠そうとする様子で俯いた。「両親が共働きだったので、よくそこに預けられていました。うちの祖父母はすでに亡くなっていたり親と仲が悪かったりで、ほとんど会った記憶もないから、隣の二人がおじいちゃんとおばあちゃんみたいなものでしたし、小さい頃は本気でそう信じてもいました。……最初の頃は、おばあちゃんのところにも刑事が来てたんです。証拠がはっきり見つかっている。車も見つかったからもう少しだ、って、おばあちゃんに報告してくれました。犯人は絶対逃がさないからって」

当然だと思う。それだけはっきりとした物証が揃っていれば、裁判でもまず負けない。

「事故当時の飲酒が確認できなくて危険運転致死に問えない、っていうならまだ、分かりますけど……」

「そんな生ぬるいことじゃなかったんですよ。絶対確実な証拠が揃っていたのに、突然森口は釈放されて、捜査が打ち切りになったんです。刑事も、それからは一度も来てくれなかった。私は親やおばあちゃんと一緒に警察署に問い合わせました。どうなってるんですかって。何の回答もありませんでした。まだ捜査中です、って言うだけで」

今回の事件もそうだった。突然何も教えてくれなくなるのだ。有力者が絡んでいると分かった途端に。

「でも、ちょっと待って」千歳さんが言った。「不起訴処分なら、検察審査会に中立ができるよね？」

「そのくらい考えましたよ」一場さんは苛ついたように声を荒げた。「あれは検察の『不起訴処分』に対する制度なんです。警察が捜査しているだけの段階じゃどうしようもないんですよ。そんなことも知らないんですか？」

つまり、県警の方に圧力がかかったことになる。官僚か議員、いずれかのルートで。ぞっとする話だった。警察が捜査をしてくれなくなったら、僕たち一般市民はもはやどうしようもない。犯人は無罪放免だ。たとえ人を殺しても。そういうことが、この国で起こったのだ。

「……一場さんの地元って、どこの県警？」

「それ言ってどうするんですか？　どうせもうとっくに証拠は捨てられてます。捜査をする警察が事件を隠蔽しようとしてるんですよ？」一場さんは僕たちに怒りをぶつけるかのように怒鳴り声になる。「私たちは何年も、探偵も弁護士も使って、何が起こっているのかを調べようとしました。分かったのは森口将紀の父親が与党の有力政治家だっ たっていうことと、事件の揉み消しの後、捜査の打ち切りを指示した当時の県警本部長が、普通より早く昇進してるってことぐらいです」

さっき飛んでいったはずの蛾がまた戻ってきて、ぶうん、と羽音を残して僕の顔の前を横切る。勝野刑事も言っていたことだった。「腐敗」。与党の有力者にとって不都合なことを公的機関が揉み消す。そしてその見返りに、揉み消しを指示した人間が出世する。

そして現状を見るに、その腐敗は間違いなくマスコミにも及んでいる。四年前の件は「飲酒運転による死亡事故」なのだから、大きく報道されていて然るべきだった。そして今回の事件など「大学院生が焼死」というセンセーショナルな事件なのだ。たとえ殺人事件が「疑惑段階」だったとしても、普通なら当然、報道されている。だが現在のところ、それが全くない。テレビも、新聞も。この国のマスコミは、権力者に都合の悪いことは報道しない。

「警察がやらないなら、私が森口将紀に判決を下すことにしました。私は勉強、得意なんで、この大学に入るくらい簡単でしたし。……被告人は飲酒運転によりおじいちゃんを死亡させた上、救護義務に違反して逃走。それに加えて、父親の力を使って行政を歪め、罪を逃れようとしたわけですから……」一場さんは顔を上げた。「……死刑、です。絞首なんていう楽な方法ではなく『焼死刑』が相当ですよ。揉み消しの主犯である森口正美にも思い知ってもらわないと。自分が汚いことをしたせいで、息子がどれだけ苦しんで死ぬ羽目になったかを」

「……でも、実際に逮捕されているのは米田さんです」

僕はそう言ったが、言ってどうなるのか、という気もしていた。これまで、僕の目的は米田さんを釈放させることで、それ以外はどうでもいいと考えていた。だが、突きつけられたものがあまりに重い。

「こんな結果になるなんて思っていませんでした。私は犯行時、大浴場から抜け出して現場に向かう時に、米田さんに見られていました。あとで何か言われるかもしれないと思ってましたけど、まさか、黙って罪を被るなんて……」

それでも、そこだけは気が咎める部分があるのだろう。一場さんは目を伏せた。

「馳さんから聞いたことがある。『森口さんは昔、飲酒運転で事故を起こしたことがある』って」千歳さんが口を開いた。「『どういう事故なのかは分からなかったけど、特に免許停止にも何もならなかったから、きっと父親が何かしたんだろう』って……。今回の旅行だって、森口将紀が運転することに、馳さんは抵抗があったみたい。お酒を飲むことにも」

千歳さんは、まるで自分の方が被疑者であるかのように弱い声になった。

「馳さんは口には出さなかったけど、悩んでたのかも。当時からつきあいはあったから……森口さんが平気で飲酒運転をすることも知ってたのかも。それで責任を感じていたとしたら……罪を被るくらい、しそうな気がする。あの人なら」

僕も思い出した。森口将紀は事件時、飲酒に関して全く抵抗がないようで、自由に酔っぱらいの醜態を晒《さら》していた。それどころか車を運転して「買い物に行ってくる」とまで言っていたのだ。四年前、飲酒運転で人を殺したにもかかわらず全く反省していない。おそらく「親父《おやじ》のおかげで助かったけど、あの時はヤバかった」程度にしか思っていないのではないか。

そしてそれを、一場さんは目の当たりにした。もう少し殊勝に振る舞っていれば、あるいは殺人を思い留まっていた可能性もあったかもしれない。

クソだ、と思う。そして今も県警によって特別扱いされている。僕はどうしても考えてしまう。米田さんの容疑は解くとして、一場さんが捕まらないで済む方法はないだろうか？　森口将紀は勝手に死んだ。「酒」で自らも滅ぼした。それでいいのではないか。

そして、同じことを一場さんも口にした。

「言っておきますけど、私、たぶん逮捕されませんよ。事件が明るみになったら、私は必ず法廷で、その動機を話しますから。森口正美にとってはその方がまずいでしょう。

森口将紀は『事故死』になるはずです。そうなる口実を与えてあげるために密室にしたんですから」

　街路灯の明かりに半分だけ照らされた一場さんの口許が、ぐっと歪むのが見えた。

「警察や検察が腐敗している限り、この事件は解決できないようになっているんです。犯人を特定したら、その犯人が森口将紀の犯罪を公表するから。すごくないですか？　これこそ本物の、完璧な『完全犯罪』ですよ。こうやるんですよ。完全犯罪っていうのは」

　街路灯に白く照らされて、一場さんはあははははと笑う。人間の生の情念というものを、初めて見た気がした。白い炎を纏っているように見えた。

「いい気味ですよね。森口正美は、昔、自分が利用した腐敗のせいで、今度は自分が動けなくなるんです。息子を焼き殺されても裁判に訴えることすらできない。それがどんな気分か、思い知るんじゃないですか？　偉いセンセイにはいい社会勉強ですよ」

　僕は理解した。彼女の本当の目的はこれだったのだ。トリックなど解かれてもよかった。森口将紀に事件を揉み消した過去がある以上、どうやっても自分が逮捕されることはない。トリックは単に、警察にそういう判断をさせるためのお手伝いに過ぎなかった。そして森口将紀に「焼死」という苦しい死に方をさせる「ついで」だった。

　……それでも。

一場さんの発する白い炎の中で、僕は拳を握った。流されてはならなかった。僕には僕のすべきことがある。

「……申し訳ありませんが、あなたには絶対に逮捕されてもらいます。米田さんの容疑を晴らさないといけないんで」

僕はそう言い、隣の千歳さんに頷きかけた。千歳さんがポケットからＩＣレコーダーを出す。

録音されているとは思っていなかったのだろう。一場さんは目を見開いた。喋る僕の方が注目されるだろうと思い、千歳さんにＩＣレコーダーを渡しておいたのは正解だったようだ。

「今の話は、法廷でもう一度してください。もしそれができなくなったら、僕がこの録音を公表します。マスコミにも渡しますが、ネットにも直接流す。海外のメディアに訴えるっていう手もあります。絶対に『なかったこと』にはさせませんから」

「心配すんな。さすがにそうはならないよ」

声がして、後ろの暗がりから、ブロッコリー頭をがりがり掻きながら勝野刑事が出てきた。警察官は伝統的に大学ってとこからは嫌われるから、と言って、門の外で待っていたはずだったのだが。

「さすがにここまでになりゃ、警察も動く。揉み消すにも限界ってもんがあるからな」

勝野刑事は一場さんの前に来て、やれやれという顔で言った。

「とりあえず任意だけど、署まで同行してくれるかな？　君だって米田馳が勾留されてるのは、申し訳ないと思ってるだろう。それを解いて、あとはこの国の良心に訴えてくれ」

勝野刑事が街路灯の光に照らした身分証を見せても、一場さんは特に戸惑う様子はなかった。

「『良心』……」彼女はうすく笑った。「存在しないものに、どう訴えろと？」

勝野刑事は言った。

「お偉いさんの、じゃない。この国の、だよ」

※

一場さんはそのまま連行され、翌日、逮捕された。彼女は容疑を認めただけでなく、彼女の自宅からは発火装置を作ったとみられる工具類や材料が、さらに自室のパソコンからは、犯行計画を記した日記が発見された。米田馳さんはその翌日、釈放されて自宅に帰った。

捜査は一気に進展したはずだったが、立件されるかどうかは不透明だった。しかしその翌日に状況が一変する。

大手ＳＮＳ、動画サイト、匿名掲示板に、同時にある動画ファイルが流されたのだった。それは事件の容疑者である一場さん自身が、マスコミにはほとんど取り上げられなかった「失火」事件の詳細とその動機、森口将紀による危険運転致死事件とその扱いについて告発するもので、彼女が逮捕される前、この状況を想定してネット上に仕掛けていたものだった。

それで、ようやく社会がこの「事件」に気付いた。まずネット上で、本「失火」事件の不自然さや県警の不可解な動きが噂され始め、一場さんの言う「おじいちゃん」こと田川守雄《たがわもりお》さんの死亡事故についても裏が取られた。まずネットニュースが、次いで週刊誌が四年前と今回の事件の「闇」を取り上げ始め、森口将紀と森口正美の名前も取り沙汰されるようになった。政府はこのファイルを「怪文書の類」と決めつけ、野党の追及もはぐらかし続けたが、この頃になってようやく新聞やテレビでも事件について触れられるようになり、田川守雄さんの死亡事故の記録と、その捜査記録が不自然に破棄されていること、さらには当時捜査に当たった刑事が残していたメモがどこからともなく発見され、事件の一ヶ月後には、一場さんの言う「復讐《ふくしゅう》」の全貌もマスコミが把握するところとなった。

政権にとっては大スキャンダルだが、それを裏付ける証拠があちこちに残っているとあって、マスコミはようやく本来の動きを取り戻した。一方、関係者である僕と千歳さんは、身を縮めるようにして世間の喧噪から逃れた。うちに取材がくることもあったがすべて断り、「ただ現場に居合わせた者」以上の見方をされぬよう注意した。それが正しいことだったのかどうかは今でも分からない。権力にたてついて気にくわないという理由で投げつけられる自身と家族への誹謗《ひぼう》中傷、無言電話の被害。就活での不利益や親が受ける職場からの圧力。そういったものをすべて引き受けてでも、一場さんの訴えを世間に知らしめるための「運動」をすべきだったかもしれない。だが結局、僕たちはもともと傍観者だったのだ。僕たちが事件を解決しなくてもいずれ一場さんはどこかで動いていただろうし、僕たち自身も、一場さんから直接話を聞いた、という以外には何も情報など持っていなかった。

事件はすでに僕たちの手を離れている。あとは流れに任せるしかなかった。

だが僕には、もう一つだけ確かめておきたいことがあった。

例年通りのテンポで秋が深まり、大学は後期の授業が始まっていた。僕は五限の授業が終わった後、人の来なそうな空き教室を探し、そこで米田馳さんと会うことにした。

窓の外に見える空にはまだ明るさが残っていたが、電灯を点けない教室で本を読むのはそろそろ無理になってきたようだ。僕は薄暗い大教室で一人立ち上がり、電灯のスイッチを一つだけ押して教室を手前半分だけ明るくした。高校までだったら見回りの教師に見つかって「帰れ」と言われる時間帯だが、大学生はこうして勝手に教室を使っていても誰にも何も言われない。本当に自由だと思う。

最前列の席に戻って本の続きを読もうと思ったら、後ろで戸ががらりと開いて、米田さんが入ってきた。

「お疲れ様です」

「……うん。待たせたかな」

「いいえ。本、読んでましたから」

米田さんはそこらの机にバッグを置くと、僕の読んでいた文庫本を見て「ふうん、山《やま》本文緒《もとふみお》」と呟いた。「工学部らしからぬチョイスだね」

「そうなんですか?」文庫本を閉じる。「……文学とか美術とか、そういうのもわりと千歳さんから教わった気がします」

「彼女は関心が幅広いからな」米田さんはちょっと目をそらした。「で、何か話があるって?」

「確認です」

突っ立っていることもないので、僕は文庫本をバッグにしまって席に着いた。「……あなたがなぜ、一場さんの身代わりになろうとまで思ったのか。それが気になってたので」

おそらく、その話になることは予想していたのだろう。米田さんは小さく溜め息をつくと、入口の戸をちらりと振り返り、閉まっていることを確かめた。人に聞かせる話ではないし、誰か入ってきたら面倒だ。それは僕も承知していたので、手短に片付けることにした。確認がとれれば充分だ。

「……一事不再理《いちじふさいり》ですか？　刑事裁判の既判力《きはんりょく》？」

「よく知ってるね」

「勉強しましたから」

「……俺もそれに助けられたんだよな」米田さんは僕の前に来て、きちんと背筋を伸ばしてから深く頭を下げた。「……まだ、こうしてちゃんと向きあって礼を言ったことはなかった気がする。本当にありがとう」

「いえ。……僕が事件を解決しようがしまいが、同じ結果になった気もします」米田さんを見上げる。「米田さんも、そう予想していたんですよね？」

「……一応、なんとなくは、ね」

日本の刑事訴訟には「一事不再理の原則」というものがある。一つの事件について一度判決が出たら、同じ事件では二度と裁判をしない、という原則だ。一度無罪になった事件で何度も何度も「今度こそは」と起訴し直されるようでは被告人はいつまで経っても安心できないし、そもそもそれでは判決を出した意味がないからだ。

事件の時、千歳さんに「犯人だ」と指摘された米田さんの頭に浮かんだのがこれだったようだ。つまり、そのまま米田さんが「自白」をして逮捕されれば、もし起訴されたとしても、裁判中に否認に転じればおそらく無罪になる。なぜなら米田さんは犯人ではない以上、自白以外の証拠は何一つ出ないはずだからだ。そして判決が出る場合、おそらく裁判所は「そもそも放火の事実があったとはいえない」と結論づける。事件の存在自体が判決で否定された以上、有力な新証拠がない限り、同じ事件で一場さんが改めて起訴されることはないだろう。彼女は絶対に安全な立場になる。検察が賢明で、米田さんを起訴しなかったとしても、警察の捜査は彼が犯人だと裏付ける物証の捜索に集中するから、やはり一場さんは安全になる。

米田さんはそう計算したのだ。千歳さんの推理を聞いてから、勝野刑事がやってくるまでの、あの短い時間で。

前に立っている米田さんを見る。推理を披露する機会がないだけで、もしかしてこの人も、千歳さん並みの名探偵なのではないか。だが。

「……あなたが犯人だと指摘した時、千歳さんは、『違う』と言ってもらいたかったはずですけど」

「……そうなんだよな」米田さんは俯いて肩を落とし、少し離れた机にどか、と座った。

「うまくすれば一場さんを守れる、って思いついちまって、そこまで頭が回らなかった」

「なぜ、そこまでして一場さんを庇《かば》おうと思ったんですか?」

「訊いたんだよ。大浴場から抜け出して、犯行を終えた彼女が戻ってくる時に捉まえて。明らかに不審な様子だったからな。しつこく問い質したら、彼女が言った。『森口将紀は人殺しだ』ってな。『飲酒運転か』って言ったら、事情を話してくれた。もっとも……まさかそいつを今、殺してきたところだとは知らなかったが」

「だからって、なぜあそこまで」

他人事《ひとごと》じゃないか、という冷酷な言葉が出かかり、僕は口を閉じる。

大教室が静かになる。

からり、と戸が細く開き、男子学生の二人組がこちらを覗き込んできた。何かの用事で人のいない教室を探していた様子の二人組は、僕と目が合うと会釈して戸を閉め、足音を残して去っていった。

最前列の机に座って俯いたままの米田さんは、そちらをちらりと見てから言った。

「……俺も一緒に飲んでたんだ。四年前のあの時。一緒に飲んで、酔っぱらった森口さんの運転でアパートまで送ってもらっていた」

「あの時、って……」訊くまでもない。「それで、田川守雄さんが事故に?」

「ああ。送ってもらって、その後、森口さんは一人で運転して、自宅に帰るところだった。たぶん、そこで事故を起こした。……もっとも、俺がそのことを知ったのはだいぶ後になってからだったけどな。森口さんが大学に来なくなって、どこからか交通事故を起こしたって噂がたった。それでもまさか、人を殺していたとは思わなかった。森口さんは翌月には、平然として大学に出てきてたしな」

森口将紀は全く反省していなかった。一場さんの言った通りなのだ。

「……ヤバいってのは分かってたんだ。俺だけでなく、みんな。何かあったら責任取れないからって、森口さんの車に乗らない人もいた。だが俺たち後輩は断れなかった。酔っぱらうとわりと強引なんだ、あの人は。だから……『多少手元は怪しいけど、まあ大丈夫だろう』と思うことにしていた」

そんなことはありえない。運転時はわずかな飲酒であっても反応が有意に遅れ、注意力が下がるということが実験で確かめられている。まして傍から見て「手元が怪しい」と分かるレベルなら、それで車を運転するのは、人混みで目をつむって刃物を振り回すようなものだ。

「……俺は一応、止めようとはした。危ないからうちに泊まっていってください、とも頼んだ。だが強くは頼まなかった。うちのアパートには駐車場がないとか、そんなつまらない理由で。……その結果が、これだ」

だから、米田さんは一場さんの罪をかぶることにした。

これだけ頭の回る人のことだ。四年前、森口将紀の起こした「交通事故」が実は物損程度でないということも、薄々勘づいていたのではないか。そしておそらくずっと自問していた。あの日、森口将紀はどんな事故を起こしたのか。自分は何に加担してしまったのか。事件の夜、その答えを一場さんから聞いた。あるいは、もし千歳さんの推理がなかったら、米田さんはもっと積極的に、彼女を庇うための何かをしていたかもしれない。そして、この人なら何か思いつくだろう。警察を欺く手段を。

僕は、俯いている米田さんの横顔を見る。知性と知識。洞察力と判断力。そして、責任感のあり方まで。この人は千歳さんに似ている。だとしたら、もしかして二人はお似合いなのかもしれなかった。

だが事件後、千歳さんの話に米田さんの名前が出なくなっていた。そのことを思い出した。

※

そしてまた日常が始まった。

事件の騒ぎは、日が経つにつれ沈静化していった。国民は不正に怒る者と無関心の者と、なぜか不正を擁護《ようご》する者に分断され、当初は政権がひっくり返るという予想もされていたが、結局、そうはならなかった。森口将紀の飲酒運転事故揉み消しについては野党も国会で追及したが、与党がいつまで経ってもまともな答弁をせず、現在は出世して警察庁総務部長となっている当時の県警本部長の国会招致もされないまま国会の空転が続くと、国民の関心は徐々に失われていき、当時の県警本部長が退職したことをもってこの事件は「終わったこと」にされた。それと前後して、一場さんには有罪判決が出た。僕はそれをテレビのニュースで知った。

それから少しした晩秋のある日、僕は大学でばったり会った米田さんからカフェテリアに誘われ、千歳さんと別れたという話を聞いた。

この時すでに、米田さんは一般企業への就職が、千歳さんは修士時代から目をつけられていたらしいという他大学の教授の誘いで助手として就職することが、それぞれ決まっていた。交際を続けることに支障はなかったはずだが、米田さんの方から別れを切りだしたのだという。そして千歳さんはそれを承諾した。最終的に間違いだったとはいえ、千歳さんの方も、一度は彼のことを殺人犯だと推理して告発した。それをずっと気にしていたのだろう、という話だった。二人は事件後からずっと疎遠な雰囲気になっており、自然消滅したようなものだったから、別れよう、という話を米田さんが切りだしたのはただの確認のような感じだったらしい。結局、事件以来、千歳さんが米田さんの名前を出すことは一度もなかったから、大学で米田さんからその話を聞いた時は、僕も「ああやっぱり」と思っただけだった。その必要もないのに僕に謝る米田さんを見て、やはりいい人だと思った。

そして同時に、一つ決心した。

あの日から一年と少し。一場さんは控訴せず、事件の方はひとまず終結している。だから僕に残された問題はこれ一つだけだった。極めて個人的な、しかし僕にとっては重要な問題だ。

そしてこれは簡単に片付くはずの問題だった。僕はすぐ行動を起こすことにし、千歳さんと米田さんを大学近くのファミリーレストランに呼び出した。

4

「……じゃあ米田さん、住所的には一応県内になるんですね。よかったじゃないですか」

「……ん、うん」

「千歳さんも春から一人暮らしだし、なんならもう、一緒に住んじゃえばよかったのに」

「……ん、うん」

なんだか僕ばかり喋っていて、千歳さんと米田さんはもじもじと黙っているな、と思う。しかし空回りというわけではないようだった。お互い、遠慮がちながら相手の顔色を窺うように見ている。やはりお互い、はっきり未練があるのだろう。米田さんに対してはこんちくしょうと思う気持ちもなくはないが。

確かにあんな事件があったし、経緯も経緯だ。だが、それとこれとは別の話である。たとえ恋人であっても論理に従って米田さんを告発した千歳さん。自分の正義感に従って一場さんの身代わりになろうとした米田さん。言ってみればどちらもまことに当人たちらしい行動を取ったわけで、二人とも、相手のそういうところも含めて好きだったんじゃないのか、と思うのである。事件前の二人の気持ちも知っている。外的要因で「気まずく」なった程度で別れてしまうのはおかしいだろう。

だがお見合い時の親よろしく「二人にしよう」と思った僕がトイレに立つと、なぜか米田さんが後から来た。

「……何やってるんですか」

「……星川君、やっぱりそういうつもりだったのか」米田さんは頭を掻いて眼鏡を直す。

「いやしかし、いいのか？　俺は……」

「お互い『気にしない』ってさっき確かめたじゃないですか」席がトイレから近かったので、外に声が漏れないよう囁く。「ぐずぐずする理由、ないじゃないですか。好きなんでしょ？」

「そうだけど」そこは否定しないらしく、米田さんは耳を赤くして無意味に洗面台の水を出す。「そりゃ確かに、俺も就職決まったけど」

そんなことを言いだすくらいなら心は決まっているのではないか。「なんならここでプロポーズしたらどうですか？　ちょっとあれですけど。場所とか雰囲気的に。でもそれはあらためて正式にやるってことで。今は勢いってものも」

「そうなんだけど」

「取っちゃいますよ？　千歳さん」

「嫌だ」

そこをはっきり言えるくらいなら、迷う理由は何もない。僕は米田さんの背中を押し、男子トイレから追い出した。「はい。じゃ行ってきてください」

「うう……」

米田さんは唸っていたが、突然すっと背筋を伸ばすと、「ありがとう」と言い、大股で席の方に歩き出した。

僕はやれやれとため息をつき、トイレの奥に引っ込んだ。

洗面台の鏡に自分の横顔が映る。一瞬だけ見えたそれは、自分で思っていたよりはるかに晴れやかな表情をしていた。

最寄《もよ》り駅で降り、橙色に染まる夕暮れの路地を、千歳さんと一緒に歩く。

家までのいつもの道のりをこうして並んで歩いた記憶は無数にある。途中の公園で遊んだ帰り。駅前の本屋さんで会って一緒になって。部活帰りに駅で会ったこともある。小学校の頃、「シンカイ」の正体を知った。中学校の頃、朝宮先生へのストーカーを捕まえた。その日の帰り道。高校の頃、失恋したのもこんな夕日の中だった。でもこうして歩くのも、もうあと何回あるか分からない。来春から千歳さんは家を出て、他県の大学に就職する。僕の方も、親が「学生のうちに一人暮らしを経験しておけ」と言ってくれたので、大学近くのアパートに引っ越すつもりだ。「隣の千歳お姉ちゃん」も、春にはお終《しま》いなのだ。

「……あの後、みーくんがトイレに行ってる間にね」

歩きながら、千歳さんが口を開いた。足下を見ているが、幸せそうな顔だった。

「……結婚しようって言われた。いきなり。びっくりした」

僕が見ると、千歳さんは首を振った。

「……まだ、いきなりそれはね。ちょっと待ってって言っちゃったんだけど」

煽ったのは僕なのだが、まともに成功したらしい。ああ見えて米田さんは度胸がある。まあ、セカンドチャンスはもらえたようだし、雰囲気とかそういうのは、あらためてでいいだろう。

千歳さんは僕を見て言った。「みーくん、ありがとう」

「ん」

やっぱり綺麗だなあと思う。その感想だけは子供の頃から変わらない。まあ欲目とかそういったものは色々あるにせよ、大学でも千歳さんに敵《かな》う人はなかなかいないと思う。しかしやっぱり彼女にとっては「みーくん」のようだ。まあ、いいのだが。

「……千歳さん。僕は」

顔を上げると夕日が眩しい。顔の半分だけが照らされているこの感触を、僕は覚えている。

「僕は、ずっとあなたが大好きだったんだ。小さい頃からずっと。……今でも」

彼女の顔を見て言いたかったが、そこまでは無理だった。はっきり言えただけでもよしとすべきだった。

千歳さんは、少しだけ間を置いてから言った。

「……嬉しい。ありがとう」

「んー……だからまあ、米田さんに幻滅したりとかがあったら、いつでも」

「それは難しいかなあ」

二人、並んでくすくすと笑う。やっと言えたな、と思う。

夕暮れ時のいつもの帰り道で、僕の初恋はようやく終わった。

というわけで、僕は「名探偵」になったのだった。推理小説に出てくる「名探偵」のような自信も自負もなく、そもそも未だにそれほど自覚もないのだが、周囲に起こる小さな事件を解決しているうちにそう呼ばれるようになり、時折、こっそりよその県警から刑事が訪ねてきたりもする。捜査本部の見解を覆して不可能犯罪と思われていた殺人事件を解決に導いただけでなく、結果的に政治家と官僚の力で闇に葬られようとしていた事実を白日の下に曝《さら》したことが、現場の警察官たちにとってひどく痛快であったらしい。お偉いさんたちは知らないが、少なくとも現場の刑事たちには信頼されている。

千歳さんはというと、当然ながら現在でも名探偵のままだ。僕が事件解決の時に試した推理法を話したら、彼女はいたく感激したようで、今ではお互いに刺激を与えあいながらそれぞれの場所で、時には二人で手を組んで、あれやこれやの事件を解決している。

悪くない気分ではある。まあ、また殺人事件に巻き込まれるのは御免だけど。

あとがき

というわけで、無事に名探偵が誕生いたしました。ここまでお読みいただきましてまことにありがとうございました。あとがきです。あとがきから読んだから本編読んでないよ、という方もあとがきを開いていただきありがとうございました。あっ。棚にっ。戻さないでっ。本編は脳が破裂するくらい面白いですので。間脳と延髄《えんずい》が破裂して脳脊《のうせき》髄液《ずいえき》が目から耳から鼻から、体中のあらゆる穴からでろでろおんと派手に漏れ出すくらい面白いですので。こんな書き方をするとかえって読むのを躊躇《ちゅうちょ》してしまいますね。あと「体中のあらゆる穴から」というのはありえませんね。脳脊髄液がお尻から漏れる人間はあまりいないはずなので。

本作には名探偵レッスンというか、ミステリにおける事件の推理法が出てきます。実はこれは私が他人様《ひとさま》のミステリを読む時にやっていることでして、自慢じゃありませんが私は本格ミステリで「密室だ！」「不可能犯罪だ！」という流れになると、大抵の場合真相が分かります。

そして、実はこれは本当に、別に自慢するようなたいしたことではないのです。ミステリをたくさん読んでいると慣れてきて、たとえば密室ものなら状況説明を読みながら

「『部屋内に隠れていた』ナシ、早業殺人《はやわざ》[*1]ナシ、自殺ナシ、凶器確定」と指さし確認をするように既存のパターンを潰していくようになります。で、そうしていくとほとんどの場合、どこかで「おっと死体の顔が焼かれているからこれがAさんの死体だとは限らないな」「おっとこの時は『ドアが開かなかった』だけで『鍵がかかっていた』とは限らないな」と不可能状況の「漏れ」が見つかります。そこにトリックがあるものと仮定してこれまで見たことがあるパターンを一つずつ試していくと、大抵の場合、解決するトリックが見つかってしまうのです。つまり名探偵というのは神がかり的な閃《ひらめ》きとか生まれ持った頭脳とかではなく知識と経験、要するに「慣れ」によって生まれるものらしいです。それだったらもう百件以上事件に遭遇している十津川《とつがわ》警部とかコナン君なんかはいいかげん簡単に事件解決できるようになっていいんじゃないかという話になりますが、作品外の世界から「これはミステリだ」「トリックがあるはずだ」と思っている私たち読者と、現実に身のまわりで事件が起こる名探偵では条件が違うのです。読者は何度も読み返すことができますが、名探偵がそれをやったら『時をかける名探偵』という別作品になってしまいます。読者には推理に必要な情報しか提示されませんが、名探偵には

＊1　扉が開いた時点では被害者はまだ生きており、犯人が一番先に倒れている被害者に駆け寄り、「大丈夫か？」とか言いつつこっそり殺す、というやつ。

「オーナーの涌井《わくい》は尻に黒子《ほくろ》がある」「開業医の杉坂《すぎさか》は先週神楽坂《かぐらざか》で肉を食った」「ブローカーの采原《うねはら》はカラオケに行くと必ず〈青い山脈〉を歌う」といった事件に全く関係ないゴミ情報まで提示され、名探偵はその中から必要な情報を取捨選択しなければなりません。読者は「これはミステリだ」「不可能犯罪ものだ」という前提知識があるから「まさか『犯人は双子でした』なんてことはないだろう」「まさか証言したあいつが記憶違いで実際と違うアリバイを言ってしまっているなんてことはないだろう」「まさか犯人が『なんとなく気分で』死体の隣にオレンジの種を置いた、なんてことはないだろう」と、多くの可能性をあらかじめ排除してからとりかかれますが、三毛猫ホームズとか金《きん》田一一《だいちはじめ》はとりあえず一番単純な「犯人は走って逃げた」「証言者が嘘《うそ》をついた」あたりの可能性から始めて全部潰していかなければならないわけで、外野よりずっと大変なのです。外野にはそれ以外にも裏技があって、「こいつの着ている服の色だけ妙に詳しく描写してあるからこれが手がかりなのだろう」とか「残り頁《ページ》がまだあるから裏の真相があるだろう」、ひどいのになるとドラマを観《み》て「国生《こくしょう》さゆり[*2]が出てるから彼女が犯人だろう」という推理まで可能です。それならメタ推理を武器に「他の人物については書かれていないのに彼女が右腕に腕時計をしていることだけは書かれている。つまり彼女が左利きであることが事件の鍵というわけです」「この作者がいたいけな子供を殺す展開にするはずがありません。彼女は生きている！」とかいうやり方で事件を解決する名探偵というのも面白いかもしれないのですが、こういうネタは絶対にネット小説などで誰かがやっているので、天邪鬼《あまのじゃく》な私はやりたくないのです。むしろ「犯人は双子どころではなく六つ子であったがあとの四人は別に事件に関係ない」とか「氷で作ったナイフで刺したがやっぱり念のためにと思って普通のナイフで刺し直した」とか「部屋には隠し通路があったがそこを通ると不思議の国に行ってしまい大きくなったり小さくなったりハートの女王に死刑宣告される」とか、そのくらい適当なミステリの方が書いてみたいです。適当ミステリというの、どうでしょうか。みんな特に理由はないけど適当に気分で証言をするため誰の証言も当てにならないミステリとか、みんな「あー今日は手の筋肉使ってないな」とか適当な理由で人を殺すため動機が全く推測できないミステリとか、被害者が適当な思いつきでダイイングメッセージを残すためみんなが無駄に混乱するミステリとか、いかがでしょうか。まあこの思いつき自体も適当なので、たぶん書き始めると十五文字くらいで飽きると思うのですが。

なんというか、小説家というのはお仕事の出来が「その時の気分」に大きく左右されてしまうという困った職業なのです。最初はいつも通りに書き始めたのに途中で村上春樹《むらかみはるき》を読んだせいで第二章から妙に翻訳調の文章になったり、舞城王太郎《まいじょうおうたろう》を読んだせいで

＊2　俳優・歌手。実は元おニャン子クラブ。二時間ドラマなどで犯人役が多い。あと脚が速い。

第三章から突然改行がなくなったり、冲方丁《うぶかたとう》を読んだせいで第四章で終わるはずが第七十六章まで続いてしまったり、そういうことがある職業なのです。他の同業者は知りませんが私はそうなのです。私だけなのでしょうか。なんか主体性がなさすぎじゃないでしょうか。小学校の頃はよく通知表に「協調性がない」と書かれたものですが、主体性がないのに協調性もない人間というのははたして理論的に存在しうるのでしょうか。いや、それはつまり「自分では決めないけど他人とは違うことをやりたがる」ということで、とにかく他人から言われたことの逆をやる「天邪鬼」がまさにそれですね。そう考えると天邪鬼って主体性ゼロなんですね。解決しました。ほっとしております。

こんないいかげんな人間でもなんとか本を出すことができました。本作の刊行にあたり、お世話になった方々には叩頭三拝《こうとうさんぱい》、厚くお礼申し上げます。企画から原稿の修正、広報関係のあれこれまで全面的にお世話になりました実業之日本社編集部F様、似鳥史上かつてない美男装画で本を輝かせて下さいました wataboku 先生、ブックデザインの next door design 大岡喜直様、Twitter の公式アカウントから書店でのイベントまで営業関係で盛り上げて下さっていますK様以下実業之日本社販売部の皆様、大変お世話になっております。ありがとうございました。また校正担当者様、おかげさままで今回も色々恥ずかしいミスを残したまま本を出さずに済みまして、大変お世話になりました。適当なことを書いたあとがきもそろそろ完成で、あとは製本から取次・配送業者様、そして全国書店の皆様のお力に頼るのみです。いつもありがとうございます。この本もよろしくお願いいたします。

そして私の存在の根拠を作って下さっている読者の皆様。本書を手に取っていただきまことにありがとうございました。また次の本の最後のほうで、こうしてお目にかかれますように。

平成三十年四月

似鳥　鶏

文庫版あとがき

　お読みいただきましてまことにありがとうございました。文庫版あとがきです。残暑が長うございましたね。十月の今頃になってもまだ衣替えに踏み切れません。自宅で仕事をして薩いても半袖を着て寒くなり長袖を出して着て寒くなり袖まくりをしついに脱ぎ、「おかしいな半袖で暑かったからこんなことになっている筈なのだが」と首をかしげ、結局室内を見回すと「どうせまたすぐ出して着るから」とばかり脱ぎ捨てられたままの服が点在、あちらには半袖こちらには長袖椅子の上にハーフパンツ隅に丸められた長ズボン、と全シーズンの服が「常備」される季節ですね。しかしお気づき羅蜜かと思いますがこの描写だとちょっとおかしいです。では今は何を着ているのでしょうか。まあ世の中には「全裸でないと仕事にならない」「服なんか着てたら何も浮かばない」「え？　お前裸力《ヌードちから》なしで仕事してんの？」「仕事中まで服着てるとか変態じゃない？」という小説家もどこかにはいると思うのですが。是色

　時候の挨拶から入ったのはこれがあとがきだからです。通常、小説家の書く原稿には「不特定多数の読者に読んで楽しんでもらう」ための様々な制限が生じます。「予備知識なしの他人がいきなり読んで面白いものでないといけない」という制限です。具体的に

は差別用語や犯罪を助長する内容を避ける倫理制限、対象年齢に合わせたエロ制限、血や虫などのグロ制限（やる奴もいる）、吐瀉物等の汚不浄制限（やる奴もいる）、マニアしか分からない言葉を説明なしに使わないオタク制限（やる奴もいる）等ですが、それに準ずるものとして「十年後には何のことか分からなくなっているような流行風俗を扱わない」という時事ネタ制限もあります。あえて当時の空気感を描くべき、という意図的なものでない限り、基本的には、小説の原稿は十年後に読まれても分かるように配慮して書かれます（その十年後には絶版になっているのでは？　という話はここではしない）。たとえばかの星新一《ほししんいち》先生などはショートショートを創る時のルールの一つに「時事ネタは扱わない」を明確に課しており鼻、収録作すべてが「ドアにノックの音がした」という状況から始まる『ノックの音が』（新潮社／1985年）ですら「今はインターフォンが普及し、そもそもノックの音、という描写が古くなってしまった」と悔やまれています。星新一先生はそれ以外にもエロ・グロ、あるいは「死」をショックを与えるために利用しない、という制限なども用いており（いかにも安易になるから、だそうで）先生の作品群が世界的に親しまれるベストセラーになったのは、このあたりのストイックな制限の賜であるとも言えます。死尽

無苦そういうわけで、時事ネタというのは通常、原稿には入れないものなのです。だからここで書いているのです。なぜならあとがきはページが余ったから書くものであり、

本来は本の宣伝など入れるべきところに「他人の本の宣伝をするくらいなら自分で何か書く」という理由で書いたものであり、したがって何を書いてもいいからなのです。何を書いてもいいのですからたとえば般若心経を延々書いてもいいわけで、実のところ今回のあ掲諦掲諦とがきは最初から最後まで全部般若心経《はんにゃしんぎょう》でもいいのではないかと思って一度書いてみたのですが、書くこちらが全く楽しくなかったので消し、書き直しました。かわりに時事ネタを解放することにしたのです。

普通に生活していれば日々様々なニュースがあるわけで、時事ネタであれば書くことはいくらでもあります。あとがきではむしろ「刊行当時の空気の記録」として積極的に時事ネタを書いていくべきかもしれません。今年つまり２０２１年も色々ありました。誰でも思い浮かぶものというと「ヌホ松方のＳＮＳ炎上」「みどり礼子の不倫騒動」「房総半島沈没」あたりが挙げられるでしょうが、外せないのはやはり「ニャフロマーヌの大流行」でしょう。ニャフロマーヌに関しては単なる「今年の流行」を超えた社会現象でした。もともと十代を中心に昨年あたりから急速に人気が出てきていたというニャフロマーヌ（原音に忠実に書くなら「ニャフロマーニュ」）ですが、一般に知られるようになったのは『月刊美術』の特集記事に続く『王様のブランチ』のニャフロマーヌ特集あたりからだったはずです。まあニャフロマーヌは性質上、いくらでもバリエーションが考えられ、Ｆ１層メインながら他の層にもそれぞれの受け入れられ方で広まりそうな性質があり、価格帯も幅広く地域性が出せ、利用者がほどよく手軽に自分の個性を反映でき、ＳＮＳにアップしやすく……と、流行する要素をたくさん持っていたわけで、今から考えればあの異常な流行り方も頷けます。カラーバリエーションも豊富でパステル調、北欧風、サイバー系と系統の差別化もしやすく、千円台の廉価型から一匹十万円を超える高級志向まですぐに登場、あっという間に都市部の店舗ではニャフロマーヌ専門のコーナーができました。やはりただ使うだけでなく「それのあるライフスタイル」をあれこれ提案できる商品は強いです。あっという間にニャフロマーヌ専門店ができ、ニャフロマーヌ雑誌が創刊され、「ニャフ活」「ニャフレ（ニャフロマーヌ友達、の意）」という言葉ができ（ウェブ上では「ニャフ」をさらに縮めて「ニャ」と表記されることが多いですね）、ニャフロマーヌ漫画やニャフロマーヌ小説が出ました。クオリティの方は「ああ急いで作ったんだな」というものでしたが。政治家など、人気取りのためにこぞってニャフロマーヌに言及し、ニャ活動画を上げていましたね。大部分はニャフロマーヌの本質を分かっておらず「違《ちげ》えよ」と言われるようなもので、むしろ同時期に雨後の筍《たけのこ》のごとく出てきた「ニャフロマーヌ芸人」たちの方がよほど理解が深く、マジ者《モン》ばかりでした。

　そしてニャフロマーヌの特異的な点はもう一つ、行政機関や大企業で権力を持つおっさん・じいさん層がニャフロマーヌに好意的だったということが挙げられます。というよりこの世代の男性の方がしばしば若い世代よりどっぷりニャ活にはまり、攻略サイトを渉猟《しょうりょう》して集めたディープな知識を披露、奥さん子供から呆れられるというケースも多かったようです。それもあって大抵の会社ではニャフロマーヌ携帯可、勤務中のニャフロマーヌ黙認という流れになり、それに合わせてメーカー側も仕事中に周囲に迷惑をかけずにできるニャフロマーヌをこぞって開発、一時期はコンビニでも売られていました。一度買ってみましたがけっこういい品質で、オーソドックスなモフモフ系なのでどこで見られても微妙な空気にならない「考え抜かれた一般化」がされた商品でした。まあニャフロマーヌだってエサやフンの問題はあるわけですが、それらに対応する商品がまた大きな市場になるだけで、社会現象に対するブレーキには全くならなかったようです。とはいえ今振り返りますと当時の空気はちょっと異常でした。右を見ても左を見てもニャフロマーヌ。テレビを点ければ「最新ニャフロマーヌ特集」だの「おひとりさまニャフロマーヌのススメ」だのを常にどこかの局でやっていて（Eテレですら『今日からニャフ活！』のシリーズをやっていた）、ネットに繋げばどのサイトでも真っ先に巨大なニャフロマーヌ広告バナーが表示され、『ドラえもん』にも『クレヨンしんちゃん』にもニャフロマーヌを扱った回がありました。

もう一つ特異的なのはニャフロマーヌが日本だけでなく海外でも同時に大ブームを引き起こした点です。発祥はもともとフランスという説が有力ですが、日本に入ってくる頃にはすでにヨーロッパ・アメリカではブームが定着し、日本に入るとほぼ同時に台湾・韓国・タイ・中国からインド・インドネシアまで普通にニャフロマーヌでした。もっともフランスと日本とアルゼンチンとコートジボワールのニャフロマーヌはそれぞれ基本部分以外は別物、というより、どちらかというと表面上は同じニャフロマーヌでも根幹となる楽しみ方や精神が違う「似て非なるもの」感がありましたが、それもまた面白かったです。日本なんてあっという間に照り焼き味がヒットし、回転寿司のネタになり、佃煮や大福になりましたし。

風向きが急に変わったのはやはり八月の「ニャフロマーヌ死事故」報道からでしょうか。まあ世界的にある物が流行すると、それを受け入れられない、受け入れたくない層が必ず「あれは人体に有害」だの「ドブネズミの死骸が使われている」だの「ニャフロマーヌ中の人間の脳波を計測したら異常値が出ていた」だのと悪意あるデマを流すものですが、八月の報道以降反ニャフロマーヌ活動、ニャフロマーヌ叩きが一斉発火したとも言えます。結局反ニャ派の主張はすべて科学的根拠のないデマ、というより科学的に考えると「一体何を言っているのか」というレベルの大嘘だったわけですが、八月の報道以降知られるようになった「ニャフロマーヌ死」はニャフロマーヌの知られざる危険性を全人類に警告していたわけです。個人的には医学的に全く正しくない「ニャフロマーヌ症」という語句は使いたくはないのですが、それ以外に言いようがない病態を示す患者が世界中で急増、ニャフロマーヌ過剰摂取による自律神経失調症はもとよりニャフロマーヌ性胃炎、皮膚炎、筋力低下と、脳幹から始まり徐々に小脳・大脳に浸潤する脳細胞のニャフロマーヌ化については、もはや全人類が手遅れだったわけです。そして全人類が手足のニャフロマーヌ化、角膜のニャフロマーヌ変質、消化器及び循環器へのニャフロマーヌ拡散を経てニャフロマーヌ化し、全くニャフロマーヌ化していなかった一部の人たちを除いてニャフロマーヌと共生する新人類へ変貌しました。同時に空気中のニャフロマーヌ濃度上昇による広域電波障害、コンクリートのニャフロマーヌ化、地中に堆積したニャフロマーヌ層による地盤沈下、大陸崩壊を経て地球人類は十分の一以下にまで減少（もっとも死による減少ではなくニャフロマーヌ結合による見かけ上の個体数減なので、人口減少と言うべきなのか分かりませんが）、ニャフロマーヌ転写による地球の増加を経て現在は同位重複状態となった十四個の地球に分かれ住んでいるわけで、よく考えてみれば激動の年でした。現在の私は第六地球におります。体も完全に変異を終え、形態はヌングニャフロマーヌⅢ型寄り、球眼数は頭部に三対、尻に二対。触腕も六本目で打ち止めのようです。海の金臭さにはまだ慣れませんがニャフロマーヌ適応が進み、元地球に戻りたいという欲求もなくなりました。

といったことを空想しながら千葉駅周辺のドトールでこの原稿を書いています。コロナ禍はまだ続きそうですが、ワクチンのおかげでなんとなく収束の希望も見え始めています。あとマリトッツォおいしいです。今年もいろいろありました。

そして文庫版刊行に当たりましても、編集F氏や装画wataboku先生を始めとして、多くの方にお世話になりました。まことにありがとうございました。校正担当者様、ブックデザイナー next door design 大岡喜直様、製本・印刷各社様、厚く御礼申し上げます。いよいよ文庫版！　という気分です。実業之日本社営業部様、取次各社様、運送業者様そして全国書店の担当者様、いつもお世話になっております。本書もよろしくお願いいたします。

そして読者の皆様。手に取っていただき、まことにありがとうございました。ちなみに本書と同じ十二月に角川文庫より『目を見て話せない』の文庫版も刊行です！　そちらもどうぞ、よろしくお願いいたします。そちらのあとがきではちゃんとマリトッツォとかのことを書きました。

あとがきで他社の本の宣伝をしたところでそろそろ失礼いたします。どうか本書が、皆様にひとときの愉しい時間を提供できますように。

令和三年十月

似鳥　鶏

Twitter→https://twitter.com/nitadorikei

Blog「無窓鶏舎」→http://nitadorikei.blog90.fc2.com/

〈似鳥鶏　著作リスト〉

●市立高校シリーズ
創元推理文庫

『理由あって冬に出る』
『さよならの次にくる〈卒業式編〉』
『さよならの次にくる〈新学期編〉』
『まもなく電車が出現します』
『いわゆる天使の文化祭』
『昨日まで不思議の校舎』

●楓ヶ丘動物園シリーズ
文春文庫

『家庭用事件』
『卒業したら教室で』
『午後からはワニ日和』
『ダチョウは軽車両に該当します』
『迷いアルパカ拾いました』
『モモンガの件はおまかせを』
『七丁目まで空が象色』

●戦力外捜査官シリーズ
河出文庫

『戦力外捜査官　姫デカ・海月千波』
『神様の値段　戦力外捜査官2』
『ゼロの日に叫ぶ　戦力外捜査官3』
『世界が終わる街　戦力外捜査官4』
『破壊者の翼　戦力外捜査官5』

●御子柴シリーズ
講談社タイガ

●喫茶プリエールシリーズ
光文社文庫

●ノンシリーズ

『シャーロック・ホームズの不均衡』
『シャーロック・ホームズの十字架』
『難事件カフェ』光文社文庫（幻冬舎文庫『お召し上がりは容疑者から』改稿・新装版）
『難事件カフェ2　焙煎推理』
『迫りくる自分』（光文社文庫）
『100億人のヨリコさん』（光文社文庫）
『レジまでの推理　本屋さんの名探偵』（光文社文庫）
『きみのために青く光る』（『青藍病治療マニュアル』改題　角川文庫）
『彼女の色に届くまで』（角川文庫）
『目を見て話せない』（KADOKAWA）
『そこにいるのに　13の恐怖の物語』（河出文庫）
『一〇一教室』（河出書房新社）
『生まれつきの花　警視庁花人犯罪対策班』（河出書房新社）
『叙述トリック短編集』（講談社タイガ）
『推理大戦』（講談社）
『育休刑事』（幻冬舎）
『名探偵誕生』（実業之日本社文庫　本書）

◎『名探偵誕生』　単行本　二〇一八年六月　実業之日本社刊

実業之日本社文庫 に91

名《めい》探《たん》偵《てい》誕生《たんじょう》

2021年12月15日　初版第1刷発行

著　者　似鳥《にたどり》 鶏《けい》

発行者　岩野裕一
発行所　株式会社実業之日本社
〒107-0062　東京都港区南青山5-4-30
emergence aoyama complex 2F
電話 [編集]03(6809)0473 [販売]03(6809)0495
ホームページ　https://www.j-n.co.jp/
DTP　ラッシュ
印刷所　大日本印刷株式会社
製本所　大日本印刷株式会社

フォーマットデザイン　鈴木正道（Suzuki Design）

ISBN978-4-408-55683-3（第二文芸）